Georgia Byng

Molly Moon
y el misterio mutante

sm

www.literaturasm.com

Dirección editorial: Elsa Aguiar
Coordinación editorial: Gabriel Brandariz
Traducción: Daniel Hernández Chambers

Título original: *Molly Moon and the Morphing Mystery*

© Georgia Byng, 2010
© Ediciones SM, 2010
   Impresores, 2
   Urbanización Prado del Espino
   28660 Boadilla del Monte (Madrid)
   www.grupo-sm.com

ATENCIÓN AL CLIENTE
Tel.: 902 121 323
Fax: 902 241 222
e-mail: clientes@grupo-sm.com

ISBN: 978-84-675-4673-6
Depósito legal: M-49298-2010
Impreso en la UE / *Printed in EU*

*Para Christopher,
con mucho amor*

Capítulo 1

Era una tarde invernal. Briersville Park estaba húmedo y brillante. La lluvia caía con fuerza, golpeando el sendero de la huerta como si quisiera vengarse de algo. Las gotas azotaban el camino color verde alga y cada una de ellas estallaba en cientos de gotas más pequeñas que rebotaban de nuevo. Dos ranas se escondían bajo la pierna estirada de un Cupido de piedra que posaba en el centro de un estanque, y los peces color naranja de sus aguas se zambullían hacia el fondo turbio en busca de refugio.

La lluvia resbalaba por la oscura cara de CA2. Sus pantalones y su chaqueta impermeables, negros y ajustados, estaban cubiertos de barro, puesto que acababa de pasarse quince minutos arrastrándose por tres prados donde pastaban llamas para acercarse hasta la mansión. Se retiró el pasamontañas detrás de las orejas para poder escuchar mejor. Desde el otro lado de un gran muro se distinguían voces de niños, gritos y chillidos de alegría, y también ladridos.

Había una puerta en el muro de piedra, pero no se atrevió a utilizarla. En lugar de eso, echó una mirada furtiva a su alrededor para comprobar que nadie lo observaba, y se agarró a las ramas desnudas de un viejo manzano que se erguía junto al muro. Trepó hasta su copa con soltura.

Ella se encontraba allí. Estaba seguro. La chica alienígena que se hacía llamar Molly Moon se entretenía jugando en el borde de una piscina con dos chicos. CA2 supuso que debían de tener la misma edad que ella, unos once años. Reconoció a uno: era aquel muchacho negro que había protagonizado un anuncio junto a Molly Moon. El otro chico parecía el hermano gemelo de la niña extraterrestre. Tenía el pelo rizado y castaño claro, similar al de ella, la misma nariz con forma de patata e idénticos ojos verdes, muy juntos. ¿Sería aquel chaval también un extraterrestre?

CA2 parpadeó, y acto seguido se quedó pasmado.

De repente, un gran objeto gris que había confundido con un bote hinchable hundido emergió de la piscina. Era un elefante, que lanzó a chorro varios litros de agua sobre los niños, empapándolos aún más y haciendo que el perro carlino que estaba con ellos se pusiera a ladrar. Los críos rieron y le gritaron al elefante antes de que este se sumergiese de nuevo en la parte más profunda de la piscina.

CA2 sacudió la cabeza con auténtico estupor, y luego volvió a concentrarse en su tarea. Rápidamente, abrió la cremallera del bolsillo frontal de su chaqueta, extrajo un pequeño rifle cargado y lo apoyó sobre el borde del muro. Apuntó a través de la mira telescópica. La cabeza y los hombros de Molly Moon aparecieron ante sus ojos. Su cabello mojado caía a un lado, dejando a la vista una amplia porción de su cuello. CA2 apretó los dientes. Solo necesitaba que Molly Moon dejara de saltar y que el chico que se le parecía tanto se apartara. CA2 aguardó pacientemente hasta que el cuello de Molly Moon quedó otra vez perfectamente alineado con el círculo rojo de la mira telescópica de su rifle. Esperó la nueva aparición del elefante. Su objetivo era utilizar al animal como distracción y disparar en el mismo momento en que este regase con su trompa a los niños.

El elefante emergió finalmente, y lanzó su chorro sobre los chiquillos. Al mismo tiempo, CA2 apretó el gatillo. Su dardo la acertó primero, y el agua la golpeó un instante después. Todos chillaron, y el quejido agudo de Molly Moon se confundió con el alboroto del momento. Ella levantó el brazo y se llevó la mano al cuello.

–¡Ay, Amrit! –se quejó–. ¡Había una piedra en el agua!

–¡Bingo! –murmuró CA2. Saltó sigilosamente del muro del jardín y se apresuró hacia los campos de llamas. Reptando velozmente y escondiéndose detrás de los arbustos con forma de animales siempre que le era posible, llegó hasta la linde del bosque donde había dejado aparcado su coche. Una vez instalado en el asiento del conductor, se quitó el pasamontañas y la chaqueta y cogió el paquete marrón que había en el asiento de al lado.

Se secó las manos, desempaquetó una caja roja con forma de radio y estiró la antena. Conectó el aparato y lo apuntó en dirección a Briersville Park, hacia los jardines y la piscina. La máquina emitió un pitido agudo y reconfortante.

–Te tengo, chica extraterrestre –dijo CA2 con una mueca de satisfacción. Cogió su teléfono y tecleó un mensaje para su superior, CA1: MISIÓN CUMPLIDA.

Capítulo 2

Bajo un cielo plomizo, Molly y Micky Moon recorrían la autopista a bordo de un deportivo verde esmeralda. Molly se sentía como una especie de mascota: estaba embutida en el estrecho espacio que había tras los dos asientos delanteros. Su hermano gemelo, Micky, ocupaba el asiento del pasajero, y su nueva tutora, Miss Hunroe, iba al volante.

Miss Hunroe tenía un aspecto muy glamuroso y para nada parecido a lo que Molly habría imaginado para una tutora. Tenía el pelo rubio oxigenado y planchado en zigzag, de tal manera que formaba una especie de escalera a ambos lados de su cabeza. Sus ojos color avellana, que Molly podía ver en el espejo retrovisor observando a los coches que se aproximaban y podían intentar adelantarla, eran grandes y adornados con largas pestañas. Y su piel pálida poseía una belleza límpida y traslúcida. Sus mejillas estaban teñidas de un rosa saludable.

Su ropa también era inusual para una profesora. Llevaba puesto un elegante traje color crema con una camisa de seda, y en uno de sus dedos de uñas rojas lucía un gran anillo de oro con una esmeralda engarzada.

Sujetaba el volante con la mano izquierda, y en la derecha sostenía una moneda de oro. Mientras conducía, jugueteaba con ella entre sus dedos haciéndola rodar por sus nudillos. Cada vez que otro coche obstruía el carril rápido, la tiraba por los aires diciendo *¡Cara!* o *¡Cruz!* y la recogía en el dorso de la mano derecha; si acertaba, le ponía las luces al coche de delante y se le pegaba tanto que casi lo tocaba, hasta que el otro se apartaba y le dejaba pasar. Entonces aceleraba, muy por encima de los ciento sesenta kilómetros por hora, hasta que el coche que la había ofendido quedaba muy atrás.

Molly se agarró al respaldo del asiento de Micky. La manera de conducir de Miss Hunroe, unida a su perfume de rosas, estaba haciendo que se sintiese mareada. Esperaba no vomitar. Si vomitaba en los asientos de piel del coche de Miss Hunroe, pensó, eso arruinaría completamente el día.

–Interesante forma de conducir –comentó Micky con sequedad. Levantó la mirada de su libro de crucigramas para contemplar otra vez a Miss Hunroe lanzando la moneda y luego poniéndole las luces a la furgoneta que tenían delante.

–Así me mantengo distraída –replicó Miss Hunroe–. Me gusta ver la ley de la probabilidad en acción. Hay un cincuenta por ciento de probabilidades de que deba o no adelantar, y sin embargo, de algún modo, la moneda siempre cae del lado que yo había dicho que iba a caer. ¡Así que siempre adelanto! ¡Es como si la moneda quisiera volver a Londres lo más rápido posible!

Y así continuaron en su particular carrera, intimidando al resto de vehículos de la carretera, y haciendo que otros conductores alzasen con rabia los puños e hiciesen sonar el claxon.

Molly miró el tramo recto que tenían delante, pues sabía que mantener la mirada fija en el horizonte le vendría bien para controlar su mareo. Observó cómo una nube con forma de gato iba cambiando hasta adquirir la silueta de un dragón, y continuó mirando las nubes hasta que su estómago se sintió mejor. De vez en cuando, Micky iniciaba una conversación con Miss Hunroe. Era algo así:

–Ácido butanoico. Miss Hunroe: ¿no es ese el nombre del líquido incoloro que causa ese asqueroso olor a rancio en la mantequilla?

O:

–La palabra ZULO... ¿se deletrea así, Miss Hunroe? ¿Significa «lugar secreto donde se guardan cosas»?

O como cuando pasó a su libro especial de adivinanzas y puso a prueba a Miss Hunroe:

El comienzo de la eternidad,
el fin de siempre y dónde,
el principio del espacio
y el desenlace de todo desenlace.
¿Qué soy?

–¿Se lo digo, Miss Hunroe?... La respuesta es *e. *
Es bueno, ¿eh?

–Lo siento, cariño, no puedo hablar. Estoy conduc\
–era la respuesta de Miss Hunroe a cualquier pregunta o adivinanza que Micky le lanzaba; así que el chico volvía a concentrarse en sus pasatiempos, o miraba por la ventanilla, o giraba la cabeza para hablar con Molly, o consultaba su brújula para ver en qué dirección iban.

CA2 iba detrás en su coche negro brillante, manteniendo una distancia prudencial. Su localizador estaba encendido, de forma que siempre podía saber dónde se encontraba la chica alienígena, Molly Moon, sin que importase lo rápido que fuera el deportivo. Chupaba caramelos de menta y escuchaba música ambiental típica de los años de la carrera espacial, música que vibraba y tañía, haciéndole recordar el tamaño del universo. Se preguntó a qué distancia estaría el planeta de Molly Moon. Y se emocionó al pensar que estaba a punto de conocer a un auténtico ser vivo extraterrestre.

Finalmente, el campo dio paso a un paisaje de cemento y ladrillo, y pronto se encontró cruzando un paso elevado, dejando atrás un bloque de oficinas de acero y cristal y adentrándose en la carretera principal que llevaba a Londres.

–¡Oh, la urbe! –exclamó Miss Hunroe, casi sin aliento–. ¡Cultura y arte! ¡El paraíso! ¡Ya casi estamos! ¡Enseguida llegaremos a Kensington y Chelsea! ¡Y el tiempo no está nada mal!

Ahora a ambos lados de la carretera había taxis negros con su famosa y anticuada carrocería redondeada. Junto a ellos pasaban enormes autobuses rojos de dos plantas. Algunos tenían la parte trasera abierta para que la gente pudiera subirse o bajarse en los semáforos. Y antes de lo que Molly había esperado, llegaron a su destino.

Al pasar junto a la alta verja de hierro de un gigantesco edificio victoriano con cuatro torres góticas, Miss Hunroe anunció:

–¡Ya estamos aquí! ¡El Museo de Historia Natural! Aquí es donde empiezan las clases –anunció, mientras metía el coche en una plaza de aparcamiento reservada para diplomáticos.

–¿Qué es un diplomático? –preguntó Molly.

–Es una persona especial –dijo Micky– que trabaja para el gobierno de un país. Su trabajo es ir a vivir a otro país donde soluciona cosas para la gente de su propio país en ese otro país, si entiendes lo que quiero decir –entonces miró a Miss Hunroe como si lo hiciera a través de una lupa–. ¿Usted no es diplomática, verdad, Miss Hunroe?

–¡Oh, no! –respondió ella, arreglándose el peinado y girando el espejo retrovisor para aplicarse su pintalabios rojo.

–Humm, entonces, ¿no va a pagar el aparcamiento? –preguntó Molly.

–Desde luego que no. He tomado ciertas medidas –declaró con picardía su nueva tutora, mientras insertaba una tarjeta en una funda plástica y la colocaba en el parabrisas.

Bajaron del coche. Al ponerse de pie, Molly sintió las piernas agarrotadas y las sacudió.

El día anterior, Molly estaba en una de las habitaciones del ático de Briersville Park, sentada en el alféizar de una ventana con las piernas recogidas y la barbilla apoyada en las rodillas. Rocky, el chico con el que se había criado en el orfanato de Briersville, Hardwick House, estaba recostado contra la pared, y Micky ocupaba un sillón rojo con Pétula –una perra carlina de color negro– tumbada a sus pies. Micky había estado rebuscando noticias interesantes en los periódicos y leyéndoles a Molly y a Rocky fragmentos de un libro de adivinanzas. En la chimenea crepitaba el fuego. Se habían cambiado y se habían puesto ropa seca después de pasar toda la tarde con Amrit, su elefante mascota, al que le encantaba jugar en la piscina.

Molly recordaba la pinta de enfermo de Rocky. Se había dejado caer en una silla y se había puesto un cojín encima. Su piel oscura parecía gris. Parecía que estuviera cogiendo la gripe, la misma que había cogido Ojas, su amigo indio. Entonces había sonado el teléfono, y Molly había contestado. Era Lucy Logan.

–Hola, Molly, soy yo.

–Ah, hola, Lucy –Molly no conseguía hacerse a la idea de llamar «mamá» a Lucy Logan, aun a pesar de que era su madre. Por supuesto, también era la madre de Micky, y la madre adoptiva de Rocky y de Ojas, pero todos la llamaban Lucy. Había pasado la noche en Yorkshire con Ojas y Primo.

–¿Cómo va todo?

–Bien. Bueno, más o menos. Rocky está enfermo. ¿Ojas está mejor?

–La verdad es que no, y ahora tu padre... digo, Primo, tampoco se siente bien. Estaremos de vuelta esta noche,

15

pero me temo que después de la cena. El tiempo es horrible. Es como si hubiera habido una tormenta repentina. Estamos atrapados en un atasco impresionante. Al parecer, un camión cargado de leche ha derrapado y ha volcado. El caso es que ha bloqueado completamente la autopista.

–Bueno, ya sabes lo que dicen –contestó Molly–: «¡De nada sirve llorar sobre la leche derramada!».

Lucy se rió al otro lado del teléfono.

–Vale, no lloraremos, pero esto es un aburrimiento. Creo que si fuésemos andando llegaríamos antes. Pero escucha, no lo olvides: la nueva tutora viene a cenar esta noche. Sé educada con ella. Enséñale dónde está todo. Ah, y tenemos la silla del elefante...

De fondo, Molly pudo oír la voz de Ojas corrigiendo a Lucy:

–La *houdah*.

–Sí, la *houdah*. Pensamos que le irá perfectamente a Amrit.

Cuando Molly colgó el teléfono, Micky levantó la mirada del periódico que estaba leyendo.

–Aquí dice que hay una epidemia de gripe –arrugó la nariz, malhumorado–. Ojalá me hubiese acordado de coger algunas medicinas antes de dejar el siglo veintiséis.

–¡Ojalá! –gimió Rocky–. Apuesto a que había medicinas estupendas.

–Desde luego que sí –afirmó Micky–. En el siglo veintiséis hay cura prácticamente para todo. Supongo que podríamos ir hasta allí y coger unas cuantas pastillas. ¿Te apetece un viajecito, Molly?

Aquella podría parecer una extraña forma de hablar, como si el que lo hacía proviniese del futuro, pero en el caso de Micky no era tan extraño, porque él, de hecho, venía del futuro.

–Me encantaría llevarte, pero Primo y Lucy dicen que no puedo hacerlo –respondió Molly–. Ya te lo dije, han confiscado mis gemas para viajar en el tiempo y también las de parar el tiempo. ¿Te lo puedes creer?

Eso también podía sonar raro, pero viniendo de Molly resultaba totalmente apropiado, porque ella podía viajar en el tiempo y también detenerlo. Además, era una hipnotizadora de talla mundial. Lo curioso de Molly, sin embargo, era que a pesar de poseer todas aquellas extraordinarias habilidades, nunca había mostrado ningún talento para los estudios. Así que aquella tarde la había pasado mirando por la ventana, horrorizada ante la llegada de una nueva tutora.

–Estoy un poco preocupada por esta profesora –confesó–. Apuesto a que me odia. Todos los profesores me odian –suspiró–. Siempre. Aunque –añadió con la voz más calmada, mientras frotaba el cristal empañado de la ventana con la manga de su suéter– el sentimiento es mutuo.

–La nueva estará bien –aseguró Rocky, aparentemente un poco recuperado–. No se parecerá en nada a los profesores que hemos tenido, Molly. Lucy y Primo la escogieron. Hasta Forest dice que tiene buena pinta.

Forest era el *hippy* entrado en años que Molly y Rocky habían conocido en Los Ángeles, y que ahora también vivía en la gran casa de Briersville Park.

–Hablando de profesores –dijo Micky, mientras doblaba el periódico hasta convertirlo en un enorme dardo de papel–, ¿me enseñarás otra vez a hipnotizar, Molly? Seguro que lo aprendo rápido, porque solía hacerlo muy bien.

Molly asintió.

–Claro. Cuando quieras.

Aproximadamente una semana antes, Molly y Micky habían viajado al futuro, unos quinientos años más adelante, y a Micky le habían conectado a una máquina que había absorbido todos sus conocimientos acerca de cómo hipnotizar.

–También está el libro abajo, en la biblioteca –sugirió Molly–. Podrías leerlo. Así fue como yo aprendí. Se titula *Hipnotismo: explicación de un antiguo arte*. ¿Todavía tienes pesadillas con la máquina que te lavó el cerebro?

–La verdad es que no –Micky tiró el dardo al fuego, donde enseguida las llamas lo engulleron.

–Me duele un montón la cabeza –se quejó Rocky. Cogió una manta del sofá y se tumbó sobre la alfombra delante de la chimenea, al lado de Pétula. La perra soltó la piedra que había estado chupeteando y se acurrucó con él.

Molly cerró los ojos. *Hipnotismo: explicación de un antiguo arte*. El título del viejo libro dio vueltas en su cabeza. Aquel libro había cambiado su vida. Y desde que lo había encontrado había estado viajando por todo el mundo, y también a través del tiempo.

–Tienes que tranquilizarte, Molly –había dicho Forest–. Tienes que acostumbrarte a la rutina de tu propia época.

Eso fue cuando Lucy y Primo escondieron su cadena con las gemas para viajar en el tiempo.

–Solo para que no tengas tentaciones –había explicado Lucy, y luego le había recomendado–: Realmente deberías

18

quedarte en esta época por un tiempo, Molly, e intentar no usar tus dotes de hipnotismo. Vive como una chica normal. Te vendrá bien –le dio una nueva cadena de la que colgaban cuatro animales: un perrito negro, un elefante de plata y dos mirlos–. En lugar de esa, puedes ponerte esta con tus mascotas. Son muy monas, ¿verdad?

Al principio Molly se había sentido feliz, como un pájaro que está contento de haber regresado sano y salvo a su nido. Pero después algo empezó a suceder. Se descubrió a sí misma deseando algo de aventura y queriendo extender de nuevo las alas. La mayor parte de su vida se la había pasado metida en un orfanato: por eso adoraba la libertad y la aventura. Y así, muy pronto, la vida comenzó a resultar algo aburrida. Quería ver mundo. Quería cosas más imprevisibles. Pero sus padres y Forest habían insistido en que lo que le hacía falta era normalidad. Y por esa razón habían contratado a una profesora.

Primo, Lucy y Forest opinaban que Molly, Micky, Rocky y Ojas no podían seguir comportándose como si la vida consistiese en unas vacaciones interminables. Necesitaban una rutina de trabajo y de juegos. Lucy les había prometido que la tutora que iba a venir sería muy maja, pero Molly les tenía pánico a las clases. Para ella, las clases eran esos momentos en los que no puedes dejar de mirar el reloj, o en los que un profesor la toma contigo, o en los que se te castiga por no saber la respuesta correcta. Micky y Rocky eran estudiosos por naturaleza, buenos a la hora de aprender, y capaces de trabajar en clase. Ojas estaba ansioso por empezar. Nunca en su vida había ido a la escuela.

19

–No sabes la suerte que tienes, Molly –le había dicho–. En el lugar de donde yo vengo hay niños que ni siquiera saben leer. ¿No quieres hacerte más y más inteligente? ¿No quieres saber cosas?

Molly sí quería; lo que no quería era tener que aprenderlas a través de un profesor. Todos los profesores que había conocido habían sido mezquinos y de miras muy estrechas.

–Preferiría aprender por mí misma, directamente del mundo –había contestado.

Molly hablaba siempre claro, pero había una cosa que había mantenido en secreto, sin contársela a nadie en Briersville Park. Guardaba ese secreto como una gallina guarda un huevo.

Durante su viaje al futuro, había descubierto que poseía una nueva habilidad. Pero se trataba de una habilidad que nunca podría contarles a su familia ni a sus amigos. Porque ahora podía leer la mente.

¡Imagínate que un amigo tuyo pudiera leerte la mente! Acabarías evitando a esa persona, porque te preocuparía que pudiera ver algo en tu cabeza que tú no quisieras que viera. Aunque Molly había decidido que no iba a utilizar aquel poder recién descubierto con su familia ni sus amigos, sabía que, si supieran de lo que era capaz, comenzarían a desconfiar de ella. Podrían dar por hecho que se metía en sus cabezas para ver sus pensamientos. Y por eso, Molly había decidido seguir guardándose para ella sola aquel incómodo secreto.

Por supuesto, eso no significaba que dejase de mirar en las mentes de otras personas. Tal vez echase una miradita en la cabeza de la tutora cuando esta llegase, para ver cómo era realmente. Hacia la izquierda, desde la ventana del ático, Molly distinguió el parpadeo de unas luces blancas a lo lejos, en la verja de entrada. Un coche avanzaba por el oscuro sendero.

Puesto que Lucy y Primo estaban atrapados en un atasco, a Molly, Micky y Rocky no les quedaba más remedio que hacer el papel de anfitriones y cuidar a su invitada, su nueva tutora, Miss Hunroe.

Todo empezó de forma algo extraña para Miss Hunroe, pues Todson, el nuevo mayordomo (que prefería ser llamado simplemente «Todson»), se había olvidado de poner a Cornelius Logan en su establo para pasar la noche. Cornelius era el tío de Molly, y también poseía el poder de hipnotizar, pero lo había utilizado con fines perversos. Molly se había visto obligada a hipnotizarlo a su vez, y a hacerle creer que era un cordero, de forma que él mismo no fuera consciente de sus propios poderes y no volviese a las andadas.

Cornelius era –nunca mejor dicho– inofensivo como un corderito, y se pasaba las tardes con las llamas en el prado, comiendo hierba y correteando de un lado a otro. Todson cuidaba de él, le servía la comida, y por las tardes lo llevaba a dormir. Pero esa noche se había olvidado de hacerlo. Excitado a más no poder, Cornelius entró trotando en el salón donde Rocky, Molly y Micky le habían ofrecido una taza de té a Miss Hunroe.

Antes de que nadie pudiera hacer nada al respecto, Cornelius estaba dando patadas a diestro y siniestro. Tumbó una mesa, volcó un florero y brincó encima del sofá. Luego se puso a dar vueltas y vueltas alrededor de la silla en la que se había sentado Miss Hunroe, y para terminar se tumbó a sus pies como si fuera una mascota.

–Eh... discúlpelo –dijo Molly–. Es mi... mi tío. No está muy bien de la cabeza. Estaba en un sanatorio –mintió–, pero lo trajimos de vuelta para que viviera con nosotros. No se preocupe, no le hará daño.

–Parece que le gusta usted un montón –dijo Rocky, limpiándose la nariz con un pañuelo.

–Oh, no os preocupéis –contestó Miss Hunroe–. ¡Es muy dulce!

Y así, Cornelius permaneció a los pies de la tutora hasta que ella subió a cambiarse para la cena.

Esa noche cenaron en el comedor en el que estaba la mesa redonda. Todson había sacado la cubertería de plata del siglo XVIII y la había dejado lustrosa. Cada comensal tenía dos cuchillos, tres tenedores y dos cucharas, con un cartelito en forma de pájaro con su nombre al lado del vaso para el agua. Entre el molinillo de pimienta, el salero y el tarro de mostaza había dos grandes candelabros de ocho brazos. Las velas estaban encendidas y una pila de leños ardía en la gran chimenea, de modo que una luz anaranjada parecía bailar por la habitación. Los rostros de los retratos de marcos dorados que colgaban de las paredes brillaban intermitentemente y se movían como si estuviesen cobrando vida.

–¡Vaya, esto es encantador! –exclamó Miss Hunroe mientras Todson la ayudaba gentilmente a sentarse–. Y el olor es delicioso.

–Es un alivio oír eso –dijo Todson con un gruñido–. El cocinero es nuevo.

Molly paseó la mirada por la mesa. Aquella noche todo el mundo había hecho un esfuerzo. Forest había llegado a casa y estaba sentado frente a Miss Hunroe con un suéter color lima brillante y un elegante pareo verde de lana con piñas estampadas. Su larga cabellera de rastas estaba recogida en una trenza, y llevaba un pañuelo atado alrededor de la frente. Micky estaba sentado al lado de Molly con una camisa azul turquesa hecha a medida. Rocky estaba enfrente, temblando bajo una gruesa chaqueta azul marino. Molly llevaba puesta una camiseta limpia. Su pelo estaba bastante desenmarañado, pues se había pasado veinte minutos atacándolo con un peine. Todson se fue colocando detrás de cada uno de ellos, erguido con su elegante uniforme de mayordomo, mientras sostenía la sopera para que se fueran sirviendo sopa de zanahoria.

–Huele usted a flores o algo parecido –dijo Forest, obviamente enamorado de la belleza de la nueva tutora–. A... eh... ¿narcisos?

–No, es perfume de rosas –le corrigió Miss Hunroe, y le dedicó una sonrisa que dejaba al descubierto sus dientes como perlas–. Pero ha sido un buen intento.

–Lo lamento de verdad –dijo de repente Rocky, empujando su silla hacia atrás sin avisar, de modo que estuvo a punto de volcar la sopera sobre Todson–. Ay, lo siento, Todson. Tengo que irme a la cama. Me siento muy mal.

–He perdido mis gafas –repuso Todson–, pero aun así puedo detectar, señorito Scarlet, que cada vez tiene peor aspecto. Le llevaré a su cuarto una botella de agua caliente y una taza de limón con miel.

–Gracias, Todson.

Rocky salió del comedor con pasos lentos y cansados.

–Es esta terrible gripe –comentó Miss Hunroe–. Todos caen como moscas.

Afuera, el viento golpeaba los cristales de las ventanas. Todson dio la vuelta a la mesa con una cesta de pan, y al llegar a Forest tropezó con la alfombra. Cuatro pedazos de pan blanco salieron volando por encima del hombro de Forest y fueron a caer dentro de su sopa.

–¡Oh, lo siento muchísimo, señor! Es que he perdido mis gafas –masculló el mayordomo–. Iré por más pan.

Pero Forest estaba tan ensimismado con Miss Hunroe que ni siquiera se había percatado de lo ocurrido.

–Sí, la gripe, es cierto, es muy mala –asintió–. Es el tiempo. Todo este aire húmedo. No es limpio y cálido como en Los Ángeles. Si pudiéramos controlar el clima, no tendríamos que preocuparnos por este tipo de cosas. Quiero decir: está muy bien que existan criaturas de toda clase, pero sería estupendo aniquilar a la población entera de virus de la gripe.

En los labios rojos y con forma de rosa de Miss Hunroe asomó una pequeña sonrisa, y luego se contorsionaron como si fuera a reírse pero estuviera intentando controlarse. Parecía tener un buen sentido del humor. Molly no pudo resistirse. Sabía que era propio de fisgones y que no debería hacerlo, pero quería echar un vistazo y ver lo que estaba pensando su nueva profesora. Nadie sabría que lo estaba haciendo. Nadie podría apuntarle con un dedo y protestar. Se sintió como una ladrona a punto de robar algo, porque sabía que los pensamientos de Miss Hunroe solo le pertenecían a ella misma. Sin embargo, estaba decidida a saber un poco más sobre su nueva tutora. Notando una bandada de mariposas en el estómago, Molly se concentró y, en silencio, le formuló una pregunta a Miss Hunroe: *¿Qué estás pensando?*

Sobre la cabeza de la tutora surgió inmediatamente una de aquellas burbujas vaporosas que siempre aparecían cuando Molly quería conocer los pensamientos de alguien. En su interior había varias imágenes; imágenes que se fundían unas con otras al ritmo en que la mente de Miss Hunroe se movía erráticamente de una idea a otra. Lo primero que vio, envuelto en un brillo tenue, fue el cuenco de sopa de Forest.

–Sí, es terrible –asintió Miss Hunroe–. La gripe no tiene compasión con nadie. Te obliga a estar en la cama durante días y días. Sin piedad –se echó a reír–. Y a mí también me encantaría poder controlar el clima. ¡Qué idea más encantadora! –por encima de su cabeza, la burbuja mostró la imagen de Miss Hunroe de pie en lo alto de una colina, rodeada de enormes piedras con forma de lágrimas. Tenía una batuta en la mano y sobre ella el cielo se iluminaba con varios relámpagos mientras ella controlaba el clima, como un director a su orquesta–. Sería divertido, ¿no te parece, Molly?

–Ehh... sí –balbuceó Molly, sintiéndose de pronto como si la hubieran descubierto mirando por el agujero de una cerradura. Dejó que la burbuja explotase–. Sí, ahora nieve y ventisca, y acto seguido un sol de verano –asintió con una sonrisa–. Y estaría bien hacer que lloviese en países donde sufren sequías.

Miss Hunroe se inclinó hacia delante y sorbió con elegancia una cucharada de su sopa.

En el otro lado de la mesa, Forest tragó ruidosamente.

–¡Vaya, esta sopa está muy... ehh, llena de pan! Debe de ser una receta nueva.

Y de ese modo fue avanzando la cena, con un ambiente un poco forzado, ya que todo el mundo quería mostrarse educado y formal ante la recién llegada; pero como Miss Hunroe era muy agradable, según iban pasando los minutos el hielo fue derritiéndose.

–¿Y cuáles son sus planes para nuestra educación? –preguntó Micky mientras Miss Hunroe le pasaba los guisantes a Forest–. A mí se me da muy bien la Física –añadió con total naturalidad–. Bueno, en realidad, se me dan bien todas las ciencias. Mis conocimientos están más que actualizados –hizo una pausa al ver que Forest le miraba y arqueaba las cejas. Le habían dicho que tenía prohibido contarle a Miss Hunroe que provenía del futuro. Continuó–: Pero mis conocimientos sobre el siglo veinte y su historia están llenos de lagunas. Me gustaría saber más sobre esta época.

–¡Bueno! ¡Suenas como si fueras un alienígena que acaba de llegar de otro planeta! –señaló Miss Hunroe.

–Yo siempre he sido una completa inútil en la escuela –interrumpió Molly, decidida a dejar las cosas claras desde el principio.

Miss Hunroe frunció el ceño.

Molly se cruzó de brazos y bajó la mirada a su plato de pollo, patatas y guisantes.

–Lo siento, pero así es como soy. Pensé que debía decírselo –levantó la mirada hacia Miss Hunroe, que le dirigía una sonrisa. Y aquella sonrisa era tan agradable que Molly se oyó a sí misma haciendo una promesa–: lo haré lo mejor que pueda, no obstante.

Miss Hunroe dejó su cuchillo y su tenedor sobre la mesa.

–Bien, tengo un plan estupendo –comenzó a decir–. Y empieza por un buen principio de curso. He hablado con vuestros padres y ambos están de acuerdo en que un viaje de estudios a Londres sería una forma magnífica de empezar las clases. Así que mañana por la mañana nos vamos a Londres. Volveremos al día siguiente, y aprovecharemos para ver un montón de cosas: el Museo de Historia Natural, el Museo de la Ciencia, galerías de arte. ¿Qué os parece?

Molly y Micky asintieron, estupefactos.

–Me temo que en los museos no se permite la entrada de perros, así que Pétula tendrá que quedarse aquí, pero como parece que Rocky está enfermo, se tendrán el uno al otro para hacerse compañía.

–Estoy segura de que Pétula preferiría quedarse de todas formas –sugirió Molly, agachándose y masajeando el cuello de la perra.

–A mí me encantaría ir –dijo Micky.

–Suena genial –opinó Molly, aliviada al ver que Miss Hunroe no era tan anticuada como el resto de profesores que había conocido.

–Bien, arreglado, entonces –zanjó Miss Hunroe–. Preparad vuestras cosas esta noche. Vuestros padres le dirán a Ojas que prepare las suyas. Por cierto, nos alojaremos en un lugar estupendo, pero por ahora mantendremos la dirección exacta en secreto –les guiñó un ojo como si fueran conspiradores.

–Suena realmente bien, Miss Hunroe –señaló Forest mientras se atusaba el pelo–. Ojalá yo también pudiera ir.

–Sería usted bienvenido –respondió la tutora.

–Tal vez deberías acompañarnos –sugirió Molly.

–Sí –asintió Forest–, las brillantes luces del Palacio de Buckingham, la Torre de Londres... He oído decir que la Reina celebra unas fiestas nocturnas fantásticas.

–Sí, claro –dijo Molly–. Forest, la Reina celebra fiestas en los jardines, fiestas durante el día con sándwiches de pepino y bollos con crema e invitados elegantes con sombreros llenos de adornos, no fiestas nocturnas.

–Eh, Mol, no eches por tierra mis fantasías.

–Vale, Forest –concedió Molly con una sonrisa–. Si tú lo dices, la Reina es una mujer muy marchosa.

–Bueno, estaría muy bien ir –dijo Forest–, pero me da la impresión de que Miss Hunroe necesita conoceros y ver cómo sois, chicos. Y además, mañana tengo que hacer una buena sesión de yoga.

–Tal vez esta noche, si hay tiempo, podríamos tocar algo de música –dijo Miss Hunroe sacando de su bolsillo una moneda de oro y echando una ojeada al piano que podía verse en la habitación de al lado.

Cuando todos oyeron a Todson tropezar en las escaleras, una bandeja que se estrellaba contra el suelo y cosas que se rompían, Miss Hunroe puso cara de *¡Oh, Dios mío!*

–¿Creéis que estará bien? –echó hacia atrás su silla y fue a comprobarlo–. ¡Ay, madre mía! –la oyeron exclamar los otros tres, mientras ayudaba a Todson a ponerse en pie.

–No se preocupe por mí –fue la respuesta del mayordomo–. Siempre me estoy cayendo.

–Es una dama agradable, ¿verdad? –opinó Forest–. Genial. Ojalá hubiera tenido una profesora como ella cuando era crío.

Todson tropezó aún dos veces más, una de ellas sobre Pétula cuando estaba llevando a la mesa una gelatina de frutas. Estuvo a punto de salir disparada del plato. La otra fue cuando traía la nata, que se salió del recipiente, cayó sobre una vela y la apagó.

–¡Bravo! –rió Miss Hunroe.

Molly y Micky se fueron a la cama, dejando a Miss Hunroe y a Forest junto al piano de cola. Mientras subían por las escaleras, oyeron a Forest decir:

–Oiga, Miss Hunroe, ¿le gustaría escuchar una nueva canción que he compuesto? Habla del planeta.

Comenzaron los primeros acordes, y luego Forest comenzó a cantar:

Oh, colegas, ¿adónde vais?
Si los huevos no tuviesen yemas,
¿estaríais cantando?
Las abejas están muriendo,
los desiertos se están friendo
y vosotros seguís gastando
y conduciendo
y comprando...

Sus palabras flotaron en el aire y siguieron a Molly y a Micky hacia sus dormitorios. Quince minutos más tarde, la música cambió de estilo. Era evidente que Miss Hunroe era una experta pianista. Tocaba maravillosamente. Aunque

Molly solo oía fragmentos de la pieza que la tutora estaba tocando, se sintió arrullada por la dulzura de la música hasta quedarse dormida.

Al día siguiente, el sol se esforzaba por asomarse entre las nubes y parecía que el cielo iba despejándose. Sin embargo, la atmósfera en Briersville Park se había vuelto muy gris. Por la noche habían llegado Ojas, Lucy y Primo, pero tras un sueño poco reparador, resultó que habían cogido la gripe, y también Forest. Todson les había llevado por la mañana el té a sus dormitorios y los había encontrado a todos enfermos. Solo Micky, Molly y Miss Hunroe se habían librado. Así que, mientras los demás seguían en la cama, ellos tres se reunieron en la cocina para tomar el desayuno.

–Es una verdadera pena que Ojas y Rocky no puedan venir –se lamentó Miss Hunroe, apoyada contra la encimera con una taza de café en la mano–. Pero ya habrá otros viajes. Y el adorable Todson está aquí para cuidar a todo el mundo. Así que no debemos preocuparnos por ellos en ese sentido.

–¿Y si nos ponemos enfermos mientras estamos en Londres? –preguntó Micky, alzando la mirada desde un pasatiempo matemático que había en el periódico.

–Bueno, en ese caso nos venimos directamente a casa.

–Miss Hunroe tiene razón –asintió Molly, y pegó un mordisco a su sándwich de *ketchup*. La salsa se desbordó y varios chorretones cayeron sobre su regazo. Dio un sorbo de su vaso de zumo concentrado de naranja (los sándwiches eran la comida favorita de Molly, y los zumos concentrados de naranja eran su bebida preferida)–. Este lugar está plagado de gérmenes. Probablemente estaremos mejor yéndonos a Londres.

Antes de marcharse, Molly y Micky asomaron la cabeza en diferentes habitaciones para despedirse. Molly encontró a Pétula, que estaba dormitando en su cesta en la despensa, y besó su hocico afelpado.

–No estaremos fuera mucho tiempo, Pétula. Te traeré algo bonito.

Luego se reunió con Micky en el vestíbulo.

–Es como la peste –observó Molly mientras descendían los nueve escalones blancos que había frente a la puerta principal–. Vamos a comprarles un regalo en Londres para que se mejoren.

Cruzaron el sendero circular de gravilla blanca y pasaron junto a un seto con forma de águila. Miss Hunroe estaba ya dentro del deportivo verde, con el motor en marcha.

–Bonito coche, Miss Hunroe –comentó Micky–. Un Porsche clásico, ¿verdad?

–Sí, bueno, todos tenemos alguna debilidad –contestó Miss Hunroe. Al abrir la ventanilla del coche, su perfume de rosas impregnó el frío aire de la mañana–. Aunque me temo que es un poco pequeño. En realidad está diseñado solo para dos personas. Uno de vosotros tendrá que apretujarse para ir detrás –sacó su moneda–: ¿Cara o cruz?

Molly cogió la moneda. Era pesada (de oro macizo, pensó). No era como las monedas normales. Era lisa, excepto por el dibujo de una nota musical grabado en relieve en una de sus caras. Encajaba perfectamente en la palma de su mano y producía cierto placer sostenerla allí.

Molly perdió la apuesta y, por tanto, le tocó colocarse en la parte de atrás. Uno o dos minutos más tarde recorrían el sendero y abandonaban los campos donde pastaban las llamas, salpicados de arbustos con forma de animales, criaturas de un zoo hechas de hojas. Delante de ellos, el cielo matinal ardía bañado en una luz rosácea.

Miss Hunroe alargó el brazo hacia el salpicadero.

–Veamos qué tiempo va a hacer hoy –dijo. Conectó la radio con un clic:

«... los cielos se mantendrán bastante despejados en todo el país», decía el hombre del tiempo, «aunque hay vientos y nubes formándose en los alrededores de Londres. Puede que aquí vaya a haber un poco de lluvia. Recomendamos...».

–¡Maldita sea! –bramó Miss Hunroe, y apagó la radio otra vez–. ¡Qué irritante! Quería que hoy el tiempo fuese perfecto. Alguien está entrometiéndose. Ja, ja.

Capítulo 3

Miss Hunroe chasqueó los dedos, animando a Molly y a Micky a que la siguieran hacia el interior del Museo de Historia Natural.

Los guió a través de dos puertas negras muy altas en las verjas del museo y luego bajaron una cuesta y pasaron junto a una gran pista rectangular de patinaje al aire libre. La extensión blanca de hielo centelleaba bajo la luz gris del mediodía, y unos cuantos patinadores felices se deslizaban o se tambaleaban de un lado a otro, vestidos con gorros con pompones, abrigos y guantes. Una mujer delgada de rasgos japoneses, con un tutú rojo de fieltro y elegantes botas rojas, realizó una pirueta y luego se detuvo en seco al ver a Miss Hunroe.

–¡Apresúrese, Miss Teriyaki! –la llamó Miss Hunroe–. ¡La reunión es ahora mismo!

–¿Qué reunión? –preguntó Molly.

–La reunión para conoceros a vosotros, claro –dijo misteriosamente Miss Hunroe–. Hoy tengo unas cuantas sorpresas para vosotros dos.

Molly miró a su tutora y luego a la estilosa mujer de la pista de hielo. ¡No era de extrañar que nunca antes le hubiera gustado el colegio! Miss Teriyaki estaba patinando muy rápido hacia la salida. Demasiado rápido, porque no vio que, en ese momento, un hombre de gran tamaño entró en la pista con pasos nerviosos e inseguros. La japonesa chocó contra él y se cayó. Su pierna se torció horriblemente bajo su cuerpo.

–¡Uau! Eso ha debido de doler –dijo Molly con una mueca. Micky y ella se pararon para ver cómo otras personas ayudaban a la mujer, que obviamente se había hecho daño–. Miss Hunroe –la llamó Molly–, su amiga...

Miss Hunroe había seguido caminando muy deprisa, ajena al accidente. Ahora estaba a cien metros de ellos, subiendo las grandes escaleras de piedra que llevaban a la entrada principal del museo, así que Molly y Micky la siguieron. Al pasar, admiraron la bella fachada del edificio y fueron señalando los animales, las criaturas imaginarias y las gárgolas con cara de monstruos esculpidas en piedra bajo los amplios ventanales del primer piso.

–Espeluznante –comentó Molly, y Micky y ella atravesaron una puerta gigante con adornos de metal para llegar al vestíbulo de entrada. Luego subieron unas escaleras y cruzaron otra puerta que los llevó al museo propiamente dicho.

Una vez dentro, el techo era abovedado e increíblemente alto. Los muros estaban construidos con ladrillos naranjas y blancos, lo cual hacía que la enormidad de su espacio interior resultase bonita y casi acogedora. Al fondo de aquella gran sala había un ancho tramo de escaleras que ascendían y se separaban como dos ramas de un árbol, hacia la derecha y hacia la izquierda, llevando a unas galerías. Y en el centro, entre ambas escaleras, haciendo tambalearse cualquier sensación de comodidad, se alzaba el inmenso esqueleto negro de un diplodocus.

Molly y Micky se detuvieron para absorber la atmósfera del lugar y contemplar los restos solitarios y fantasmagóricos del dinosaurio, pero Miss Hunroe ya se había lanzado escaleras arriba, con sus botas color crema resonando en los peldaños de mármol. Los chicos la siguieron. Ambos se sentían irritados por las prisas de Miss Hunroe. Acababan de recordar que con una profesora, e incluso con una profesora encantadora, un alumno tiene que hacer lo que se le dice.

–No estoy acostumbrada a que me lleven de aquí para allá como a una niña de guardería –se quejó Molly entre dientes–. ¿Sabes? La última vez que fui al colegio fue hace más de un año.

–Bueno, a mí me ha tocado obedecer órdenes hace mucho menos tiempo –dijo Micky–. Es asqueroso. Espero que no se vaya a convertir en una dictadora.

–¿Una qué?

–Una dictadora –torcieron hacia el tramo de escaleras de la izquierda–. Un dictador es un líder de un país que solo hace lo que él quiere, que le dice a la gente cómo van a ser las cosas sin preguntarles, sin que nadie vote nada.

–Sí, bueno, en ese caso esperemos que no se convierta en uno de esos –recalcó Molly–. ¿Sabes? No creo que Miss

Hunroe sea como habíamos pensado que iba a ser. Creo que no es lo que parece y que, en el fondo, quiere controlarnos.

Subieron a la galería del nivel superior. Allí pasaron junto a vitrinas llenas de monos disecados. Algunos parecían tener chispas en los ojos, y sus bocas estaban abiertas en pleno rugido; otros miraban con ojos tristes.

–Es increíble pensar que descendemos de ellos –comentó Molly–. Aunque supongo que los monos son iguales que nosotros: unos, ruines y egoístas, y otros, simpáticos y considerados.

Avanzaron entre urnas de cristal llenas de ejemplares de insectos. Una especie de termita del tamaño de Pétula levantaba sus pinzas hacia ellos.

–¡Ooh! ¡Mira esa hormiga! –exclamó Molly.

–Es una termita –la corrigió Micky–. Me gustan las termitas, son muy chulas. Viven en enormes construcciones de barro parecidas a castillos, que hacen ellas mismas.

Al final del pasillo había media docena de escalones que viraban hacia el centro del edificio. Allí el techo era muy bajo. Estaba compuesto de paneles y pintado con diversos ejemplos de especies vegetales.

–*Atropa belladona*. Comúnmente llamada belladona –informó Miss Hunroe, y señaló las pinturas. Junto a las letras se veía la imagen de una planta con hojas ovaladas, flores de color púrpura y bayas negras.

–Esa es peligrosa, ¿verdad? –dijo Molly.

–Sí –respondió Micky–. Si una persona comiera esa planta, se envenenaría. Y esa también –señaló otra imagen: una planta de hojas blancas–. *Conium maculatum*. Cicuta.

36

Te deja paralizado si te la comes. Sorprende que sea tan bonita, ¿verdad?

–No juzgues una flor por su belleza –asintió Molly.

–Daos prisa –les urgió Miss Hunroe, asomando un instante la cabeza por el hueco de una puerta en un tabique que estaba delante de ellos. Aquella era la entrada a la sección del edificio llamada «La Biblioteca Botánica».

–Supongo que esta es una de las sorpresas –dijo Micky. Señaló un cartel en el que se leía ACCESO SOLO POR INVITACIÓN. POR FAVOR, ADQUIERA UN PASE.

Molly y él se miraron y empezaron a trotar para alcanzar a Miss Hunroe. La siguieron al interior de una gran estancia con mesas cubiertas de libros y papeles a ambos lados. La tutora avanzó rápidamente dejando atrás las mesas en dirección a dos enormes puertas de cristal con marcos de madera. Las abrió de un empujón y entró; las hojas de la puerta recuperaron su posición y una le dio a Molly en el hombro.

–¡Ay! Pare un poco, señorita –masculló Molly frotándose la zona dolorida.

Ahora se encontraban en una sala de altos ventanales en arco, repleta de columnas y columnas de archivadores de roble que llegaban al techo. Un bloque de archivadores marcaba el centro de la habitación.

–Los archivos –declaró Miss Hunroe, sin siquiera mirar a los chicos.

Molly observó que frente a cada una de las ventanas había un espacio con una mesa y una silla. Y en cada uno de esos espacios, un empleado del museo estaba ocupado con un ordenador, todos ellos demasiado concentrados en su trabajo como para siquiera mostrar sorpresa ante su llegada.

–Primero el permiso de aparcamiento de un diplomático, y luego acceso a todo esto. Parece que Miss Hunroe tiene contactos –susurró Micky–. ¿Qué está haciendo ahora?

Miss Hunroe estaba al fondo de la estancia, delante de una cajonera.

–¡Vaya! Parece que la clase comienza aquí –dijo Molly.

Cuando llegaron junto a ella, su nueva tutora sonreía de tal forma que sus ojos color avellana parecían brillar. Entonces, con una mueca pícara en la cara, presionó el cajón que estaba a su lado de forma que, en lugar de sacarlo hacia afuera, lo metió para adentro. Y ante la inmensa sorpresa de Molly y Micky, el armario de puerta de doble hoja que tenían delante basculó sobre sí mismo, convertido en una puerta. Una puerta secreta.

–¡Mi tía la loca! –exclamó Molly.

–¿Tu qué? –preguntó Micky.

–Es una expresión –le respondió Molly en un susurro, mientras seguía a Miss Hunroe.

Al otro lado de la puerta, que ahora se cerró tras ellos, la estancia estaba igualmente llena de torres de archivadores. Como si fuera una mujer de negocios que llegase tarde a una reunión con sus jefes, Miss Hunroe avanzó rápidamente por la habitación.

–Miss Hunroe –la llamó Micky–, creo que debería saber que su amiga ha tenido un accidente.

–¡Típico de ella! –respondió la tutora.

–¿Adónde nos lleva, Miss Hunroe? –preguntó Molly, que empezaba a sentirse inquieta. Ya había vivido bastantes situaciones extrañas para saber que esta no parecía muy normal–. Todo esto es un poco misterioso. Preferiría que nos dijera qué está pasando.

Micky se apartó el pelo de la cara.

–A Molly no le gustan las sorpresas, ¿sabe? –explicó–. En el pasado se ha llevado unas cuantas bastante desagradables...

–Oh, no os preocupéis –dijo Miss Hunroe, arrojándoles las palabras por encima del hombro–. No hay trampa ni cartón. Unos cuantos escalones más y todo será revelado.

Llegó a otra puerta y giró el pomo de porcelana para entrar a una nueva habitación. Molly y Micky entraron con cautela.

–¡Ahora estamos en una de las torres del museo! –anunció Miss Hunroe con entusiasmo. Cerró la puerta, le dio una vuelta a la llave y se la guardó en el bolsillo–. ¿Veis? ¡El techo es abuhardillado! ¿No es encantador, con esas ventanas tan grandes? Es una especie de biblioteca –señaló unas escaleras que llevaban a una balconada cuyas paredes estaban cubiertas de estanterías–. Exquisito, ¿verdad?

La biblioteca era realmente espléndida y lujosa. Los muebles, estantes y galerías estaban hechos de nogal pulido decorado al estilo art déco con motivos de hojas, flores y pájaros de ébano. En el nivel donde ellos estaban había una chimenea, y encima de ella un cuadro de un árbol con forma de pluma; enfrente había una gran mesa baja cubierta de libros. En los otros tres lados de la mesa había tres sofás. Molly se dio cuenta de que en los cristales de las ventanas había dibujos y palabras grabadas. Palabras diseñadas para ser leídas desde el exterior, supuso. Aunque no podía entender cómo iba nadie a poder leerlas con lo alta que era la torre.

–Poneos cómodos –les dijo Miss Hunroe. Se llevó la mano al bolsillo de la chaqueta y sacó la moneda de oro. La lanzó al aire mientras decía–: ¡Cara! –y a continuación comprobó el resultado en la palma de su mano–. Cara, ganáis. ¿Os apetece chocolate caliente?

–Sí, estupendo –asintió Micky.

–A no ser... –titubeó Molly–. A no ser que tenga zumo de naranja concentrado.

–¡Zumo de naranja concentrado! ¡Desde luego que no! Esperad en este sofá y estaré de vuelta en un abrir y cerrar de ojos –desapareció por una puerta que había en una esquina de la habitación y Molly la oyó dar un par de palmadas.

Micky cogió un pisapapeles de cristal con una flor de narciso en su interior, y luego fue hasta la estantería que había al lado de la chimenea, donde empezó a leer en silencio los títulos de los libros.

Molly caminó hasta una de las ventanas y miró al exterior. El día estaba definitivamente nublado. Por encima de los árboles sin hojas que se alzaban frente al museo había una nube que parecía una oveja y que estaba cambiando de forma para adoptar la de un lobo.

–Estamos muy alto –le dijo a Micky.

De repente, Molly oyó a su espalda una voz de anciana con acento francés, y por poco dio un salto.

–Lo eztamos, de hecho –la punta de un bastón de plata golpeó suavemente el cristal que cubría un viejo dibujo del museo, que colgaba de una de las paredes–. Eztamos cazi en la zima de ezta togre.

Molly se dio la vuelta para contemplar a una anciana con el pelo teñido de azul que le sonreía. En el cuello tenía un collar de perlas blancas como copos de nieve. La mujer, completamente cubierta de arrugas, llevaba puesto un vestido hasta los tobillos de color azul grisáceo, adornado con olas de volantes de arriba abajo. Desprendía un fuerte olor a lavanda y los miraba inquisitivamente a ambos a través de unas gafas plateadas.

–No te habré provocado un ataque al cogazón, ¿vegdad?

–Por supuesto que lo ha hecho, Miss Suzette –intervino Miss Hunroe, que volvía a entrar en ese momento. Fue entonces cuando Molly y Micky vieron a las otras. Como gatos colándose en una habitación, otras dos mujeres habían entrado de forma sigilosa y se habían sentado en uno de los sofás–. Bien, Molly y Micky, acomodaos aquí –continuó Miss Hunroe, indicándoles el sofá que tenía delante– y dejad que os presente a todo el mundo.

Molly y Micky observaron a las recién llegadas. Una de ellas, una mujer grande y musculosa con un vestido amplio, como una tienda de campaña de color verde alga, y guantes blancos, ocupaba la mayor parte del espacio disponible en el sofá. Tenía unas greñas rubias recogidas en pequeños moños a cada lado de su cabeza, de forma que parecía que tuviera un segundo par de orejas. Su cara estaba enrojecida, como si acabase de restregársela. Apretujada junto a ella había una señora pequeña, delgada como una garza y con el pelo lacio y negro hasta los hombros, peinado con una raya en el mismo centro de la cabeza.

41

Aún llevaba puesto su abrigo, de lana color gris marengo. Sus manos eran blanquísimas, y en los dorsos se notaban claramente las venas, azules y abultadas.

Llamaron a la puerta y la patinadora japonesa, todavía con el tutú rojo pero con botas de nieve en vez de patines, entró cojeando, ayudada por una doncella con un delantal azul. Al llegar al sofá, se sentó con las demás.

–Lo siento mucho. Resbalé. Caí mal. Me he torcido el tobillo –se excusó. Se quitó la bota del pie derecho y la doncella la ayudó a colocar el pie sobre un taburete. Otra doncella apareció con una bolsa de hielo y una toalla y le entregó ambas cosas a la japonesa, que se las puso alrededor del tobillo hinchado. Molly vio que tenía una gran cicatriz en el antebrazo derecho y se preguntó en qué otro accidente se la habría hecho. Luego, las dos doncellas salieron y la mujer japonesa se recostó en el sofá.

La mujer grande del vestido verde sacó de su bolso una pequeña arpa y se la pasó a Miss Hunroe.

–La recogí del tallerrr del reparadorrr –dijo con un profundo acento alemán–. Antes de que me olvide, aquí la tiene.

–Ah, muchas gracias –repuso Miss Hunroe cogiendo el instrumento. Luego, con el ceño fruncido, le preguntó a la japonesa–: ¿Tenemos que vendarla?

Molly hizo un gesto educado hacia el grupo, pero no se sentía a gusto en absoluto, así que retrocedió hacia la chimenea para acercarse a Micky.

–Raro, raro –le susurró. Cuando se dio la vuelta, descubrió que la mujer del pelo azulado se había sentado sobre el apoyabrazos del sofá, junto a las otras, y que Miss Hunroe se había movido para colocarse a su lado. Todas las mujeres sonreían cálidamente a los gemelos. De repente, Molly notó que por su garganta subía una risita nerviosa. La situación era muy rara. Y aquellas mujeres tenían un aspecto muy cómico, como si fueran pájaros posados sobre la rama de un árbol. Pero ese aspecto no era intencionado, y eso hacía que Molly tuviese aún más ganas de reírse. No se atrevió a mirar a Micky porque, si lo hacía, los dos podrían empezar a reírse, y se suponía que hoy tenían que comportarse bien.

–Bien –empezó a decir Miss Hunroe, con un tono bastante más desagradable de lo que Molly había esperado–. Preparaos. Tenemos algunas sorpresas para vosotros.

Micky le dirigió una mirada a Molly y volvió a dejar en su sitio el pisapapeles de cristal, que dio un golpe demasiado fuerte sobre la mesa y a punto estuvo de romperla.

Molly asintió.

–Ehh... Vale.

Micky y ella observaron el grupo de mujeres con desconfianza. En ese momento, ante su asombro, una gran pantalla blanca comenzó a descender de la balconada que tenían detrás. Mientras eso ocurría, Miss Hunroe se entretuvo tocando unos cuantos acordes en su arpa, y una música preciosa inundó la estancia.

Sin dejar de rasgar y puntear su minúsculo instrumento, dijo:

–¿Cómo comenzar? Es difícil. Pero seré tan breve y directa como sea posible. Ella es Miss Oakkton –señaló a la mujer grande y musculosa.

–Encantada de conocerrros –dijo Miss Oakkton con su acento alemán.

–Y ella es Miss Speal –señaló ahora a la mujer delgada con el abrigo gris, quien les dedicó una débil sonrisa–. Ya conocisteis a Miss Teriyaki en la pista de hielo, y a Miss Suzette, que acaba de daros un susto.

–¿Cómo están? –saludaron Molly y Micky, algo inseguros.

–Hola. ¿Qué tal estáis? –respondió el grupo a coro.

Molly estuvo otra vez a punto de echarse a reír.

–Esto es de locos –le susurró a Micky.

–Sí –asintió él.

–Estas señoras ya han oído hablar de vosotros –continuó Miss Hunroe–. De hecho, saben más sobre vosotros de lo que podríais imaginar. Saben, por ejemplo, que tú, Molly, eres una hipnotista, que puedes parar el tiempo y también viajar en él. Y estamos aquí hoy para hablar de lo que eres capaz de hacer.

–Ahora es cuando yo digo: «¡Mi tía la loca!» –murmuró Micky.

Y Molly, aunque estaba pasmada por la revelación que acaba de escuchar, respondió:

–Un montón de tías locas, creo yo –no le importaba si el grupo de mujeres la oía o no. De pronto se sentía invadida por la desconfianza. Una mueca cínica cruzó su rostro. Ya no le gustaba la música, ni las sonrisas de aquellas mujeres, ni la habitación tan elegante en la que estaban, ni la idea de la taza de chocolate caliente que le habían ofrecido–. ¿Le importa dejar el arpa? –le preguntó a Miss Hunroe–. Esto es un poquito raro.

Su tutora dejó de tocar inmediatamente y depositó el instrumento sobre la mesa.

En ese preciso momento entró una doncella rubia vestida con un uniforme azul y un delantal blanco. Llevaba una bandeja con dos tazas y tenía el aspecto obediente de un perro bien entrenado. De hecho, parecía que estuviera hipnotizada, pensó Molly.

Miss Hunroe le sonrió a la doncella.

–Gracias, Sally –dijo, lanzando su moneda y dejándola caer en su mano izquierda. Y entonces, como si la caída de la moneda la hubiera activado, declaró–: Bien, Molly y Micky, quizás lo hayáis adivinado ya, o quizás no. Mis amigas y yo misma somos todas hipnotistas.

Capítulo 4

En el exterior del Museo de Historia Natural, oculto tras los árboles desnudos y tras un puesto de salchichas Beefeater, para que no pudieran verle desde la torre en la que se encontraban Molly y Micky, estaba CA2, temblando de frío bajo el débil sol del invierno.

–Definitivamente está ahí arriba –le estaba diciendo a alguien a través del teléfono móvil–. A menos que el aparato sea defectuoso –la otra persona dijo algo a lo que CA2 respondió con una risotada–. Sí, está completamente atrapada. Ahora mismo es como un zorro dentro de un agujero. Conseguiré las pruebas, y entonces le haremos frente a la chica, o, mejor dicho, le haremos frente a esa cosa –volvió a soltar una risotada–. Cambio y corto.

CA2 se guardó el teléfono en el bolsillo y comprobó otra vez el aparato de seguimiento.

Se sentía bien, como un pescador tras lograr una captura especialmente complicada, pues llevaba intentando atrapar a Molly Moon desde que se había cruzado con ella por primera vez en la ciudad de Nueva York. Y hoy la tenía nadando muy cerca de su red.

Molly era extraordinaria.

Nada más encontrarse con ella, CA2 había sabido exactamente qué era. ¡Hasta su nombre lo dejaba claro! No se creía la estrafalaria historia de que le habían puesto ese nombre porque la habían encontrado en una caja de caramelos Moon siendo un bebé. ¡Tonterías! No, esa chica poseía talentos que no eran humanos, sino extraterrestres. Podía lograr que otras personas hicieran exactamente lo que ella quisiera. CA2 había llegado a la conclusión, sin ningún atisbo de duda, de que Molly Moon no era humana. No, estaba muy claro que esa «chica» no era una persona, sino una criatura. Porque, igual que un perrito caliente es un perrito caliente, Molly Moon era una alienígena.

El verdadero nombre de CA2 era Malcolm Tixley. Tenía veinticinco años, era miembro de la Royal Air Force y desde los cinco años se dedicaba a cazar alienígenas. Su obsesión había comenzado cuando vio a un extraterrestre de color verde sentado en el ala de un avión. Estaba viajando con sus padres para visitar a unos familiares que vivían en Tanzania, y el avión volaba a doce mil metros de altura, pero eso no había impedido que aquel extraterrestre estuviera allí sentado. Incluso le había guiñado un ojo. Su madre también lo había visto, igual que la azafata. Desde entonces se había enganchado a la caza.

A los diez años se había unido a la AJBCA (Asociación de Jóvenes Británicos Cazadores de Alienígenas), y había ido ascendiendo hasta llegar a ser el lugarteniente. De ahí su título de CA2: Cazador de Aliens Dos. A los dieciocho había entrado en las fuerzas aéreas, y se había convertido en un piloto excelente. Le encantaba su trabajo, pero en el fondo, la razón principal por la que se dedicaba a volar era para volver a ver a un alienígena. Por las noches iba a clases para aprender sobre el espacio exterior.

–Vaya un tiempo raro que estamos teniendo, ¿verdad? –le dijo el tipo del puesto de perritos calientes, y le tendió un panecillo con una salchicha dentro–. Tormentas de granizo del tamaño de pelotas de ping-pong, y justo después vuelve a brillar el sol –CA2 estaba tan absorto en sus pensamientos que ni siquiera le oyó–. Tiene hambre, ¿eh? –le preguntó el hombre.

–¿Qqqué? ¿Por qué lo dice? –balbuceó CA2, cogido por sorpresa en su ensoñación.

–Por el perrito caliente, por supuesto. Tiene ganas de comérselo, ¿no? –el vendedor se limpió las manos en un paño a cuadros.

CA2 cogió el perrito caliente y le puso mostaza.

–En realidad –dijo mientras dejaba unas monedas sobre el mostrador metálico del puesto–, lo que de verdad me apetece es atrapar a un extraterrestre.

–Ah. Vale. Ya veo –dijo el otro–. Muy bien.

–Así que ustedes también son hipnotistas –dijo Molly muy despacio. Hizo una pausa mientras la doncella dejaba una taza de chocolate delante de ella–. En ese caso, creo que no voy a tomarme eso –le echó una mirada al grupo de mujeres que tenía enfrente–. ¿Tengo razón al pensar, Miss Hunroe, que usted no es profesora?

Miss Hunroe asintió. Bajó la mirada, avergonzada, y jugueteó con su moneda entre los dedos.

–Disculpadme por haberos engañado, a vosotros y a toda vuestra familia –dijo–, pero era necesario. Vuestros padres nunca os habrían dejado venir si hubieran sabido la verdadera razón por la que yo quería traeros aquí.

–Increíble –Molly miró de reojo a Micky. Cuando la farsa de Miss Hunroe quedó patente, sintió que la embargaba una profunda sensación de rabia–. No tenía ningún derecho a hacerlo –dijo–. No apartaría a unos niños normales de su familia haciéndose pasar por profesora, ¿verdad? Si la policía lo supiera, la encerrarían. ¿Quién se cree que es? –se dio la vuelta y fue hacia la puerta–. ¿Dónde está la llave? Antes vi que la cerraba y pensé que aquí pasaba algo raro. Nos vamos a casa. Pero ya.

Ahora Micky estaba a su lado. Los dos se sentían inquietos. Lo cierto era que se encontraban en una situación bastante complicada, porque aquellas cinco mujeres, todas ellas hipnotistas, parecían jugar con ventaja. Pero eso no iba a evitar que dijeran lo que pensaban.

–Se ha comportado de forma muy deshonesta –afirmó Micky.

–Lo que ha hecho está completamente fuera de lugar –corroboró Molly.

Miss Hunroe se mantenía completamente serena.

–Entiendo vuestra reacción –dijo–. Y si realmente es así como os sentís, por supuesto sois libres para marcharos. Pero tengo un favor que pediros. Por favor, escuchad la explicación de por qué se os necesita aquí. Si después de hacerlo os seguís sintiendo de la misma forma, respetaremos

vuestra decisión y podréis regresar de inmediato a Briersville Park, por descontado. Le encargaremos a un chófer
que os lleve a casa en cuanto queráis.

Como pajaritos piando, el resto del grupo mostró su
consenso.

–Sí.

–Sí, eso es lo que haremos.

Molly miró a Micky y levantó los ojos hacia el techo.
Micky entornó los suyos y luego se encogió levemente de
hombros. Molly resopló, irritada.

–Más vale que sea bueno –dijo mientras regresaba al
tercer sofá y se recostaba en él.

–Y rápido –masculló Micky uniéndose a su hermana.

–Bien, te descubrimos hace bastante tiempo, Molly
–empezó Miss Hunroe–. Oímos que te habías trasladado
a Briersville Park. Para empezar, teníamos nuestras sos-
pechas. Éramos conscientes del enorme éxito que habías
tenido en América protagonizando un espectáculo en
Broadway, y calculamos cuánto dinero habías ganado –sacó
unos cuantos recortes de prensa de un sobre. Todos eran de
periódicos americanos. Los fue leyendo:

*¡Moon está fuera de este mundo! [...] Molly Moon ha eclip-
sado a Davina Nuttel y le ha arrebatado su papel en* Estrellas
en Marte. *Anoche el rumor se oía por todo Manhattan. ¿Quién
es Molly Moon? Nadie lo sabe...*

–Y sigue en el mismo tono –concluyó.

Molly agachó la cabeza. Se sentía algo avergonzada por
la forma en que había conseguido llegar a lo más alto en
Manhattan.

Miss Hunroe continuó:

50

–Al principio pensamos que eras una oveja negra. Pero luego vimos que utilizabas el dinero para ayudar a los otros niños que habían crecido contigo en el orfanato. Vimos tu lealtad hacia ellos, especialmente con tu buen amigo Rocky, y entonces todo fue tomando forma. Nos dimos cuenta de que esa casa gigantesca de veinticinco habitaciones, Briersville Park, era en realidad la casa de tu familia. Porque aunque te llames Moon, eres en realidad una Logan: descendiente del doctor Logan, autor del extraordinario libro *Hipnotismo. Explicación de un Antiguo Arte.*

Molly se mordió el labio. Resultaba muy incómodo que aquellas mujeres supieran tanto de ella.

–No sé si te has dado cuenta, pero en el mundo hay muchísimas hipnotistas –afirmó Miss Hunroe–. Abunda la gente que ha conseguido dominar el Antiguo Arte –hizo una pequeña pausa–. Aunque, hay que decirlo, muy pocos son tan buenos como tú. Es un honor conocerte –dijo con dulzura–. Mis amigas y yo somos miembros de alto rango de la Sociedad Nacional de Hipnotistas. Solamente una pequeña proporción de los hipnotistas registrados poseen un verdadero talento. Hay muy pocos capaces de parar el tiempo, y muchos menos capaces de viajar en el tiempo. Y lo que es más, todavía no he conocido a nadie capaz de leer la mente...

Un escalofrío recorrió la espalda de Molly mientras la escuchaba. Se preguntó si de algún modo Miss Hunroe estaría al corriente de su habilidad secreta para leer la mente. De ningún modo quería que se descubriese su poder. Con el corazón latiéndole al galope, decidió volver a leer la mente de Miss Hunroe. Sabía que lo que estaba haciendo no podía ser visto por ninguna de las personas que estaban en la habitación, y sin embargo tenía los nervios a flor de piel. Como si esta vez fuera a ser descubierta. *¿Qué estás pensando?*, le preguntó en silencio.

Sobre la cabeza rubia de Miss Hunroe apareció una burbuja y, mientras seguía hablando, iban surgiendo en ella imágenes que ilustraban lo que decía.

–Como sin duda sospecháis, Molly y Micky, no todos los hipnotistas son buenas personas. Algunos hipnotistas pueden utilizar su arte únicamente en provecho propio, y si esas personas no tienen moral y no conocen la diferencia entre el bien y el mal, pueden emplear sus poderes exclusivamente para su beneficio. Pueden convertirse fácilmente en personas poderosas, influyentes, ricas. Sí, los malos hipnotistas pueden ser destructivos, y a menudo les da igual el daño o el sufrimiento que puedan causarles a otros.

Por encima de su pelo, la burbuja se llenó de imágenes de diferentes personas en escenarios maravillosos (una mujer de pelo gris en una habitación grande y fastuosamente amueblada; un hombre de aspecto mexicano tomando un cóctel en un yate, rodeado por el mar en calma de algún lugar cálido y tropical; y un hombre alto y feo posando enfrente de un casino con un puro en la mano). Luego, una carrera de coches invadió la burbuja, y también otra de caballos y varios aviones.

–Creo que aprendiste a hipnotizar gracias al libro de tu antepasado, el doctor Logan. ¿Me equivoco? –ahora la burbuja estaba ocupada por la imagen de un hombre con gafas y una nariz con forma de patata, vestido a la moda victoriana.

–Sí, así fue –admitió Molly.

Miss Hunroe prosiguió:

–Ese libro contiene lecciones para hipnotizar animales y a personas, para realizar hipnosis a distancia, hipnosis multitudinarias, y todo ese tipo de cosas, ¿no es cierto?

–Sí, es cierto –asintió Molly. Y al mismo tiempo, para comprobar lo que pensaban las demás, abrió también burbujas sobre sus cabezas. Todas estaban pensando en lo que Miss Hunroe estaba diciendo, excepto Miss Suzette, que estaba pensando primero en un pastel relleno de mermelada y mantequilla y después en otro de chocolate, como si tuviera hambre y no pudiera decidir cuál de las dos cosas comprarse en la cafetería cuando la reunión hubiese terminado.

Miss Hunroe lanzó otra vez su moneda, y luego les preguntó:

–¿Sabíais, niños, que vuestro tatarabuelo escribió un segundo libro, el *Volumen Dos*?

El anuncio cogió completamente por sorpresa a Molly y a Micky. Molly vio que en todas las burbujas que había sobre las cabezas de las mujeres aparecía la imagen de un libro grande y pesado, con figuras ovaladas en cada una de las esquinas.

–Lo cual hace que sea aún más asombroso –continuó Miss Hunroe– que tú, Molly, hayas aprendido algunas de las enseñanzas de ese segundo libro. Da la impresión de que las has aprendido de forma intuitiva.

–Humm –asintió la mujer alemana, Miss Oakkton, mientras sonreía de forma alentadora y se frotaba las manos enguantadas–. Es abzsoluuutamente extraordinarrrio. Es como si tuvierrras un don natural.

53

–¿Qué enseñanzas? –preguntó Molly, aunque ya había adivinado cuáles podían ser algunas de ellas.

Miss Oakkton respondió:

–Parrarrr el tiempo y viajarrr en él son enseñanzas de ese librro. También leerrr la mente.

–¿Leer la mente? –Molly esbozó una mueca, decidida a mantener en secreto su capacidad de leer la mente–. Eso suena difícil.

–Y la transmutación –añadió Miss Hunroe. En la burbuja que flotaba sobre su cabeza se vio a una persona transformándose en gato.

–¿Transmutación? ¿Qué es eso? –preguntó Micky.

–Oh –contestó Miss Hunroe con un suspiro–, es quizás la más peligrosa de las artes hipnóticas.

Ahora, sobre su cabeza, un caballo se transformó en un búho; luego, el búho se convirtió en un hombre bajito y muy peludo; después, el hombre se transformó en un bebé. Aquello era demasiado para Molly. Quería escuchar atentamente a Miss Hunroe y concentrarse en aquella novedad, la «transmutación», pero no podía hacerlo si al mismo tiempo estaba leyendo su mente. Así que permitió que las burbujas se disolvieran. Por el momento, dejaría a un lado su desconfianza. De hecho, su desconfianza estaba empezando a desaparecer. Aquellas mujeres no eran del todo angelicales, eso seguro, pues mantenían a la doncella hipnotizada, pero también la propia Molly había puesto a Cornelius bajo hipnosis para hacerle creer que era un cordero. Probablemente tuvieran sus buenas razones para actuar así, igual que ella.

Miss Hunroe cogió un mando a distancia y lo apuntó hacia un proyector que había en un soporte giratorio por encima de sus cabezas. El aparato comenzó a emitir un ronroneo. Miss Speal hizo una reverencia en dirección a Miss Hunroe y luego cerró los postigos de las ventanas y amortiguó las luces.

–Si eres capaz de transmutarte –explicó Miss Hunroe–, puedes pasar de ser un gato –en la pantalla apareció la imagen de un gato negro– a ser un perro –ahora apareció la fotografía de un perro pastor muy peludo, seguida de una larga sucesión de animales: ratones, una ballena, un elefante, un pájaro, incluso insectos (moscas, escarabajos, una hormiga roja)–. Cuando alguien posee esta capacidad, solo puede transmutarse en un animal que esté viendo. Coge prestado su cuerpo durante un tiempo, así que algunos prefieren llamarlos «ladrones de cuerpos».

Molly estaba totalmente sobrecogida por la idea. Ser capaz de coger prestado el cuerpo de un pájaro y poder volar, o ser un pez y nadar, ¡sería fantástico! Pero permaneció en silencio y muy quieta, para que no se notase su excitación.

–¿Cómo saben eso? –preguntó Micky–. ¿Tienen una copia del segundo libro?

Desde el sofá, Miss Teriyaki se echó a reír.

–No, querido –respondió Miss Hunroe con una sonrisa–. Si lo tuviéramos, bueno, en ese caso todo iría bien y vosotros dos no estaríais aquí. Ahora, ¿por dónde iba? Ah, sí, transformarse de un animal en otro es el nivel más elemental de la transmutación. Pero no penséis ni por un segundo que es algo fácil.

–¿Usted puede hacerlo? –preguntó Micky.

–Qué más quisiera yo –suspiró Miss Hunroe.

–¿Cómo sabe qué es? –preguntó Molly.

De repente se escuchó la voz de pajarillo de Miss Speal, la mujer pequeña y delgada de pelo negro. Se puso en pie y habló con rapidez, en una especie de susurro, como si tuviera miedo de que algo horrible pudiera ocurrir si alzaba más la voz.

–Mis padres eran hipnotistas. Ellos protegieron el libro durante un tiempo, cuando yo tenía unos siete años. Pero tenerlo era peligroso, pues su contenido es extremadamente poderoso.

Molly sintió que el pelo se le erizaba en la nuca. La cara de Miss Speal era tan pálida y traslúcida que parecía un fantasma, y ahora que estaba hablando de aquella forma sobre el libro, resultaba aún más espeluznante.

–Recuerdo que una vez lo encontré, cuando mis padres estaban fuera. No se me daba muy bien leer, pero sabía que aquel libro era muy, muy especial, porque les había oído a mis padres hablar de él, así que lo abrí e hice un esfuerzo por entender lo que ponía en él –la mujer se pasó una mano por el pelo al recordar–. El libro pesaba mucho. En la cubierta, que era gruesa, de cuero, había cuatro piedras planas encastradas, una en cada esquina. Una era naranja con vetas rojas; otra era gris con zonas blancas y negras; otra era verde y marrón, como los colores de las plantas y la tierra; y la última era azul con motas blancas, en forma de olas y espuma.

Miss Speal frunció los labios y se llevó la mano al bolsillo del abrigo.

–Miss Speal –la amonestó secamente Miss Hunroe.

Pero la otra la ignoró, sacó un pequeño pedazo de piedra azul y se lo mostró a los chicos de forma que ambos pudieran verlo. Era de color azul marino y estaba salpicado de manchas blancas.

–¡Esta es la piedra azul del libro! –anunció–. Se cayó, y me alegro de que lo hiciera, porque unos días después el libro fue robado.

Afuera, un relámpago restalló en el cielo.

–Miss Speal –volvió a recriminarla Miss Hunroe–, por favor, intente no ponerse muy sensible con esto. Los chicos necesitan saberlo todo acerca del libro. ¿Quiere decírselo usted, o lo hago yo?

Miss Speal respiró profundamente y sus ojos se desviaron hacia el cielo.

–Sí, sí. Bueno, dentro del libro estaba el título, *Hipnotismo. Volumen Dos. Las Artes Avanzadas*. Había unos diez capítulos, pero no puedo acordarme de todos los temas que trataban. Era muy emocionante, y al leerlo me sentí como si hubiera abierto alguna especie de libro de hechizos.

Mientras hablaba, frotaba la piedra azul. Daba la impresión de que la piedra la ayudaba a recordar aquella tarde lejana. En el exterior retumbó un trueno.

–¡MISS SPEAL! –la amonestó con dureza Miss Hunroe–. Por favor, contrólese.

Miss Speal volvió a guardarse la piedra en el bolsillo y miró algo nerviosa a Miss Hunroe, casi como un perro con el rabo entre las piernas miraría a su dueño.

–Sí –concluyó, dirigiendo la atención a su audiencia–. Como decía, el libro fue robado...

–... antes de que aprendiese ninguna de sus enseñanzas –añadió Miss Hunroe.

Miss Speal pareció desconcertada por un momento, y luego sus ojos se dilataron.

–Sssí, sí, antes de que aprendiera ninguna de sus enseñanzas. Leí la lista de los contenidos, pero nunca llegué a aprenderlos.

–¿Quién lo robó? –preguntó Molly.

Miss Speal hizo un gesto negativo con la cabeza.

–Solo el diablo lo sabe.

–Pero lo importante –intervino Miss Teriyaki con impaciencia– es dónde está ahora.

–Vamos por orden –insistió Miss Hunroe. Le dirigió una mirada de recriminación a Miss Teriyaki y le dio un golpecito en la muñeca con el mando a distancia–. No he terminado de explicar el arte de la transmutación.

La japonesa enlazó las manos e inclinó la cabeza reverencialmente.

–Perdón, perdón –dijo en tono servicial, y se reajustó la bolsa de hielo alrededor del tobillo.

Miss Hunroe volvió a apretar el botón del mando.

–Como he dicho antes, el nivel más elemental es transformarse en un animal, pero el nivel más sofisticado... –se giró hacia los niños y dijo, muy seria–: La cuestión es que el segundo nivel de la transmutación consiste en ser capaz de cambiar de un humano a otro humano. Y, como podéis imaginaros, cualquiera que pueda hacer eso podría convertirse en alguien muy poderoso y muy influyente. ¡Una persona que domine esa habilidad podría elegir transformarse en el presidente de los Estados Unidos de América! –en la pantalla surgió la imagen del presidente americano hablando con un oficial del ejército. Detrás de ellos había una hilera de soldados realizando un saludo marcial–. O podría adquirir la forma del presidente de China –ahora en la pantalla había miles de soldados en posición de firmes, ante el presidente chino–. Una vez dentro del cuerpo de otra persona, tiene control sobre su mente y, por supuesto, sobre sus acciones. ¿Os dais cuenta de lo peligroso que eso podría ser?

–Desde luego –contestó Molly, que se sentía hechizada por la historia.

–Y entonces –dijo Micky–, nos está diciendo que el primer ministro de este país es en realidad otra persona, que algún hipnotista malvado se ha transfigurado en su cuerpo.

–No, todavía no. Al menos, espero que no –Miss Hunroe cruzó los brazos–. Pero sabemos que el libro, el *Volumen Dos*, ha caído en manos de una persona absolutamente indeseable. Y sabemos que esa persona intentará asimilar las enseñanzas del libro con fines malvados.

Miss Hunroe apretó uno de los botones del mando a distancia y en la pantalla apareció la fotografía de un hombre con la cara curtida y una mata de pelo negro. Su piel tenía aspecto de ser áspera, y estaba llena de marcas de viruela. Llevaba puesto un traje elegante de raya diplomática, con una corbata roja y un sombrero de fieltro. Molly se dio cuenta de que era la misma persona que había aparecido antes en la burbuja sobre la cabeza de Miss Hunroe.

–Su nombre es Theobald Black. Es un hipnotista. Utiliza su talento para realizar desfalcos.

–Desfalcos. ¿Qué es eso? –preguntó Molly.

–Significa –se apresuró a explicarle Micky– que te apropias de dinero que no es tuyo.

–Sí, así es –asintió Miss Hunroe–. Míster Black escoge presas fáciles (damas o caballeros ricos y ancianos). Aquí hay algunas fotografías en las que se le ve en acción. En esta está hipnotizando a una rica heredera que posee minas de oro –en la pantalla surgió una fotografía en blanco y negro de Míster Black en un banco de un parque, sosteniendo un péndulo delante de una mujer de mediana edad que llevaba puesto un sombrero con un pájaro encima–. Y aquí está tomando el control de una anciana que ha hecho una fortuna con la mermelada...

–Unaz confitugaz muy buenaz –añadió Miss Suzette–. Zu empreza ze llama «Megmeladaz Wiltshige».

Ahora apareció otra foto. Estaba tomada desde la ventana de una cafetería, y mostraba a Míster Black sentado en una mesa con un hombre mayor con bombín. Sus caras estaban muy cerca la una de la otra y Míster Black estaba mirando fijamente a los ojos del otro, hipnotizándolo.

–Dirige un casino, Black's Casino –en la pantalla se veía ahora a Míster Black, vestido de negro, hablando con el portero del local–. Tiene una hija llamada Lily.

Ahora la imagen era la de una chica de unos siete años, con el pelo corto, negro y rizado. Iba vestida con un elegante chaquetón rosa y botas a juego.

–Por lo que sabemos, ella no es hipnotista. Pero es todo un elemento –en la siguiente imagen se veía a Lily en el exterior de un restaurante, con una mueca furiosa en la cara.

Tenía los puños apretados con rabia–. En esta foto aparece enfadada porque su padre no pudo conseguir una mesa en el restaurante La Orquídea.

–Pero si es hipnotista, seguramente podrá conseguir mesa en cualquier restaurante –protestó Micky.

–Fui a la escuela con Black. Sé cómo es. Egoísta. No hay duda de que quería irse a casa y no le importaba lo que su hijita Lily quisiese.

–Lily Black, vaya un nombre –dijo Molly–. Entonces, ¿qué tenemos nosotros que ver con todo esto? –preguntó, aunque creía saber la respuesta.

Una nueva imagen apareció en la pantalla. Molly pensó que la debía de haber hecho con una cámara oculta, porque era una fotografía del interior del casino. Había crupieres uniformados detrás de la mesa de la ruleta y de las de los juegos de cartas. Y amontonadas sobre los tapetes verdes de las mesas, había pequeñas torres de fichas de colores brillantes.

–El lugar está repleto de guardias –explicó Miss Hunroe–. Y hay cámaras por todas partes. No hay forma de que ninguna de nosotras –hizo un gesto con la mano para abarcar al grupo de mujeres que tenía a su lado– pueda entrar para recuperar el libro. Seríamos detectadas al instante. Ya intentamos una vez quitarle a Black sus gemas para viajar en el tiempo, pero fracasamos. De hecho, Miss Teriyaki tiene un recuerdo de aquel intento.

Miss Teriyaki levantó el brazo y les mostró a Molly y a Micky la gran cicatriz que lo recorría.

–¿Y no llamaron ustedes a la policía? –preguntó Micky.

–¡A la policía! ¡No queremos involucrar a la policía! Si lo hiciéramos, Black tomaría mayores precauciones para esconder el libro. Y entonces, jamás podríamos encontrarlo. Además, nos habíamos colado ilegalmente en su propiedad. Eran las cuatro de la madrugada y el casino estaba cerrado. Black podría haber probado que pretendíamos robarle. Y no olvidéis que es hipnotista. A saber qué tipo de testigos podría conseguir. ¡Podría hipnotizarlos para que dijeran lo que él quisiera! ¡Habríamos acabado en la cárcel!

–Siempre podrían salir de la cárcel hipnotizando a los guardias –la desafió Micky.

–Cierto, pero Black siempre estaría detrás de nosotras. Y haría que nos cogieran de nuevo. Nos arriesgaríamos a acabar encerradas para siempre.

–Así es. El riesgo no merece la pena –sentenció Miss Teriyaki.

–En resumidas cuentas –prosiguió Miss Hunroe–, ahora Black nos conoce. Sabe que necesita protegerse. Incluso si entrásemos las cinco utilizando nuestras habilidades hipnóticas, no tendríamos la menor oportunidad. Black ha tomado precauciones.

La pantalla mostró la imagen del bolsillo de uno de los guardias del casino. Asomando por el borde había unas gafas oscuras con un diseño en forma de remolino.

–Gafas anti-hipnotismo –explicó Miss Hunroe.

Molly asintió.

–Las he visto antes –dijo–. Vi una versión, unas gafas normales con remolinos blancos, no tan oscuros como estos. Funcionan.

–Sí, y cuando los guardias se las ponen, parecen simplemente gafas oscuras –afirmó Miss Hunroe–. Así que siempre que se les acerca alguien sospechoso, se ponen las gafas.

–Si no le importa que lo añada, Miss Hunroe –intervino Miss Teriyaki–, también pensamos que Black les ha dado a sus guardias dispositivos para distorsionar la voz. Porque creemos que si Black ha encontrado la forma de defenderse de miradas hipnóticas, seguramente habrá pensado también en cómo bloquear la hipnosis por voz.

–Sí, correcto, Miss Teriyaki –dijo Miss Hunroe, visiblemente irritada por la interrupción.

–Entonces –preguntó Micky–, ¿cómo podemos nosotros ayudar?

–Supongo que tiene que ver con la hija –dijo Molly.

–¡Ja, eso es! –exclamó Miss Oakkton dándose una palmada en las rodillas.

–Sí –asintió Miss Hunroe–. Mirad, la cuestión es esta: las únicas personas con las que los guardias se comportan con normalidad son los compañeros de colegio de Lily. Nunca se ponen las gafas anti-hipnotismo cuando los amigos de Lily van a jugar.

–Pog supuezto –explicó Miss Suzette–, podgíamos habeg hipnotizado a uno de ezoz niñoz paga que cogiega el libgo, pego penzamoz que utilizag a un niño inocente seguía injuzto...

–Ja, muy injusto –corroboró Miss Oakkton–. Pobrrrecitos.

–Nuestra esperanza –intervino Miss Teriyaki– es que vosotros podáis entrar en el casino con la excusa de que tenéis que ver a Lily, vuestra amiga del colegio.

Miss Hunroe les mostró una hoja de papel con los planos del casino.

–Una vez que estéis dentro del edificio –dijo–, podréis acceder a las zonas privadas. Este mapa muestra los conductos de ventilación y las tuberías que conectan unas habitaciones con otras; podéis usarlos para acceder a la oficina de Theobald Black. Podrías utilizar tus gemas especiales para congelar el tiempo y conseguir las llaves de la oficina.

–No tengo mis gemas –respondió Molly.

–Pero ¿no las llevas contigo? –preguntó Miss Hunroe mirando su cuello–. ¿No están en tu colgante?

Molly tiró del collar con el perro negro, el elefante plateado y los dos mirlos.

–No. Estas son nuestras mascotas.

Las mujeres soltaron varias exclamaciones de incredulidad y decepción.

–Es una lástima –declaró Miss Teriyaki–. Tendremos que ir a recoger las gemas.

–¡No hay tiempo! –chillo Miss Speal–. Oh, Señor. Ya estamos corriendo demasiados riesgos. ¿Qué diablos vamos a hacer? –empezó a retorcerse las manos como si quisiera escurrir una prenda mojada–. Quizás tus padres podrían enviárnoslas...

–¡NO! –la interrumpió Miss Suzette–. Podgían pgohibiglez a Molly a Micky que noz ayuden.

–¿Incluso si su ayuda es para la mejor de las causas? –preguntó Miss Teriyaki.

–No estarían muy contentos, eso desde luego –dijo Micky–. Creen que Molly necesita pasar algo de tiempo... «normal».

–Por eso buscaban una tutora –añadió Miss Hunroe. Luego frunció los labios–. Oh, queridos. Molly, Micky... Realmente no me siento cómoda con esto. Si vuestros padres no lo aprueban, no creo que debamos contradecir sus deseos.

Molly meditó un instante mientras contemplaba al pequeño grupo de mujeres. Podía comprender la razón de su preocupación. La idea de que una mala persona aprendiese el arte de la transfiguración resultaba espeluznante.

–¿Cómo saben que Míster Black no es capaz ya de transfigurarse? –preguntó.

–No lo sabemos –Miss Hunroe lanzó su moneda, como si la acción de lanzarla por los aires igual que si fuera una crepe la reconfortase–. Sabemos que el libro fue a parar a sus manos hace un mes. Y puesto que lo ha tenido durante un período tan corto, lo más probable es que aún no pueda transfigurarse...

–¿Cómo...? –empezó a preguntar Micky.

Miss Hunroe le respondió antes de que terminase la pregunta:

–Recibimos una llamada anónima.

Molly miró una a una a las mujeres que tenía enfrente.

–Si no les importa que se lo pregunte –dijo–, ¿cómo se conocieron ustedes? ¿Y cómo se vieron envueltas en todo esto?

–Bueno –empezó Miss Hunroe, y sus labios formaron la figura de una pequeña rosa antes de continuar–, como he dicho antes, hay una sociedad de hipnotistas. Nos conocimos en ella. Fuimos invitadas a formar un grupo de hipnotistas de élite, aunque debo decir que todas nosotras somos simples hipnotistas, no podemos viajar en el tiempo o detenerlo. Prometimos solemnemente utilizar nuestros poderes para ayudar a la gente. Intentamos evitar el juego sucio.

–Queremos coger a los tramposos antes de que hagan trampas –aseveró Miss Speal.

–Agararrrr a los trrramposos antes de que puedan gruñirr –añadió Miss Oakkton.

–Somos una especie de supermujeres, supongo –explicó Miss Teriyaki con una sonrisa–. Arrancamos de raíz a los truhanes como Míster Black. Es una verdadera lástima que no tengas contigo tus gemas para detener el tiempo. Y lo peor es que ya es tarde para ir a por ellas –se giró hacia Miss Hunroe como si estuviese claro que la situación había cambiado y que la presencia de Molly era ahora irrelevante–. Yo entraré, Miss Hunroe.

–Pego zegugamente Molly puede entgag aunque no tenga zuz gemaz –opinó Miss Suzette.

–¡No sea ridícula! –exclamó Miss Teriyaki.

–Escuchen –las interrumpió Molly–. Micky y yo no necesitamos las gemas para esto. Está tirado. Esto puede hacerse fácilmente sin ellas –al hablar, notó que Micky la miraba boquiabierto. Pero le habían despertado el apetito: el viaje al Black's Casino para recuperar el libro sonaba al tipo de aventura que estaba echando de menos–. Además, tengo mucho interés en echarle una ojeada a ese libro. Podríamos llevarlo a Briersville Park y guardarlo en nuestra biblioteca. Después de todo, ahí es donde debe estar.

Micky se encogió de hombros.

–Supongo que sí.

–¡Eze ez el espíguitu que necezitamoz! –exclamó Miss Suzette mientras hacía girar su bastón con entusiasmo–. ¡Juzto la idea que yo mizma había tenido!

–¡Marravilloso! –añadió Miss Oakkton aporreando la mesa con sus manos enguantadas.

Miss Hunroe dio una palmada para atraer la atención:

–¡De ninguna manera! –dijo vehementemente–. Lo siento, Molly y Micky, pero me he comportado como una tonta y de manera completamente inadecuada. Habéis dicho que vuestros padres no aprobarían que os involucraseis en esto y no podemos ignorarlo.

–Pero, Miss Hunroe –la interrumpió Miss Teriyaki–, la propia Molly piensa que ella y su hermano pueden recuperar el libro fácilmente. Puede que sea nuestra única oportunidad.

–Miss Hunroe, es una locurrra no aceptarrr la ayuda de los chicos.

–No, Miss Oakkton, ya me he dejado influenciar demasiado por todas ustedes. Estos niños no pueden involucrarse sin el consentimiento de sus padres.

–Escuchen –intervino Molly–, queremos ayudar. Y nuestros padres hace muy poco que son nuestros padres, de hecho. Micky los conoció muy recientemente. Y yo no los conozco desde hace mucho más tiempo. Hemos vivido muchos años sin ellos. Así que no somos como los niños normales. Puede que Micky no se haya decidido aún –añadió con una sonrisa–, pero yo sí.

–Oh, no sé –dijo Miss Hunroe, dándole vueltas a su decisión. Sacó otra vez su moneda y la hizo girar y girar entre sus dedos.

–Yo cgeo que deben ayudag –opinó Miss Suzette–. Eztoz niñoz, Miss Hunroe, no zon niñoz nogmalez. Molly tiene habilidadez ezpecialez, y Micky pgobablemente también. Dezpuéz de todo, zon gemeloz. El don de Molly acaguea guezponzabilidadez ezpecialez. Y ezte ez un pgoblema cgítico que guequiegue zolucionez ezpecíficaz. Nadie puede ayudagnoz del mizmo modo que puede haceglo Molly. Máz aún, zi no contamoz con la ayuda de Molly, el mundo entego puede zufgig laz conzecuenciaz.

La moneda de Miss Hunroe voló por los aires y aterrizó en la palma de su mano. En un gesto rápido, la puso en el dorso de su otra mano.

–Cara, ganáis vosotras –dijo.

A doscientos setenta kilómetros de allí, Pétula se despertó de una breve siesta a mediodía. Había tenido una pesadilla en la que Molly la dejaba sola en Briersville Park, lo cual era una tontería, y ella lo sabía, porque, aparte de Molly y Micky, todos los demás (Rocky, Ojas y los adultos) estaban allí. Sacudió la cabeza; sus orejas y sus belfos aletearon arriba y abajo, y la placa brillante con su nombre se agitó ruidosamente. Pero era extraño, pensó, que nadie la hubiera molestado mientras dormía. La noche anterior había ido a la granja vecina para jugar con sus amigos los perros pastores que vivían allí. Se había quedado hasta después de la medianoche, y luego había vuelto a casa por la carretera, bajo el cielo estrellado; le había ladrado a un zorro que su olfato había detectado en el prado, y cuando había entrado en casa, ya era muy tarde. Ahora iría a ver a todo el mundo para comprobar cómo estaban. Normalmente a esta hora podía oír al mayordomo, Todson, preparando la mesa para la comida, pero, curiosamente, todo estaba en silencio.

Así que salió de su cesta en la despensa y corrió por el pasillo hasta la cesta que tenía en el vestíbulo. Allí cogió una piedrecita con la boca y, mientras la masticaba y la chupeteaba, subió por las escaleras hasta el rellano que llevaba a los dormitorios de los dueños de la casa. Los retratos de los antepasados de Molly y Micky parecían tener los ojos fijos en ella, mirándola con curiosidad.

–¿Es que no sabéis que es de mala educación mirar a alguien fijamente? –les ladró Pétula.

En el primer piso, los cientos de relojes alineados en el pasillo hacían tic como grillos mecánicos. Pétula abrió de un empujón la puerta del dormitorio de Primo Cell y Lucy Logan. La estancia se encontraba a oscuras, pues las cortinas estaban cerradas. Por un momento, Pétula pensó que tal vez habían comprado una televisión muy moderna que estaba colocada en el techo. Pero al mirar hacia arriba vio que en el techo no había nada. Y lo más extraño era que ninguno de los dos la saludó. Dejó caer la piedra y soltó un ladrido. Primo y Lucy estaban inmóviles. Pétula puso sus patas delanteras en el lateral de la cama. Gimoteó para ver si Lucy reaccionaba y pateó la colcha de seda, pero ninguno de los humanos dijo una sola palabra. Entonces Lucy dio un sorbo de agua, sin tan siquiera mirar un momento a Pétula.

Algo iba mal, muy mal. Pétula soltó otro ladrido, y después varios más, pero fue inútil. De pronto se sintió muy asustada. Ya había visto antes a humanos en ese estado. Resultaba tan nítido como un hueso sin enterrar: Lucy y Primo estaban hipnotizados. Pero ¿por quién? Pétula miró a su alrededor para comprobar si sus ladridos habían hecho venir a alguien. Se dio la vuelta y salió de allí corriendo.

Invadida por una sensación de pánico, recorrió el pasillo de los relojes hasta alcanzar el pequeño tramo de escaleras que llevaba a los cuartos de los niños. ¡Tenía que hacerles saber a Rocky y a Ojas lo que había ocurrido y conseguir su ayuda! Sus patas arañaban los peldaños de madera mientras subía, y al llegar a la habitación dio un patinazo para frenar. El dormitorio estaba vacío. Pétula se giró y echó a correr hacia las escaleras que daban al ático. Su corazón se iluminó al acercarse a la guarida de los críos. Desde el otro lado de la puerta cerrada se oía el sonido de la televisión. Allí todo era normal, pensó. Rocky y Ojas estaban viendo la tele. Pero cuando empujó la puerta, sus esperanzas se rompieron en pedazos. Porque allí, en la oscuridad producida por las cortinas cerradas, estaban Ojas y Rocky, recostados en sendos sillones y mirando la pantalla con ojos vidriosos y expresiones ausentes.

Pétula se subió al regazo de Rocky y le ladró directamente a la cara, pero el chico parecía estar medio muerto. La luz de la pantalla bailaba sobre su rostro. Pétula saltó al suelo y se fue enrabietada hacia la televisión. En ese momento estaban proyectando un anuncio. Tres botes de mostaza, cada uno de ellos con una cara sonriente, se movían dando saltitos alrededor de una salchicha recién salida de la barbacoa. Eso debería haber sido gracioso, pero hoy, como si se tratase de una pesadilla, los botes de mostaza tenían un aspecto siniestro.

Pétula soltó un gruñido e intentó apretar con su pata el botón para apagar el aparato. No tuvo éxito, así que atacó el enchufe y, finalmente, consiguió arrancarlo. Ahora la habitación se encontraba totalmente a oscuras, salvo por la luz que entraba desde el pasillo. Asustada y confundida, Pétula salió de allí. Mientras corría por la alfombra hacia las escaleras principales, pensó que Forest el *hippy*, o Todson, o la nueva cocinera, debían estar bien. Estaba empezando a sentirse desesperada, y tenía ganas de soltar un aullido de auténtico miedo, porque seguramente Forest o Todson habrían llamado a Molly y a Micky para que volviesen a casa si sabían lo que les había ocurrido a los otros. Pero entonces se le ocurrió una idea terrible: quizás Todson o la nueva cocinera fuesen los culpables de lo que pasaba.

Abajo, en el salón, Forest estaba tan quieto que parecía haber echado raíces para convertirse en un árbol humano. Incluso los mirlos mascota que se apoyaban en sus hombros habían sido hipnotizados. Pétula estaba asustadísima. Tan sigilosamente como pudo, se dirigió a la cocina. Allí encontró a Todson y a la cocinera tailandesa sentados en sendos sillones, con los ojos cerrados.

Pétula sacudió la cabeza, tomando conciencia de la pesadilla en la que se encontraba metida. Se arrastró hacia su silla especial, bajo la que podía esconderse sin que nadie la encontrara. Se escurrió bajo el festón de flecos de terciopelo, aguantó la respiración e intentó pensar con claridad.

Recordó a la mujer extraña y glamurosa que olía a pintalabios rojo y a perfume de rosas. Antes, Pétula había detectado en el perfume la esencia de las espinas. Ahora se daba cuenta de que el perfume olía a rosas, pero encubría la verdadera esencia de la mujer, la de espinas afiladas. Pétula recordó la prisa con la que la mujer se había llevado a Molly y a Micky, y una horrible mezcla de rabia y preocupación creció en sus entrañas.

Envalentonada por ese trabajo detectivesco, Pétula se encaminó hacia una de las salas de estar, donde sabía que Lucy Logan había escondido la colección de gemas de Molly: las que servían para viajar en el tiempo y las que servían para detenerlo. Empujó poco a poco la caja incrustada de madreperla hasta que esta cayó desde el estante junto a la chimenea y se abrió al chocar contra el suelo. No había nada en su interior. Alguien había robado las gemas.

Ahora Pétula pudo verlo todo con claridad. Que aquella mujer robase las gemas de Molly significaba que conocía sus poderes. Obviamente, la mujer era una gran hipnotista, pues había hecho que todas las personas de la casa se quedasen en posición de pausa. Pero ¿qué pasaba con Molly y con Micky? Quizás, solo quizás, no estuviesen aún en peligro.

Pétula se estremeció. Se sentía pequeña, sola y desconsolada. Pero así no iba a conseguir nada. Alguien tenía que ayudar a Molly y a Micky. Si ella no iba a rescatarlos, ¿quién lo haría? Volvió a la cocina y fue a la puerta trasera. Respiró profundamente y salió por la gatera al aire frío y húmedo del exterior. Irguió el cuello y levantó su negro hocico para olfatear el viento e intentar localizar la dirección en la que Molly y Micky se habían marchado. Luego se puso en marcha.

Capítulo 5

Miss Hunroe estaba sola junto a una mesa redonda, en una habitación enorme con techo muy alto y con forma triangular. Su lujoso apartamento y los de sus compañeras estaban situados en los pisos más altos de las cuatro torres del Museo de Historia Natural. El de Miss Hunroe estaba decorado al estilo art déco. Las sillas, lacadas en negro, tenían respaldos de madera maciza y elegantes cojines con el estampado de una guirnalda llena de hojas. Había mesas cubiertas por láminas de cristal con grabados al aguafuerte, y en el rincón más alejado, un biombo de madera clara con la silueta de una bailarina de largas piernas incrustada en madera más oscura. Detrás del biombo había una cama de matrimonio de forma ovalada. Las paredes eran verdes y estaban decoradas con brocados dorados. En el interior de un mueble de arce con puertas de cristal se exhibía una colección de antiguos platos y copas de oro, y en el suelo, frente al ventanal de treinta y seis paneles, había un gigantesco jarrón de oro macizo lleno de girasoles, que Miss Hunroe había cogido prestado del departamento egipcio del Museo Británico. Al lado del jarrón había una bellísima arpa dorada, y arriba, colgada del cénit de la habitación, una enorme lámpara de araña también dorada, como un panal gigante.

Las paredes estaban repletas de cuadros. Uno parecía un reflejo de los girasoles del suelo, y era obra de Van Gogh, un pintor de fama mundial. Miss Hunroe lo había «cogido prestado» del museo de Amsterdam. Lánguidamente, se sentó junto al arpa y empezó a tocar. El sonido de las cuerdas hacía recordaba a una cascada paradisíaca. Pero entonces, Miss Hunroe pellizcó una de las cuerdas y la recorrió con las uñas de arriba abajo, produciendo un chirrido espantoso. Con una sonrisa, dejó el arpa e hizo girar el asiento de su taburete. Cruzó las piernas, sacó de uno de sus bolsillos un cristal y lo levantó para verlo a la luz.

–Si ella ha podido dominar el arte de viajar en el tiempo y de detenerlo –dijo–, no veo por qué no podría hacerlo yo. –Se oyó un toque en la puerta–. Adelante.

Miss Speal y Miss Suzette entraron en la habitación, ambas con aspecto de sentirse modestamente orgullosas, como colegialas que estuvieran a punto de recibir un premio de su profesora.

–¡Se han ido! –chilló de pronto Miss Speal, incapaz de controlar su entusiasmo. Unió las manos y se las frotó–. Acabo de meterlos en un taxi.

–Y ze lo han tgagado pog completo –dijo Miss Suzette; luego añadió de forma zalamera–: Miss Hunroe, uzted

74

eztuvo bgillante, ¡qué grepgezentación! ¡Debeguían dagle un Ozcag! Me encantó la pagte en la que ze negaba a dejaglez ig –ahora Miss Suzette imitó las palabras de Miss Hunroe–: *Lo ziento, Molly y Micky, pego me he compogtado como una tonta y de manega completamente inadecuada. Habéiz dicho que vueztgoz padgez no apgobaguían que oz involucgazeiz en ezto y no podemoz ignogaglo.* Eztuvo muy inzpigada, Miss Hunroe. ¡Bien hecho!

–La chica es muy impetuosa. Y el chico parece hacer lo que ella diga. Sabía que no nos iba a costar demasiado –repuso Miss Hunroe, ignorando el halago.

–Debeguían llegag al cazino en unoz diez minutoz –exclamó Miss Suzette, entusiasmada.

–Ya casi han llegado –confirmó Miss Speal, con los ojos cerrados.

–Esperemos que funcione –dijo Miss Hunroe tocando tres cuerdas del arpa con sus largas uñas.

–Oh, toque algo para nosotras, por favor, Miss Hunroe –suspiró Miss Speal.

Miss Hunroe levantó los ojos hacia el techo y empezó a tocar. Una música celestial envolvió la habitación y las otras dos mujeres guardaron silencio, sobrecogidas.

Pero, de repente, Miss Hunroe dejó de tocar.

–Miss Speal, debería estar usted avergonzada: ¡perder el control de esa forma! Ya le he pedido que no frote esa piedra mientras estemos aquí. Se comportó como una estúpida. ¡Daba la impresión de que quisiera que descubriesen nuestro secreto!

–Lo siento, no pude evitarlo –masculló la aludida con los ojos clavados en el suelo.

Miss Hunroe chasqueó la lengua de forma desagradable, luego entrecerró los ojos y la imitó:

–*No pude evitarlo.* ¡Patético!

La habitación quedó sumida en un incómodo silencio. Miss Suzette lo rompió en un intento por cambiar de tema:

–Eztoy zeguga de que la chica Moon ez capaz de leeg la mente –exclamó con entusiasmo, balanceándose de un pie a otro como un perrito faldero excesivamente cariñoso, de modo que los volantes de su vestido empezaron a revolotear–. ¿Le leyó la mente a uzted, Miss Hunroe? ¿Vio cómo noz migaba a todaz? Menoz mal que zupimoz tomag pgecaucionez y evitag que zu mente inquizitiva leyega nueztgoz vegdadegoz penzamientoz.

Miss Hunroe asintió y contestó con acritud:

–Desde luego, estaba intentando leer mi mente. Lo sentí. Era como si se hubiera abierto una ventana en mi cabeza y entrase una corriente de aire. Necesité toda mi energía para inventarme las cosas que ella debía ver y mantenerla alejada de mis verdaderos pensamientos.

–¡Zí, zí! ¡Yo lo zentí como un cozquilleo pog toda la fgente! –declaró Miss Suzette–. ¿Cgee uzted que ella pozee el agte de la tganzfigugación? ¿Cgee que puede grobag el cuegpo de otgoz?

–No se puede aprender sin ese libro –replicó Miss Speal–. A menos que se tenga un profesor. De hecho, yo les enseñé a todas ustedes a transformarse en animales, pero primero tuve que aprender con el libro.

–¿Dónde están los gatos? –preguntó Miss Hunroe, mirando su reloj con gesto impaciente.

En respuesta a su pregunta, la puerta se abrió y las otras dos hipnotistas, Miss Oakkton y Miss Teriyaki, entraron, guiadas por una hermosa gata de Burma de pelo corto y ojos azules. Miss Oakkton llevaba otras dos gatas, una naranja y la otra una gata esfinge sin pelo, gris; por su parte, Miss Teriyaki, que llevaba una muleta bajo su brazo derecho, sostenía bajo el izquierdo una gata persa blanca y esponjosa. El grupo lo cerraba una siamesa gris.

–¡Oh, Miss Hunroe, fue usted muy lista al decir que la cicatriz que me hice en un accidente de esquí era un recuerdo de mi viaje al casino! –exclamó Miss Teriyaki–. ¡Estoy segura de que los muy ingenuos se lo creyeron todo!

Miss Hunroe parpadeó en dirección a Miss Teriyaki y luego miró fijamente a Miss Oakkton.

–Llega usted tarde, Miss Oakkton. Igual que la semana pasada cuando estábamos en Black's Casino. Me permito recordarle que su falta de puntualidad desbarató todo nuestro plan. Si no hubiera sido por usted, ahora tendríamos el libro. A consecuencia de su descuido, nos descubrieron dentro del casino. Por culpa suya, el vigilante del que usted se suponía que iba a encargarse se salvó de ser hipnotizado. Pero había una razón para todo eso, ¿verdad? Ah, ¿qué era lo que estaba haciendo usted? ¿Comprar tabaco? Así que, en resumidas cuentas, por culpa de su sucio hábito de fumar, nos hemos visto obligadas a llegar a extremos ridículos para persuadir a esos horribles niños Moon de que nos ayuden.

–Ha sido difícil reunirrr a los gatos –explicó Miss Oakkton.

–Siempre tiene una excusa –soltó Miss Speal.

77

–Tendría uzted que adelantag cinco minutoz su greloj, como un niño que ziempre llega tagde –dijo Miss Suzette, con una risita condescendiente–. ¡Ezo le segvigá de lección!

Miss Oakton refunfuñó ante ese último comentario.

Miss Teriyaki le pasó la gata persa a Miss Suzette y se inclinó para recoger a la siamesa.

–¡Oh, queguida! –exclamó Miss Suzette apretando su nariz contra la de la gata.

Miss Oakkton mantuvo la gata naranja firmemente sujeta bajo su brazo y le dio la gata esfinge a Miss Speal.

–¿Preparadas? –preguntó Miss Hunroe mientras la gata de Burma se frotaba contra sus tobillos. Las demás mujeres murmuraron un *sí* colectivo. Miss Hunroe frunció el ceño, irritada–: Usted no, Miss Speal. He ordenado que preparen el avión. Despega a las cinco y media. Deberá estar usted en la cámara a las once, mañana por la mañana.

Miss Speal hizo un gesto de disculpa inclinando la cabeza.

–Gracias por perdonar mi estupidez, Miss Hunroe.

–Nos encontraremos allí con usted en cuanto hayamos terminado aquí –añadió Miss Hunroe. Después centró su atención en las otras tres. Todas estaban mirando el diseño de la alfombra–. Vámonos –decidió, y un segundo después sucedió algo asombroso. Ella y las mujeres que miraban la alfombra desaparecieron de una forma tan instantánea como una llamarada. Lo único que quedó fue su ropa: una montaña de prendas de algodón y seda, faldas de lana, pantalones, camisas y chaquetas, sujetadores pasados de moda, bragas de diversas tallas y medias de nailon. Esparcidos debajo de la ropa había un variado surtido de zapatos y una muleta. Cuatro de las gatas se sentaron sobre toda aquella ropa como si les perteneciera.

Los animales miraban fijamente al suelo mientras se ajustaban a su nueva esencia, pues cada uno de ellos tenía ahora dos seres en su interior: la gata original y las mujeres, que habían entrado en el cuerpo de la gata y estaban adueñándose de él.

La personalidad gatuna retrocedía y se contraía como un hongo marino reducido a minúsculas partículas. Miss Hunroe, Miss Teriyaki, Miss Suzette y Miss Oakkton tomaron el control de la mente de las gatas con la rapidez y la intensidad con que un bote de tinta negra impregna una taza de agua.

La más difícil de dominar era la burmesa blanca. Y ese día, como ocurría a menudo, opuso resistencia al control de Miss Hunroe. Luchó con todas sus fuerzas, negándose a que su identidad fuese aplastada y reemplazada por la personalidad de Miss Hunroe. Pero su esfuerzo resultó inútil. Miss Hunroe resultó vencedora del tira y afloja y la gata de ojos azules sucumbió ante ella.

–Miau –dijo Miss Hunroe. Y entonces, en el lenguaje de los gatos (porque una vez se metían dentro de un animal era posible «hablar» con otros animales de la misma especie), preguntó–: ¿Preparadas?

Miss Speal, sentada en un taburete con la gata esfinge en sus brazos, observó cómo las demás movían sus colas y asentían a lo que decía la burmesa blanca. Luego se levantó y les abrió la puerta.

Las gatas descendieron una escalera empinada y recta de treinta escalones y llegaron a una salida de incendios que daba al tejado del edificio principal del museo. Brincaron con agilidad sobre las tejas de pizarra y, formando una elegante fila, recorrieron toda la longitud del tejado hasta las torres centrales. Allí, tras atravesar el pico triangular, llegaron a la fachada del edificio, donde utilizaron una escalera de emergencia de hierro forjado para bajar hasta llegar al nivel del primer piso. Saltaron a un balcón y avanzaron por un estrecho alféizar de granito antes de brincar desde la cabeza de una horrible gárgola de piedra hasta la rama desnuda de uno de los árboles que había frente al museo. Rápidamente bajaron por el tronco hasta el frío pavimento de la calle Brompton.

Un autobús rojo de dos pisos se detuvo en un semáforo y las cuatro gatas saltaron al interior.

–¡Oh, Dios mío! –exclamó el conductor.

–¡Mira esos gatitos! –gritó una niña de ocho años que volvía a su casa del colegio.

Una mujer con una gran papada bamboleante, que estaba rodeada de bolsas de la compra, miró a los cuatro animales con cara de pasmo y dijo:

–¡Extraordinario!

–¡Miaaau! –chilló Miss Oakkton, la gata naranja, y le lanzó un zarpazo a la niña. Miss Teriyaki, la siamesa, siseó y se movió agresivamente hacia delante. La niña soltó un grito y se fue hacia atrás, trastabillando. El sombrero violeta de fieltro del uniforme del colegio se le cayó al suelo.

–¡Gato estúpido! –soltó el conductor–. Parecen los gatos de alguna bruja, diría yo. ¿Estás bien, cariño? Será mejor que no te acerques a ellos.

El autobús se puso en marcha, mientras la gente que iba a bordo no quitaba el ojo a los cuatro pasajeros felinos. Las gatas –la burmesa blanca, la siamesa gris, la gata persa blanca y esponjosa y la gata doméstica naranja– iban sentadas junto a las escaleras de la parte trasera del vehículo, y al llegar a Knightsbridge se pusieron en pie, olfatearon el aire y se apearon.

CA2 se subió el cuello de la chaqueta cuando una nueva corriente de aire frío recorrió toda la calle. Había seguido a Molly Moon y al chico que parecía ser su hermano al salir ambos del Museo de Historia Natural. Había cogido un taxi y le había dicho al conductor que siguiera al de ellos, pero por culpa de la cantidad de tráfico que había a aquella hora, lo había perdido de vista. Sin embargo, gracias a su dispositivo de seguimiento, CA2 podía deducir exactamente dónde estaba Molly Moon. Así que lo había conectado y había ido tras ella, recorriendo varias calles atestadas de gente.

Era extraño. Molly Moon y su cómplice estaban dentro de un viejo edificio en el que había un cartel donde se leía:

BLACK'S CASINO, ABIERTO DESDE 1928

Lo que una niña de once años pudiera estar haciendo en un casino era algo que CA2 no acertaba a comprender. Pero al fin y al cabo, pensó con las manos metidas en los bolsillos, esa chica era en realidad una extraterrestre. Y el hermano, probablemente, también. Quizás el lugar fuera un nido de extraterrestres.

Mientras veía a los clientes más madrugadores del casino entrar por la puerta giratoria, CA2 dejó volar su imaginación. Sería algo increíble si consiguiera descubrir uno de los cuarteles generales de los alienígenas. Se imaginó a sí mismo entrevistado en los programas de noticias, su rostro en las televisiones de todo el mundo. Se convertiría en un héroe.

–*¡Todos estos años sabiendo que los extraterrestres estaban aquí y sin nadie que le creyera!* –imaginó que diría el presentador de las noticias–. *¿Cómo consiguió soportarlo?*

Su mente le arrastró a un mundo de fantasía.

–Tenía un presentimiento muy fuerte en mis entrañas –se vio diciendo a sí mismo–. Y, unido eso a las pruebas que iba reuniendo, confiaba en que sería capaz de probarle al mundo que los extraterrestres ya habían llegado.

–Bueno, es verdaderamente impresionante –contestaría el entrevistador–. Estoy seguro de que todos nuestros telespectadores querrían estrecharle la mano y darle las gracias.

Algo que se deslizaba junto a sus pies sacó a CA2 de su ensoñación. Bajó la mirada y descubrió algo extraordinario. Cuatro gatos, dos de ellos blancos, uno naranja, y el último gris, pasaron a su lado en fila india. Se escondieron en las sombras durante un momento, hasta que el portero del casino se colocó de espaldas a ellos, y entonces los cuatro se internaron por el pequeño callejón que había en uno de los laterales del edificio. El primero, el segundo, el tercero, y finalmente el cuarto de los gatos desaparecieron uno tras otro antes de que nadie más se fijara en ellos.

La idea de que aquel lugar era una guarida de alienígenas tomó definitivamente forma en la mente de CA2.

–¡Bingo! –dijo entre dientes.

Veinte minutos antes, un taxi había dejado a Molly y a Micky en uno de los extremos de la calle.

–Ahí está, querida –les había indicado el taxista–. Aunque ese tipo de juegos no son para vosotros. ¡No os gastéis todos los ahorros!

Micky y Molly le pagaron y le dieron las gracias. Se detuvieron en medio de la calle mientras el taxi se alejaba y observaron con atención la entrada del casino.

–¡Vamos allá! –dijo Molly–. Recuerda, Micky, somos amigos de Lily Black, así que compórtate como un niño de siete años.

–Esto es una locura –respondió Micky–. Si lo de comportarse como críos no funciona, utiliza tu hipnotismo, ¿vale, Molly?

Molly miró a su hermano. Se estaba pasando la lengua por los labios en un gesto de nerviosismo.

–Si no quieres entrar, no te preocupes, Micky. Puedes esperar aquí afuera y yo entraré sola. No tardaré mucho, y tú estarás seguro aquí.

Micky negó con la cabeza.

–He leído demasiadas historias de aventuras –dijo–, cientos de ellas, probablemente. Desde unas que ocurren en la época medieval hasta otras que tienen lugar en un futuro lejano. Aventuras espaciales, de vaqueros, de guerra, de supervivencia.

–Por eso sabes tantas cosas –le interrumpió Molly.

Micky asintió.

–Supongo que ahora es el momento de estar en una aventura.

–¿Seguro? –le preguntó Molly, con una sonrisa divertida ante la lógica utilizada por su hermano.

–Sí, seguro –contestó Micky con decisión–. Vamos a hacerlo.

Los gemelos subieron el pequeño tramo de escaleras, en el que uno de los vigilantes se sacudía en aquel momento un poco de caspa de los hombros de su chaqueta.

–Discúlpeme –empezó Molly–. ¿Es esta la... la casa de Lily Black? Nos dijo que viniéramos a jugar con ella.

–No seas tonta, Matilda –la interrumpió Micky–. Te lo dije, esta no puede ser la casa de Lily. Esto no es una casa, es una tienda. Matilda, nos hemos perdido. ¡Quiero que venga mi mamá!

El portero, sin sospechar lo más mínimo, intentó calmarle:

–Eh, amiguito, no te preocupes, esta es la casa de Lily. Se queda aquí hasta que su papá la lleva a casa, así que si habéis quedado para jugar con ella, habéis venido al lugar correcto. ¡Entrad!

–¡Gracias! –exclamó Micky dirigiéndole una sonrisa dulce–. ¿Lily tiene caramelos aquí?

El vigilante soltó una carcajada y los llevó adentro.

–¡Seguro que sí, conociéndola! –señaló hacia el fondo y dijo–: Id rectos hasta allí y girad en aquella esquina; su habitación es la segunda a la izquierda.

–¡Gracias, señor!

Le dejaron atrás y Molly susurró con una sonrisa:

–Brillante, Micky. Tienes talento.

Solo habían dado unos siete pasos hacia el interior y ya tenían la sensación de haberse adentrado en un mundo en penumbra, un lugar donde no era ni de día ni de noche porque el edificio no tenía ventanas, de modo que la luz natural no tenía modo de entrar. En lugar de eso, todo brillaba bajo la luz de lámparas doradas y falsas velas. La moqueta verde del suelo estaba llena de dibujos de monedas, lo que daba la impresión de que se había tirado dinero por todas partes. Las paredes eran de color verde pálido, decoradas con la técnica del trampantojo: un artista había pintado columnas falsas con plantas en la parte superior y paisajes de jardín detrás de ellas. Esos paisajes estaban ejecutados de forma que parecían tridimensionales, así que realmente daba la impresión de que el casino estaba en un emplazamiento paradisíaco. Jugadores de diversas nacionalidades estaban concentrados en sus cartas, y decenas de bolas plateadas y brillantes daban vueltas y vueltas en las ruletas antes de detenerse al fin en una de las casillas. Molly y Micky avanzaron en silencio por el pasillo que cruzaba la sala de juegos.

–Parece divertido –dijo Micky–. Lástima que no podamos echar una partida.

–Vamos, Micky. Hay cámaras en todas partes, y no queremos que Míster Black se fije en nosotros –Molly tiró de su hermano y se pusieron ambos detrás de una máquina tragaperras–. Algunos llaman a estas máquinas «bandidos mancos» –dijo mientras sacaba el plano que Miss Hunroe le había dado– porque la palanca que tienes que accionar es como un brazo e, igual que hacen los bandidos, la máquina te roba el dinero –echó una rápida mirada al dibujo–.

Necesitamos ir allí –indicó con un gesto una de las esquinas–: ahí es donde está la rejilla de ventilación. Una vez que estemos dentro, podemos arrastrarnos hasta el despacho de Míster Black –y con una sonrisa, añadió–: Ni puertas ni guardias.

–¿Y si Black ya nos ha detectado a través de una de las cámaras? –susurró Micky, con la voz ligeramente impregnada de preocupación.

–Si lo ha hecho, estamos metidos en un lío –repuso Molly–. Así que hagámoslo rápido.

Los dos respiraron profundamente y se pusieron en marcha, avanzando velozmente de una máquina a otra hacia la esquina. Sin embargo, cuando llegaron allí, apareció desde detrás de una columna otro vigilante, más bajo y más corpulento que el de la puerta, obstruyéndoles el paso.

–Hola, chicos. ¿Venís a ver a Miss Lily? –preguntó.

–Ehh... Sí –dijo Micky–. Su compañero, el hombre que está en la puerta, nos dijo que su habitación está a la vuelta de la esquina.

El vigilante hizo un gesto negativo.

–No exactamente. Pero yo os llevo. Primero, de todos modos, tenéis que saludar a Míster Black.

Molly tragó saliva, y Micky abrió los ojos de par en par. Molly comprendió que era necesario recurrir al hipnotismo. Tenía la esperanza de que Míster Black no hubiera hipnotizado ya a aquel hombre para hacerlo resistente a otras hipnosis. Se preguntó si el tipo desconfiaba lo bastante de ellos como para ponerse las gafas. Podía verlas asomando del bolsillo de su chaqueta.

–¿Y nos dará caramelos? –preguntó Micky, en un intento de conseguir un poco de tiempo para que Molly estuviese lista.

Molly miró al hombre y examinó su frente arrugada y su cuerpo musculoso. Sintió cómo era ser él, y le resultó fácil mirarlo fijamente y concentrarse. Activó sus ojos verdes y, de inmediato, el poder hipnótico que había en ellos golpeó directamente las pupilas del vigilante. Sus párpados se retrajeron. Molly sintió que el hombre combatía. Encontró resistencia. Pero ahora que había empezado, no podía echarse atrás.

Micky observó cómo los ojos de Molly tenían que esforzarse al máximo, y cómo la piel que había entre sus cejas se llenaba de pliegues. La vio oprimiendo la mandíbula al apretar los dientes para concentrarse.

Molly pudo detectar una ligera debilidad en el hombre, como si las instrucciones que había recibido de no ser hipnotizado no fueran cien por cien firmes. Black, obviamente, había pensado que la calidad de su propio hipnotismo sería suficiente para evitar que Miss Hunroe o cualquiera de sus amigas pudiera conseguir el control de su vigilante. Pero Black no había pensado en Molly. Quizás nunca antes se había encontrado con un hipnotista tan poderoso como ella. Deseó que las instrucciones no estuvieran bloqueadas en el cerebro de aquel hombre.

Por lo que respectaba al vigilante, los ojos verdes de Molly eran focos de luz que le cautivaban y que no podía resistir ni tampoco ignorar. Tiraban de él como imanes. La vibración verde que había en ellos se acompasó al ritmo de sus propios latidos y le hizo quedarse clavado donde estaba.

Molly sintió una cálida sensación de fusión en su propio cuerpo.

–Estupendo –dijo entre dientes.

–¿Qué? –preguntó Micky en un susurro.

–Estoy sintiendo la fusión: es una especie de hormigueo cálido por todo el cuerpo que me dice que he conseguido hipnotizar a alguien. Tú también lo sentirás cuando aprendas. Tengo ganas de enseñarte.

–Entonces, ¿está hipnotizado?

–Sí. Perfectamente cocinado.

El vigilante sentía que tenía que aceptar cualquier cosa que aquella chica de pelo revuelto le sugiriese. Y quería tratarla como a una princesa, y a su amigo como a un príncipe.

–Sí, por supuesto –se descubrió a sí mismo diciendo–. Montones de caramelos. *Toffees*, trufas, frutas caramelizadas... Puedo traéroslos.

–No se preocupe por los caramelos –ordenó Molly mientras mantenía los ojos clavados en él–. Micky, dile lo que queremos que haga.

Micky no se esperaba eso, y su cara mostró sorpresa.

–¿Qué hago, le doy instrucciones?

Molly asintió.

–Hazlo rápido.

–Vale. De acuerdo. Esto... Veamos, señor, escuche esto: vamos a subir por un conducto de ventilación. Queremos que quite la tapa, que se quede vigilando y la vuelva a colocar cuando hayamos regresado. Y después de eso, cuando nos hayamos ido, se olvidará de que nos ha visto aquí. Y se olvidará de que ha sido hipnotizado.

El hombre asintió, obediente.

–Bien.

Molly le sonrió a Micky. Después, sin parpadear ni un momento, el vigilante los guió hasta la pared donde estaba la rejilla de ventilación que habían elegido; de un tirón sacó la tapa metálica y los gemelos se metieron en el hueco a toda prisa. El espacio era justo lo suficientemente amplio para ellos. Micky cogió la tapa y la metió también dentro para dejarla en el suelo del estrecho pasadizo, de modo que la salida quedase libre para cuando volviesen. Afuera, el vigilante regresó a su posición.

–No me des patadas en la cara –protestó Micky mientras se arrastraba con las zapatillas de Molly casi pegadas a su nariz–. No puedo creer que estemos aquí. Huele fatal.

Estornudó, y Molly le susurró que se callase.

–El sonido viaja muy lejos por estos conductos.

El pasadizo estaba oscuro, pero delante de ellos había un resplandor donde otra rejilla permitía entrar la luz de la planta inferior. Se arrastraron hacia allí, y cuando la alcanzaron, Molly se detuvo. Como el conducto se abría en dos direcciones, había sitio suficiente para que pudieran sentarse el uno junto al otro.

Molly señaló a través de la rejilla una mesa de ruleta en la que había tres chinos con aspecto de ricos. Enfrente de ellos había dos hombres de negocios elegantemente vestidos, acompañados por una dama ataviada con un traje de terciopelo, todos sentados en sillas con respaldos acolchados. Sobre el tapete verde de la mesa había montones de fichas marcadas con el nombre del casino.

–¡Mira! ¡Esa ficha vale mil libras! –indicó Molly–. Y la mujer tiene unas cincuenta.

–Y si la bola cae en una casilla negra, ganará unas cuantas más.

El crupier, un hombre con chaleco oscuro, camisa almidonada y pantalones negros, se mantenía tranquilo y con semblante formal detrás de la ruleta. La bolita plateada producía un murmullo, como si se entretuviese chismorreando con los números de la ruleta mientras giraba. Luego se paró. Durante unos segundos resultó imposible distinguir en qué color se había quedado, pues la ruleta seguía dando vueltas a toda velocidad.

–Rojo, cincuenta y dos –anunció el crupier. Sin asomo de emoción, barrió todas las fichas que habían sido colocadas sobre los números dibujados en el tapete y las arrastró hacia una abertura en la superficie de la mesa, por la que desaparecieron.

–¡Black tiene que ganar una fortuna! –murmuró Molly.

–Igual que un ladrón manco –dijo Micky.

–Sí. Es un auténtico ladrón –asintió Molly–. Vamos, cojamos el libro.

Siguieron por el conducto, bajaron una pequeña pendiente y luego doblaron un recodo. Ahora estaban otra vez a oscuras y, aún peor, había una corriente de aire frío producida por el sistema de aire acondicionado que convertía el pasadizo en un túnel de viento del ártico.

Finalmente alcanzaron la rejilla que buscaban. Y, tal como había dicho Miss Hunroe, aquella trampilla de ventilación estaba justo encima del despacho de Black. Molly y Micky miraron hacia abajo. Una lámpara de cristal con forma de riñón y base de bronce iluminaba la habitación; su luz cálida tintaba de oro las paredes revestidas con paneles y la mesa, que estaba cubierta con un tapete de cuero verde. Una ventana estrecha que daba a un callejón exterior dejaba entrar un poco más de luz.

–¡Está vacía! Perfecto –exclamó Molly, y empezó a intentar soltar la rejilla metálica, ayudada por Micky.

–Apuesto que puedo hacerla ceder de un golpe –decidió Micky–. Tú aguántala para que no caiga al despacho.

Unos segundos después, la rejilla había cedido y Molly la dejaba cuidadosamente en el interior del pasadizo.

–Después de ti –dijo Micky.

Molly maniobró para meter primero las piernas por el agujero, y se dejó caer al despacho. Micky la siguió y ambos se pusieron manos a la obra. Molly, buscando la caja fuerte, empezó a levantar los cuadros de las paredes.

–Puede que esté debajo de la alfombra –susurró Micky, levantando una esquina de la alfombra persa.

Molly abrió el cajón central del escritorio y, como si de repente el calor de un horno le hubiera golpeado en la cara, se tambaleó hacia atrás.

–¿Qué pasa? –le preguntó Micky, preocupado. Se asomó para ver el contenido del cajón y soltó un suspiro–. ¡Uau!

Allí, depositado con tan poco cuidado que casi parecía una trampa, estaba el libro. Sobre la cubierta de cuero marrón con piedras encastradas, estaba el título, grabado en letras doradas:

HIPNOTISMO
VOLUMEN II
LAS ARTES AVANZADAS

Molly recorrió con los dedos el hueco vacío en la esquina superior derecha de la cubierta y recordó la piedra que había robado Miss Speal.

Con un profundo respeto, y con las manos temblorosas, Molly agarró el libro.

Capítulo 6

Molly paseó la mirada por la habitación con desconfianza.

–No puedo creer que lo dejase en un lugar tan obvio. ¿Crees que es una trampa? O puede que el libro sea falso –algo zumbó al pasar junto a su nariz–. ¿Qué ha sido eso?

–Una mariquita, Molly. Estás tan nerviosa que estás dando saltitos –dijo Micky, temblando también él–. Esa planta de ahí está cubierta de mariquitas.

Molly sacó el pesado libro del cajón y lo abrió:

–Comprobemos que es el auténtico.

Las páginas interiores estaban amarillentas por los años. En una de ellas volvía a aparecer el título: *Hipnotismo. Volumen Dos. Las Artes Avanzadas.* Y debajo: *Por el doctor Logan, publicado por Arkwright e Hijos, 1910.*

–Casi no puedo creer que nuestro tatarabuelo escribiera esto –susurró Molly–. ¿Y tú? El primer libro es de 1908. Así que escribió este dos años después de aquel.

–Es muy chulo, con esas piedras en la portada –opinó Micky.

–Sí, mucho más chulo que el primer volumen –asintió Molly.

–Supongo que no habrá muchos ejemplares –dijo Micky–. Quizás sea único.

–Esperemos que sea así –replicó Molly, mientras pasaba la punta de los dedos por el índice de capítulos–. ¿Crees que Black lo habrá fotocopiado? *Capítulo uno* –leyó–, *recapitulando. Capítulo dos, detener el tiempo. Capítulo tres, viajar en el tiempo...* Ah, ahora se pone más interesante. Mira: *Capítulo cuatro, transfiguración - animales. Capítulo cinco, transfiguración - humanos. Capítulo seis, leer la mente. Capítulo siete, hipno-sueño.* Me pregunto qué será eso. *Capítulo ocho, las Piedras Logan. Capítulo nueve, posibilidades.* Uau –a toda prisa, Molly buscó la primera página referente a la transfiguración.

Incapaces de controlar su curiosidad, los dos gemelos empezaron a leer las instrucciones del libro:

–*La transfiguración o robo de cuerpo* –leyó Micky–, *como el hipnotismo, se aprende mejor en dos etapas. Del mismo modo que te animo a dominar el arte de hipnotizar animales antes que humanos, debes aprender a transformarte en un animal antes de que seas capaz de hacerlo en un humano. Es muy importante que elijas en qué te vas a transformar con cuidado, porque si eliges un animal o una persona que conozca la transfiguración, o uno que posea un carácter muy fuerte, cuando te transfigures opondrá resistencia a tu presencia en su cuerpo y te absorberá por completo. Los animales son, por lo general, sujetos fáciles de dominar. Es con las personas con quien debes tener mucho cuidado. Sé respetuoso con la criatura en que te transfiguras, porque estás cogiendo prestado su cuerpo, ¡recuérdalo! Eres un ladrón de cuerpos. ¡Y es imperativo que leas hasta el final de este capítulo antes de que empieces a transfigurarte!*

–¿Imperativo? ¿Qué significa eso? –preguntó Molly.

–No lo sé. Pero me gusta la idea de ser un ladrón de cuerpos.

Las palabras del doctor Logan pasaban delante de los ojos ávidos de los gemelos, y Micky continuó leyendo:

–*Sitúate en un estado de semi-trance.* ¿Cómo haces eso?

–Es simplemente como cuando estás pensando en tus cosas y dejas que el mundo se aparte de ti.

–Ah, vale –Micky siguió con la lectura–: *Localiza una figura. Puede estar en el diseño del papel de las paredes, en la tapicería, en algún objeto o incluso en el suelo. Las nubes también pueden resultar útiles para este ejercicio. Mira fijamente la figura. Deja que ella ocupe todo tu campo visual hasta que empiece a moverse y a cambiar. Comenzarás a ver otras formas en esa figura. Dos hojas de una planta, por ejemplo, pueden empezar a parecer una tetera. Lo que esa nueva imagen sea no tiene ningún significado, mientras esté ahí. Llegados a este punto, piensa en el animal en el que querrías transformarte. Debes verlo. Con esa imagen de (digamos) la tetera hecha de hojas sujeta en tu mente, concéntrate en tu animal y penetra en su ser.*

–Hace que parezca fácil –dijo Molly con una risita de asombro.

Siguieron leyendo, ansiosos, completamente ajenos a los ojos que los observaban.

Lily Black estaba agazapada en el interior de un armario, mirando a través de la rendija que quedaba entre ambas puertas. Su corazón golpeaba contra las costillas al latir, y su propia respiración le parecía la de un tren de vapor en aquel reducido espacio, a pesar de que intentaba tranquilizarse. Su carísimo vestido blanco de lana le picaba horriblemente por culpa del calor que hacía dentro del armario.

Podía ver a dos niños en el despacho de su padre, y podía oírlos.

–*Transfigurarse en humanos es mucho más difícil de conseguir* –estaba leyendo el chico en voz baja–. *Se requiere una mente controlada, pero también traviesa. Sigue los mismos pasos que para transfigurarte en animales. Del mismo modo, sitúate en un estado de trance y mira con intensidad una figura hasta que encuentres en ella una segunda imagen. No obstante, puesto que vas a transfigurarte en un humano, necesitas hacer algo diferente. Si ese humano es un adulto, debes imaginártelo tal y como era cuando era niño; si el humano es un niño, imagínalo como un bebé; si es un bebé, imagínatelo como un feto. Es muy difícil tener en la mente la imagen de (digamos otra vez) la tetera e imaginar al mismo tiempo a un adulto como si fuera un niño. No subestimes lo difícil que puede resultarte. Una vez estés viendo ambas imágenes al mismo tiempo, la tetera y la cara del niño, entonces puedes transfigurarte en el humano. ¡Que la suerte te acompañe!*

Lily no lograba decidir qué hacer con respecto a aquellos intrusos. Quería hacer sonar la alarma, pero no podía porque se suponía que ella tampoco debía estar allí. Momentos antes de que llegasen, ella misma había estado leyendo el libro de hipnotismo. Esa mañana había encontrado la copia de la llave de la «habitación prohibida» de su padre. Estaba escondida en el cuarto de baño, bajo una pequeña bandeja de porcelana sobre la que se ponía la pastilla de jabón. Al salir del colegio había ido al casino y había esperado por el pasillo hasta que al vigilante le habían entrado ganas de ir al aseo. Entonces se había dado prisa en abrir la puerta, meterse dentro y volver a cerrar tras ella. Había encontrado el libro y había empezado a pasar sus páginas. Pero entonces había oído un ruido procedente del conducto de ventilación que estaba en el techo y se había asustado un montón. Más rápido de lo que jamás antes se había movido, se escurrió al interior del armario y se escondió allí. Si su padre descubría lo que había hecho, se pondría muy furioso. Y entonces Lily tendría un problema tan grande que ni siquiera se atrevía a pensar en ello.

Pero había otra razón, una más importante. Y era que Lily sospechaba que aquellos niños eran hipnotistas, como su padre. Ella no poseía ese talento, pero lo sabía todo sobre la cuestión. No quería salir del armario y ponerse a tiro sin llevar armadura. No era en absoluto una persona valiente, pero tampoco era tonta.

–Hace que transfigurarse en humanos suene tan fácil como comerse un trozo de tarta –decía el chico.

–Pero procura no transfigurarte en un trozo de tarta –le respondió la chica con una sonrisa irónica.

Mientras la chica hablaba, algo captó la atención de Lily. Había movimiento en la ventana que los gemelos tenían a su espalda. Para su sorpresa, las caras de cuatro gatos estaban asomadas al interior, espiando a los niños. Cada uno de los gatos era de una raza y un color diferentes. Se sintió de repente muy asustada y se echó hacia atrás en el interior del armario, porque cuatro gatos en el alféizar de una ventana mirando el interior de un casino era algo muy raro. A pesar de estar oculta, se sentía claramente visible, como si las puertas del armario estuvieran hechas de cristal transparente. Ahora se arrepentía de verdad de haberse colado en el despacho de su padre. Ojalá se hubiera quedado en el colegio haciendo los deberes.

Los cuatro gatos competían entre sí para tener mejor visión de lo que ocurría dentro del despacho de Black.

–¡Coged el libro y salid, idiotas! –dijo con un maullido desagradable el gato blanco que era Miss Hunroe.

Entonces vieron que tanto Micky como Molly dejaban de leer y se volvían hacia la puerta.

–¡Tontos! –bramó el gato.

–Alguien viene –siseó Molly–. ¡Rápido!

Cerró el libro y volvió a colocarlo en el cajón. Cogió a Micky por la manga de su sudadera y tiró de él para que se agachase detrás del sofá.

–Somos tontos, Molly. Deberíamos...

–Shh –Molly aguzó el oído para distinguir con claridad el ruido de pasos en el exterior de la habitación. Alguien estaba abriendo la puerta.

En el alféizar de la ventana, la gata esponjosa y blanca que era Miss Suzette y la siamesa gris que era Miss Teriyaki se apartaron de un salto, dejando solas a la gata blanca que era Miss Hunroe y a la gata naranja, Miss Oakkton. Esas dos se quedaron quietas y expectantes.

En el armario, Lily abrió una de las puertas apenas un centímetro para ver cómo Molly y Micky desaparecían detrás del sofá, y rápidamente la cerró otra vez. Su padre iba a entrar en el despacho muy pronto. Si le contaba lo de los gemelos, al menos él sabría que estaban allí. Pero a cambio estaría muy, muy enfadado con ella. La cara de Lily se contrajo en una mueca: odiaba la idea de ser regañada. Su padre apenas le dedicaba atención, y Lily no quería que su pequeña ración de hoy fuese una reprimenda.

Theobald Black entró en el despacho. Desde su escondite, Molly pudo ver un zapato negro y la pernera de su pantalón de terciopelo verde. Se mordió el labio y aferró firmemente la muñeca de Micky. Su hermano le señaló un par de mariquitas que había en el suelo y Molly le dirigió una mirada de desconcierto. Entonces, Micky dio unos golpecitos suaves en las tablas de madera del suelo y señaló otra vez, ahora con mayor énfasis, las mariquitas. Sin esperar una respuesta, el chico empezó a mirar fijamente la figura de un nudo en la madera, y Molly comprendió al fin lo que estaba haciendo. Era una locura, pero si la transfiguración era realmente posible, aquella era definitivamente una buena forma de salir de la habitación.

En ese momento, antes de que Molly tuviera tiempo de pensar nada más, Micky desapareció. Su muñeca se desvaneció entre los dedos de Molly con la rapidez de una luz que se apaga. Y donde él había estado, quedaban solo sus ropas amontonadas en el suelo, como cuando una serpiente muda de piel y abandona la vieja. Los ojos de Molly registraron la pila de ropa en busca de una mariquita, y allí estaba. Parecía que estuviera dando saltos. De hecho, Molly podría haber jurado que el insecto estaba moviendo sus patitas como si realizase un baile. Luego abrió las alas y alzó el vuelo, directamente hacia ella, hasta acabar posado en su nariz.

Desde donde estaba, Miss Hunroe vio todo eso y sacó las uñas en un gesto de contrariedad. Ahora tenía los ojos clavados en Molly.

Molly sintió que el sofá se movía al sentarse Black en él. El hombre se puso a hacer una llamada telefónica. Molly escuchó su voz nasal mientras hablaba con alguien al otro lado del hilo telefónico.

–Lo buscaré, Terry. Probablemente se cayó ayer aquí, por alguna parte. Sí, después te lo llevaré.

Molly se estremeció y entornó los ojos al intentar mirar a la mariquita que tenía en la punta de la nariz. No quería que la cogieran *in fraganti* en la guarida de Black. Aquel hombre era tres veces más grande que ella y además hipnotista. Estaría demasiado alerta para que ella consiguiera hipnotizarle, y podría utilizar su fuerza física para vencerla. Molly no tendría ninguna oportunidad frente a él.

Miró fijamente al suelo. Estaba desesperada por seguir el ejemplo de Micky. Se concentró en las líneas ondulantes de la madera. Era roble jaspeado y lleno de nudos, con marcas marrón oscuro. Se centró en la figura y borró de su mente cualquier otro pensamiento. Por un momento, su mente vaciló. Todo lo que veía eran marcas marrones en la madera. No había imágenes, y tenía que ver imágenes. Si el libro tenía razón, esa era la única forma de transfigurarse. Molly tragó saliva, respiró profundamente y luego soltó el aire muy despacio. Con un esfuerzo enorme de voluntad, intentó olvidar que Black estaba allí mismo y entrar en trance. Convirtió su sensación de miedo en sensación de despreocupación. Dejó que su mente vagase fuera del despacho.

Pronto su concentración obtuvo resultados. La voz de Black comenzó a sonar más lejana y apagada. Molly mantuvo los ojos sobre la figura del suelo. Ahora las líneas y surcos empezaron a moverse y a retorcerse, a medida que su imaginación se iba abriendo. Y de ellas brotó una imagen que se le antojó totalmente obvia: la de un dedo muy largo con la uña pintada, tocando un gusano.

Molly sonrió. Ahora, mientras seguía pensando en esa imagen, se concentró en la mariquita que estaba escalando por la pared.

Las palabras del libro resonaron en su mente: *Concéntrate en tu animal y penetra en su ser.* Molly examinó la mariquita. Se imaginó lo que era tener seis patitas minúsculas. A continuación pensó en el caparazón curvo bajo el que estaban sus alas plegadas. Absorbió esa sensación de cómo debía de ser la vida siendo una mariquita. Imaginó que de su cabeza salían antenas y pensó en el deseo de volar. Y mientras pensaba de esa forma, aún manteniendo en su mente la imagen del dedo y el gusano, penetró en la esencia de la mariquita. Y se lanzó a sí misma hacia el insecto.

Una sensación muy peculiar, que nunca antes había sentido, recorrió todo su cuerpo. Y Molly, la humana, desapareció.

Capítulo 7

Durante un segundo Molly fue aire, y después se encontró dentro de la mariquita. Le llevó un momento lograr que sus sentidos se ajustasen. Fluyó al interior del cuerpo del insecto como agua en el interior de un vaso; sus piernas se multiplicaron, sus brazos se desvanecieron y su espalda se extendió, de modo que las alas de la criatura eran ahora suyas. Y cuando miró a través de sus nuevos ojos, vio lo diminuta que era. El espacio detrás del sofá era grande como un valle y la habitación era inmensa como un país entero. Pero otra cosa extraña en la que no había pensado era que, por debajo de la sensación de ser ella misma, estaba la sensación de otro ser: ¡el de la mariquita!

La identidad de la mariquita había sido empujada hacia abajo, aplastada como arena en el fondo de un cubo. Cada segundo que pasaba era aplastada un poco más, a medida que la personalidad de Molly se adueñaba de su cuerpo. Molly la podía sentir chillando de miedo. Pero ahora ella era la que poseía una fuerza superior y, aunque parte de ella sabía que conquistar a aquella otra criatura no estaba bien, también comprendía que ahora que estaba allí tenía que conservar el mando, o de lo contrario su verdadera identidad quedaría hundida bajo la de la mariquita y su espíritu se perdería para siempre.

Así que, aunque podía sentir las minúsculas quejas del insecto, las ignoró y se concentró en ser ella misma la mariquita. Recordó las palabras del libro sobre lo de coger prestado un cuerpo y el consejo del doctor Logan de ser respetuoso. Al tomar posesión, intentó comunicarle al insecto sus disculpas.

Lo siento mucho, se descubrió pensando, en un estilo tan propio de un insecto como pudo. *No me quedaré aquí para siempre. Solo te estoy cogiendo prestado el cuerpo por un ratito. Gracias.*

Y al captar estos pensamientos, la mariquita se relajó y le permitió tomar el control. Desde el pequeño rincón del cerebro al que había sido apartada, miró hacia arriba y pudo ver la mente de Molly. Vio algunos de sus recuerdos y sus procesos mentales. Pero su propio cerebro era demasiado simple para ser capaz de entender lo que estaba viendo. Molly, por su parte, sí era capaz de comprender la diminuta mente de la mariquita. No tenía concepto de lo grande que en realidad era el mundo. No percibía el mundo como un globo, pero sí sentía dónde estaban el sol y la luna, aunque ninguno de los dos era visible. También tenía un instinto para encontrar agua. Molly sintió un tirón desde el otro lado del sofá, donde había un vaso de agua. Quizás fuese en la mesa de Black. Molly la mariquita sabía que el agua estaba allí con la misma certeza con la que sabía que estaba despierta. También podía sentir el calor que emanaba del cuerpo de Theobald Black. Era una sensación muy extraña.

Y entonces Molly por poco salió de un salto de su caparazón. Una mariquita enorme, como un monstruo salido de una película de terror, aterrizó a su lado. Tan repentinamente como la había dominado la sorpresa ante la llegada de aquella criatura, se disipó el sobresalto.

–¡Tenían razón al decirme que soy un bicho! –la voz de Micky sonó aguda y fina, como si hubiera sido emitida a través de un aparato eléctrico–. ¿Cuántas manchas tengo?

–Seis –contestó Molly, tras inspeccionar el caparazón rojo y reluciente.

–¡Tu voz suena muy graciosa! –se rió Micky, y su propia risita pareció un efecto de sonido producido con un sintetizador.

–Pues tú suenas normal –le respondió Molly.

–¿De verdad?

–Por supuesto que no, atontado. ¡Eres del tamaño de una lenteja!

–¿Le dijiste hola a tu mariquita? Ya sabes, ¿te presentaste antes de coger el control de su cuerpo? –chilló Micky.

–Sí. Me pareció lo más adecuado.

Justo en ese momento, oyeron una impresionante ráfaga de viento: Black había tosido. El suelo tembló cuando el hombre se dirigió a su mesa y abrió un cajón.

–Veamos qué está haciendo –sugirió Micky, y su voz era tan cómicamente alta que Molly empezó a reírse.

104

–¿Cómo? –balbuceó. Ahora su propia voz también le provocó la risa. Además, el semblante serio de Micky hacía que la situación resultase aún más divertida.

–Volando, por supuesto –dijo Micky. Semejante respuesta hizo que Molly se retorciese de risa–. ¿De qué te ríes?

–¡No lo sé! Es solo que los dos nos hemos transformado en mariquitas y tú te estás comportando como... –la risa casi no le permitía hablar–. Te estás comportando como si fuera algo completamente normal, y suenas como un personaje de dibujos animados –ahora se reía a carcajadas.

–Molly, contrólate –la regañó Micky. Eso hizo que se riera aún más, porque oír a una mariquita diciéndole lo que debía hacer le resultaba todavía más cómico–. Probablemente sea el asombro por ser una mariquita –siguió Micky, con la frialdad de un médico analizando la enfermedad de un paciente.

Llegados a ese punto, Molly se dio la vuelta y quedó patas arriba, riéndose a pleno pulmón.

Micky permaneció quieto y, después de un rato, Molly empezó a calmarse.

–¿Ya estás bien, ya has terminado? –preguntó–. Eso ha sido un poco estúpido por tu parte. ¿Nunca has visto que las mariquitas no pueden darse la vuelta cuando se caen de espaldas?

–¡Oh! –Molly todavía se rió un poco más, y luego por fin intentó serenarse.

–Suerte que estoy yo aquí –Micky la rodeó y la empujó para darle la vuelta.

–Vale, vale, no me reiré más –prometió Molly–. Oh, uff. De acuerdo, ¿cómo volamos?

–Es fácil –respondió Micky–, porque, como mariquita, naciste para hacerlo –extendió sus alas y Molly le imitó–. Ahora intenta coger aire con las alas y empújalo hacia abajo.

–¿Así? –antes de terminar la pregunta, Molly ya había salido disparada por los aires.

–Sí –dijo Micky, aleteando ahora a su lado–. Es genial, ¿verdad?

–¡Alucinaaaante! –gritó Molly mientras seguía ascendiendo–. ¡Es como bucear! Excepto que el aire es más fino y más fácil de empujar que el agua.

–¡Es una pasada! –exclamó Micky, riéndose al aterrizar en el respaldo del sofá.

Ahora los dos podían ver a Black, de pie junto a su mesa.

–Libro, libro, libro –refunfuñaba entre dientes. Las palabras resultaban en realidad indescifrables para Molly y Micky, porque ahora solo hablaban la lengua de las mariquitas, pero podían entender exactamente lo que Black estaba haciendo. Había metido el libro de hipnosis dentro de una bolsa y se la había colgado al hombro; luego cogió su abrigo, que había dejado antes sobre el respaldo de la silla.

–Será mejor que le sigamos –zumbó Molly–, antes de que cierre la puerta.

Micky meneó las patas delanteras para mostrar su conformidad.

En el alféizar de la ventana, Miss Hunroe agitó su cola con rabia.

–Black tiene el libro –siseó enfurecida a la gata naranja–. Y, de algún modo, esos niños se han transfigurado.

–No todo está perrrdido –repuso Miss Oakkton–. Prrobablemente han leído el capítulo sobre la trannsfigurración en humanos. Al menos podemos conseguirr esa inforrmación. Todavía no tienen idea que quiénes somos, así que tenemos esa ventaja. Si podemos aprenderrr eso, estarremos más cerca de connseguirrr nuestrros objetivos.

–Necezitamoz zeguig a Black –ronroneó la esponjosa Miss Suzette, que se había vuelto a unir a ellas de un salto.

–Shh –maulló Miss Hunroe, muy irritada ante el giro que estaban dando los acontecimientos–. Síganme –se dio la vuelta y bajó de un salto del alféizar.

Micky y Molly alzaron el vuelo y, todavía algo inseguros, siguieron a Black al pasillo, aprovechando para colarse por el hueco de la puerta cuando apagó la luz. Micky volaba mejor que Molly. Ella iba de izquierda a derecha en un errático zigzag. El ruido que producían sus alas era mucho más fuerte de lo que había esperado; no tanto como las aspas de un helicóptero, pero aun así, el zumbido apenas le permitió oír a Micky cuando este la llamó:

–Relájate, Molly. ¡Estás muy seria!

–¿Cómo puedes saberlo? –le respondió a gritos.

–¡Tus antenas están demasiado rígidas!

Molly percibió una inconfundible sonrisa en la cara resplandeciente de Micky. Ahora le había llegado a él el turno de reírse.

–Vale, ¡intentaré relajarme! –gritó, y a continuación expulsó el aire de sus pulmones. Inmediatamente, el vuelo mejoró–. ¡Ahora hay menos turbulencias!

Ambos sobrevolaron la sala de juegos del casino, esquivando las enormes lámparas doradas que ahora les parecían grandes como edificios. Molly miró hacia abajo. Las mesas de tapetes verdes le parecían prados, y los clientes del casino, gigantes. Por delante de ellos, la cabeza de Theobald Black oscilaba arriba y abajo mientras avanzaba entre los grupos de gente y cruzaba la estancia hacia la salida.

–¡Rápido! –gritó Micky al ver que Black llegaba a la puerta giratoria–. Tenemos que pasar con él.

Se lanzó en picado como un kamikaze hacia la puerta. Molly calculó mal la velocidad y se chocó contra el cristal. Sorprendentemente, la colisión no le dolió tanto como había pensado, pero le hizo caer en barrena.

–¡Tira para arriba, tira para arriba! –aulló Micky, y como si fuera una especie de superinsecto, se lanzó en picado hasta colocarse debajo de Molly y la volteó hacia arriba, de forma que ella se movió hacia delante cuando la puerta giraba. Un segundo más tarde, salieron despedidos al aire nocturno y frío de la calle.

–¡Gracias! Me podía haber quedado aplastada, Micky. Gracias –Molly se estremeció mientras recuperaba el control de sí misma. Las dos mariquitas cogieron aire y observaron cómo se alejaba Black–. Lo mejor será que nos posemos sobre él y que nos lleve gratis.

–¡Buena idea!

En la acera de enfrente del casino, de pie en el porche de mármol de una joyería muy elegante, con el cuello de la chaqueta levantado para combatir el frío, CA2 oyó el bip de su dispositivo de seguimiento. Se quitó un guante y sacó el aparato de su bolsillo para examinarlo.

Molly Moon estaba saliendo del casino. CA2 levantó la mirada, expectante, pero para su sorpresa lo que vio fue un hombre de pelo oscuro envuelto en un abrigo de pelo de camello. Cuando el hombre giró a la derecha, el aparato de CA2 le informó de que Molly Moon también estaba girando a la derecha. De hecho, parecía que ella estuviera siguiendo a aquel hombre. La niña era... invisible. CA2 tragó saliva. Si Molly Moon era una extraterrestre, quizás la forma verdadera del extraterrestre fuese así: ¡invisible! Si eso era cierto, ¡podría haber millones de alienígenas viviendo en la Tierra sin que los humanos tuvieran la más remota posibilidad de saberlo!

Algo más atrajo la atención de CA2. ¡Los gatos! ¡Ahí estaban otra vez! Habían salido del callejón y se refugiaban en las sombras para seguir al hombre. Esperó hasta que Black, el espectro de Molly Moon y los gatos estuvieron a una distancia prudencial, y entonces empezó a seguirlos.

En el despacho de Black, Lily continuaba sentada en la oscuridad del armario. Su padre había salido de la habitación y había apagado la luz. Pensó en los gatos. Se preguntó qué estarían haciendo los dos niños. Y esperó a que volviesen a hablar en susurros otra vez. Pero no lo hicieron. Pasaron varios minutos. *Tic tac. Tic tac.* Empezó a sentir que se le dormían las piernas y que el armario era incómodamente pequeño. Le dio vueltas en la cabeza al apuro en el que estaba metida. No quería ser hipnotizada por aquellos niños, pero tampoco quería quedarse en el armario toda la noche. El despacho estaba en silencio. ¿Seguían los chicos allí?

Sin poder dominar su nerviosismo, Lily abrió la puerta lenta y sigilosamente y salió. La habitación estaba oscura, salvo por la luz que se colaba desde la calle por la pequeña ventana a la que se habían asomado los gatos. Lily levantó la mirada hacia la rejilla abierta de la ventilación. Quizás los dos niños habían escapado por allí, o quizás, tan solo quizás, siguieran estando detrás del sofá. Con el corazón acelerado y la boca reseca, caminó de puntillas por la estancia. Sabía que podía abrir la puerta y salir corriendo sin mayores complicaciones, pero ahora la curiosidad la dominaba. En la penumbra, se asomó y miró por encima del sofá.

Los gemelos se habían ido. Parecían haberse esfumado. Lily corrió a la mesa y encendió la lámpara. En el suelo, detrás del sofá, había dos montoncitos de ropa. ¡Las prendas que los niños habían llevado puestas!

Por un momento, la confusión no le permitió pensar, pero luego se dio cuenta de lo que había ocurrido. Los niños se habían transfigurado. No había otra forma de que hubieran salido de la habitación, dejando todas sus ropas atrás.

Lily se agachó y registró las diversas prendas. Buscó en los bolsillos de los pantalones cualquier cosa que pudiera indicarle quiénes eran aquellos chicos. Pero los bolsillos estaban vacíos. Fueran quienes fueran, estaba claro que iban tras el libro de hipnotismo. Sintió que su ánimo comenzaba a agriarse y que una sensación de culpabilidad ardía

110

a fuego lento en su interior. Deseó haberse atrevido a avisar a su padre cuando había tenido la oportunidad. Por su culpa, ahora el libro corría peligro de ser robado. Y tal vez él estuviera en peligro.

A cientos de kilómetros de allí, Pétula transitaba por un camino embarrado. Seguía las instrucciones que le dictaban sus sentidos, porque podía sentir dónde había estado Molly. Como si tuviera un radar dentro de la cabeza, y Molly fuese un punto luminoso en él.

Cuando se había puesto en marcha, estaba tan llena de determinación y rabia que ambos sentimientos la habían empujado hacia delante durante varios kilómetros. Los caminos bordeados de zarzas y los campos llenos de ovejas o vacas o caballos la habían mantenido entretenida durante un rato. Olisqueaba el aire al pasar cerca de granjas desconocidas desde las que algún perro ladraba. Levantaba la nariz cuando se adentraba en alguna población y distinguía cientos de olores diferentes, desde pan recién hecho a aceite de motor o colmenas y miel. ¿Cómo no se le había ocurrido pensar que aquella mujer podría ser una amenaza? Sacudió la cabeza sin dejar de caminar, provocando un tintineo metálico en su collar. Cuando se detuvo en un charco para beber, vio su reflejo negro en el agua y se dedicó a sí misma una mueca de reproche. Siempre se había enorgullecido del modo en que protegía a su amiga Molly. ¿Cómo era posible que su vigilancia hubiese fallado así? Soltó sobre el charco la piedra que había estado chupeteando y su reflejo se distorsionó.

—¡Estúpida! –se ladró a sí misma.

Después de recorrer quince kilómetros, empezó a flaquear. Le dolían las patas. Aunque se encontraba en forma, no estaba acostumbrada a caminatas maratonianas.

Le dio la impresión de que no había hecho casi ningún progreso. Comprendió que iba a tener que conseguir alguna ayuda. Olfateó el aire en busca de inspiración, y se dio cuenta de que se encontraba cerca de una granja, en un lugar que olía a flores. Aquella granja tenía una gran valla con puertas de madera. A la izquierda de la puerta colgaba un cartel desvencijado, con algo escrito en él y unas flores dibujadas. Más allá de las puertas había un gran patio y un edificio con tejado de aluminio y, al lado, unos inmensos invernaderos. Había tres hombres cargando cajas en la parte trasera de una furgoneta. Pétula pudo oler que en el interior de las cajas había montones de flores. Con cautela, se acercó para ver mejor, y fue entonces cuando descubrió a un bulldog blanco sentado sobre un montoncito de arena. Al mismo tiempo, él la vio a ella. Levantó la nariz para captar su esencia y empezó a avanzar hacia Pétula.

–Buenas tardes. ¿Estás interesada en las lluvias de abril? –fue así como se presentó.

Y de esa manera, Pétula conoció a Stanley.

Ahora Pétula estaba a unos sesenta kilómetros de Londres, chupeteando una pequeña piedra en la parte trasera de la furgoneta, con sus orejas negras batiendo al viento. Se dirigían al mercado de flores de Londres. Pétula había descubierto que «lluvias de abril» significaba flores. Stanley iba sentado a su lado, y ambos estaban rodeados de cajas llenas de flores recién cortadas y sujetas con cuerdas.

–Gracias por llevarme –dijo Pétula mientras contemplaba cómo el asfalto se alejaba tras las ruedas de la furgoneta.

–Un placer, querida –contestó el hermoso bulldog–. Te hubiera llevado días caminar hasta Londres.

–Fue una suerte tropezarme contigo –repuso Pétula–. ¿Con qué frecuencia cogéis flores... quiero decir, lluvias de abril para el mercado de flores?

–Bueno, depende. Mi dueño va al campo dependiendo de lo que la gente esté comprando. A los de la vieja urbe les gustan las lluvias de abril.

–¿La vieja urbe?

–Es un apodo local para referirse a Londres.

–Entonces, ¿tú eres de Londres?

–Oh, sí. Nacido y criado allí. Mi dueño es un empresario de éxito.

Pétula frunció el ceño y levantó la nariz para olfatear el aire de la tarde en busca de Molly.

–¿El mercado está en el centro de la ciudad? –preguntó.

–No muy lejos. Cerca del Parlamento. Justo al otro lado del río –repuso Stanley mientras se rascaba la oreja con una de sus patas traseras.

–¿Cuánto crees que tardaremos en llegar? –preguntó Pétula con un escalofrío.

–Oh, no sé, pero ya hemos hecho buena parte del camino. Creo que solo serán otros cuarenta minutos. ¿Qué, hace rasca?

–¿Rasca?

–Que si tienes frío –explicó Stanley.

Pétula asintió.

–Sí. Hace un poco de viento.

–Me lo debías haber dicho, querida. Puedo ayudarte con eso. Espera aquí.

–No te preocupes, no voy a ir a ninguna parte –repuso Pétula.

Observó a Stanley mientras este cogía un saco de dentro de una caja. Luego volvió junto a ella y se lo puso encima. Pétula le dirigió una sonrisa.

–Gracias.

El bulldog se la quedó mirando y luego le preguntó:

–Así que esos troncos que conoces y que están metidos en problemas, ¿dices que puedes sentir dónde están?

–¿Troncos?

–Chicos.

–Ah, sí. Sí, puedo sentirlos. Y cuanto más cerca estamos de ellos, más fuerte es esa sensación.

–Entonces tienes que tener una conexión muy fuerte con ellos. Y esa mujer que dices que se los ha llevado... ¿A ella puedes sentirla?

–No, solo la he visto una vez. Ojalá le hubiera mordido los tobillos y le hubiera hecho sangre cuando la conocí. Huele a rosas y a espinas.

–Bueno, suena como una auténtica villana –comentó Stanley–. Quiero decir, es algo realmente malvado eso de robar un par de troncos. Pero no te preocupes, Pétula. Tengo un amigo que se va a unir a nosotros cuando lleguemos al mercado. Habíamos quedado para dar un paseo y olisquear por ahí, pero ahora los planes han cambiado. Él conoce el centro de Londres como el dorso de su pata y tiene el olfato de un perro de caza. Echaremos un vistazo con él para buscar a tus amigos. Magglorian te ayudará a encontrarlos.

–Espero que pueda –dijo Pétula–. Pero, ¿sabes?, en realidad es todo un poco más complicado que eso. Ejem. ¿Sabes lo que es el hipnotismo, Stanley?

Capítulo 8

A Miss Oakkton, la gata naranja, le faltaba el aire. Observó a la gata blanca que era Miss Hunroe mientras se deslizaba tras los pasos de Míster Black, y se hizo a un lado para detenerse frente a la entrada de una tienda de *delicatessen* cerrada. En unos segundos se había materializado de nuevo en su forma humana, esta vez con un abrigo de lana color aceituna que le llegaba a los tobillos y con un sombrero y un bolso a juego. Llevaba dos cestas. La gata se sentó junto a sus pies, aturdida. Miss Oakkton dejó las cestas en el suelo y puso la gata en una de ellas. Buscó en su bolsillo y sacó una pipa de carey y una caja de marfil con tabaco. Preparó la pipa y la encendió. Durante unos minutos se quedó allí, fumando, disfrutando de la paz y la tranquilidad del momento. Entonces sonó su teléfono. Con desgana, lo sacó de su bolso.

–Gracias, Miss Teriyaki. Sí, estarrré allí en unos minutos... No, ¡no estoy fumando! ¡Qué idea más absurda!

Me he parrrado porque una mujerr me ha cogido en brazos... ¡Perrro bueno, por supuesto que no! Nadie la ha cogido a ustett en brrazos, Miss Teriyaki, porque su gata no es tan atrractiva como la mía... No es necesarrio que se queje. Ya voy –chasqueó la lengua y cortó la llamada–. ¡Quejica metomentodo!

Rellenó su pipa y volvió a encenderla. Mientras soltaba una nube de humo que cubrió la entrada de la tienda, vio a un adolescente que aparcaba su moto con sidecar justo enfrente de ella. Se acercó a él.

–Disculpe, joven –empezó a decir. El motorista sacó la llave del encendido y levantó la mirada. Inmediatamente, los ojos enormes de Miss Oakkton se apoderaron de él. No podía desviar la mirada y, por alguna razón, sintió que tenía que hacer lo que aquella mujer grande y musculosa le dijera. Así que, cuando ella se lo pidió, le entregó las llaves de la moto.

–Ahorra apárrtate de ella –le ordenó. El adolescente obedeció. Miss Oakkton puso las dos cestas en el sidecar y se subió a la moto. Notó cómo se hundía bajo su peso. Puso el motor en marcha, y después, riéndose como una mujer recién salida de un manicomio, aceleró y se alejó de allí.

Volar transfigurados en mariquitas por una calle de Londres en una noche borrascosa de invierno es algo difícil de hacer, y Molly y Micky lo acababan de descubrir. Los autobuses de dos plantas que pasaban por la calzada provocaban remolinos de viento con fuerza de ciclones que los golpeaban y los zarandeaban. Una ráfaga sopló a su favor y los lanzó hacia delante, hasta quedar a solo unos centímetros de Black. Batieron con fuerza sus alas de insecto y consiguieron aterrizar sobre el hombro derecho del hombre. El pelo de camello de su abrigo les llegaba hasta las articulaciones de las patas.

Por debajo de ellos, el cuerpo gigante de Black avanzaba con facilidad contra el viento. Sus enormes pies resonaban sobre el pavimento.

A su alrededor, las calles estaban llenas de luz. Había escaparates preciosos, con maniquíes vestidos a la última moda y fotografías de famosos divirtiéndose en alguna fiesta con la misma ropa. De las tiendas salía gente que se cruzaba con Black, cargada con bolsas de la compra; algunos rozaban involuntariamente su hombro, y Molly y Micky tenían que agarrarse con todas sus fuerzas al pelo de camello de su abrigo.

Las cafeterías desprendían un brillo que invitaba a entrar, los coches arrojaban destellos blancos y rojos. Los semáforos parpadeaban con sus luces rojas, amarillas y verdes. Y por todas partes zumbaba el ruido de los motores: autobuses, camiones, coches y motos, acompañado también por las campanillas de las bicicletas. Los pasos de la gente sonaban sin tregua: *top, clon, pum, pom*.

–¡Desde luego, el ser humano domina el mundo! –observó Micky.

–Lo sé. Da miedo cuando solo mides cuatro milímetros de altura, ¿verdad? –respondió Molly meneando sus antenas.

Un edificio alto como una montaña surgió amenazadoramente ante ellos. Sus paredes y columnas se alzaban hacia el cielo hasta llegar a un tejado majestuoso de pizarra gris. Había docenas de ventanas en cada piso; parecían ojos, y colgando por debajo de ellos estaban los balcones, que semejaban bocas de hierro forjado. En la pared, en letras de oro brillante, estaba escrito el nombre del lugar: RESTAURANTE GLITZ. A cada lado del nombre había dos antorchas encendidas. El ventanal alargado del restaurante recorría toda la esquina del edificio, de modo que el establecimiento daba, por un lado, a una tienda de sombreros, y por el otro, a una parada de autobuses.

Black se detuvo antes de entrar. Se quitó la bolsa del hombro izquierdo, y luego el abrigo, que dobló sobre su brazo. Al hacerlo, vio dos mariquitas en la solapa y las quitó de un manotazo. Después entró en el Glitz.

Molly sintió como si la hubiera empujado un elefante. Dio varias vueltas por el aire, ligera como una lenteja e indefensa como una rana en una inundación. Intentó batir las alas y recuperar el equilibrio, pero en vez de eso lo que consiguió fue imprimir velocidad a las vueltas que daba y hacer que el mundo entero se nublase a su alrededor. Finalmente se dio contra la fachada del edificio. Resbaló hasta el suelo con las alas torcidas y rebotó para quedar, afortunadamente, sobre sus patas. Mareada y anonadada, no pudo hacer otra cosa que quedarse quieta.

Pasaron varios minutos antes de que recobrase lentamente sus sentidos. Sacudió las alas y luego las plegó sobre su caparazón. Se examinó en busca de heridas y comprobó que, sorprendentemente, estaba bien; algo magullada, pero nada más. Entonces se concentró en localizar a Micky.

Él había ido a aterrizar patas arriba, más cerca de la acera, donde corría peligro de ser aplastado por alguno de los viandantes, y daba vueltas intentando ponerse de pie. Molly corrió hacia él y lo levantó en volandas, colocando su cabeza bajo las alas de su hermano.

–No me gusta ser... –Micky no terminó la frase porque había descubierto a un gigantesco monstruo emplumado. Una paloma sucia y sarnosa los miraba desde arriba, con la cabeza erguida como si contemplase dos sabrosos bocados que llevarse al pico.

Se abalanzó hacia ellos con un movimiento repentino, y su pico golpeó el pavimento justo entre las dos mariquitas, raspando el ala izquierda de Molly.

–¡Oh, no! –Micky no podía casi hablar.

–¡Escóndete! –le gritó Molly.

Ambos buscaron refugio en una pequeña grieta de la pared del edificio. Pero ni siquiera allí estaban a salvo, porque la paloma estaba hambrienta. Empezó a picotear la piedra sin descanso, decidida a obligarlos a salir y comérselos para cenar.

–¡No quiero ser comido por una paloma! –gritó Micky–. No quiero ser mascado por... por un... pico de ave.

–Intenta... intenta mantener el control, Micky –le dijo Molly, escurriéndose hacia el fondo tanto como le era posible.

Entonces un segundo pico comenzó a golpear también su escondrijo.

–¡Son dos! ¡Aaaaaagh! –chilló Micky–. ¿Sabes que los pájaros son familia de los dinosaurios? *¡T-rex, velociraptor, allosaurus!*

–Cálmate, Micky –le suplicó Molly. Pero ella misma empezaba a sentirse desesperada.

–¿Qué quieres decir con que me calme? Esos picos son como azadones del tamaño de un coche.

Molly sentía que su interior se sacudía por el miedo.

Calma. Calma. Intentó encontrar algo de calma en medio del terror del momento.

–¡Ya lo sé! –dijo jadeando–. ¡Deberíamos transfigurarnos en ellas!

–¿Qué?

–Transfigurarnos, hombre. Igual que antes.

–Pero... pero tenemos que encontrar una figura en la que concentrarnos. No hay ninguna.

–Sí que la hay –contestó–. Mira la pared.

Micky levantó los ojos. Era cierto: la pared estaba cubierta de moho verde.

–VALE, VALE, VALE –tartamudeó–. VALE. Intentaré transformarme en la más sucia de las dos.

Ambos se quedaron quietos y se concentraron, pues sabían que sus vidas dependían de ello. Miraron fijamente la mancha verde, ignorando el horrible picoteo que amenazaba con llegar hasta ellos en cualquier momento. Molly fue la primera en ver una segunda imagen en la figura. El moho empezó a tomar la forma de un perro. De inmediato, retuvo esa imagen en su mente y al mismo tiempo pensó en cómo sería ser una paloma. Miró a los ojos fríos del ave que picoteaba con tanta vehemencia. Pensó en sus plumas y sus alas.

Y, para su sorpresa, le resultó muy sencillo encontrar la esencia de la paloma.

¡Adiós y gracias!, le dijo a la mariquita.

Por un milimomento, Molly no fue nada. Y después sintió una sensación acuosa a medida que su mente y su espíritu penetraban en la paloma. La criatura dejó de picotear. Como un aparato al que se le hubieran agotado las pilas, se quedó inmóvil. Su cerebro del tamaño de un guisante percibió la llegada de Molly. Por un instante intentó empujarla afuera, pero sus esfuerzos resultaron inútiles.

Un segundo después, Molly eclipsó la personalidad de la paloma y tomó el control de su cuerpo. Flexionó sus huesudas patitas terminadas en garras y extendió sus alas. Miró a través de sus ojos saltones y negros, por encima de su pico pálido y sucio: debajo de ella, la mariquita cuyo cuerpo había cogido prestado hasta hacía un momento parecía algo alelada, pero ya estaba recuperada.

Molly sacudió su plumaje y analizó la mente de la paloma. Vio imágenes de tejados y calles a vista de pájaro. Vio también una gran escultura blanca de una mujer a la que le faltaban los brazos, sobre la que a la paloma le gustaba posarse en los días soleados.

Luego se percató de que la otra paloma continuaba picoteando el escondite de las mariquitas y supo que Micky aún no había conseguido transfigurarse. Molly le dio un rápido picotazo en la nuca. Por un momento pensó que la criatura le devolvería el ataque, puesto que era más grande que ella, pero en lugar de eso, se quedó muy quieta.

–¿Eres tú, Micky? –le preguntó.

–Acabo de hacerlo –respondió la paloma sarnosa; su voz era un gorjeo áspero–. Volemos a ese balcón de la esquina antes de meternos en más problemas.

Aprovechando las clases de vuelo que habían tomado siendo mariquitas, los gemelos ascendieron a un balcón del primer piso.

–Daba un poco de miedo ser una mariquita, ¿no? –dijo Micky cuando aterrizaron–. Supongo que está bien si estás en un rosal en pleno verano, comiendo pulgones.

–Sí... –asintió Molly plegando sus alas–. Y entonces lo que dará miedo será ser un pulgón.

Por debajo de ellos, el tráfico pasaba por la calle como un río de máquinas.

–Sabes que estamos en un lío, ¿verdad, Molly? –dijo Micky de repente–. Podemos transformarnos de animal a animal, pero no sabemos cómo volver a ser nosotros mismos. Quiero decir, tenemos que elegir a la criatura en la que queremos transfigurarnos, ¿no? Pero Molly y Micky, nuestras verdaderas identidades, no están aquí... La cuestión es: ¿dónde están nuestros cuerpos, Molly? –un viento frío le encrespó las plumas de la nuca. Impulsivamente, ahuecó el plumaje para conservar el calor.

–Quizás –dijo Molly– tengamos que transfigurarnos primero en un humano, y puede que entonces sintamos cómo hay que hacerlo.

Bajó la mirada hacia las dos calles que bordeaban el edificio. Cerca de la tienda de sombreros había un callejón en el que pudo ver unas cuantas ratas buscando comida alrededor de unos cubos de basura. Luego se fijó en la calle principal.

–Mira esa pareja de viejos esperando el autobús –dijo–. ¿Lo intentamos con ellos? Tú, al hombre; yo seré la mujer.

La mujer llevaba puesto un abrigo de lana marrón y amarillo, con un sombrero también de lana que seguramente había hecho ella misma en su casa. Estaba chupando un caramelo, y aferraba firmemente su bolso marrón con las manos metidas en sendas manoplas. Tenía la cara curtida por el frío, las mejillas rosadas y pequeños ojos marrones que brillaban bajo sus gafas redondas. Su pelo gris era tan fino como el algodón de azúcar.

El hombre llevaba un gorro azul oscuro y un chubasquero de nailon.

Molly se dio cuenta de que imaginarse a la mujer como una niña no iba a ser tan fácil como había pensado. Se preguntó si leerle la mente la ayudaría, así que enfocó sus pensamientos y envió el mensaje:

Señora, ¿qué está pensando? Sin embargo, no apareció ninguna burbuja sobre la cabeza de la mujer. Parecía que la lectura de mentes era algo que Molly solo podía hacer cuando estaba en su verdadero cuerpo. Encogió sus hombros de ave. Supuso que en realidad no importaba. El libro no decía que la lectura de mentes ayudase a transfigurarse.

–¿Estás lista? –le preguntó Micky.

Molly asintió. Y ambos empezaron el proceso. Molly buscó una figura en la que concentrarse. La parada del autobús le podía servir, porque estaba cubierta por un cristal lleno de manchas. Los chorretones formaban la silueta de una cordillera de montañas. Manteniendo esa imagen en su mente, hizo todo lo que pudo para imaginarse a la mujer de niña. Habría sido más pequeña y más delgada, pensó, y con muchas menos arrugas, por supuesto. Llevaría un abrigo y un gorro de niña, y una bolsa en lugar de un bolso. La mirada de Molly recorrió la cara de la mujer y absorbió cada detalle. Y como si tuviera una goma de borrar mágica, su imaginación eliminó las patas de gallo en torno a sus ojos y las líneas que bordeaban su boca como si fuera una marioneta. Los surcos de su frente y de su barbilla desaparecieron, y la piel moteada de la mujer fue sustituida por la piel tersa y suave de una niña.

Molly colocó la imagen de la cordillera de montañas en el centro de su mente. Y cuando ambas visiones se fundieron, proyectó su ser hacia la mujer. Sintió que su cuerpo temblaba y se estremecía y, de repente, dejó de sentir sus garras, las puntas de sus alas y su cola.

–¡Adiós y gracias! –le gritó a la paloma al tiempo que se alejaba disparada. Durante un segundo no pudo sentir ya el cuerpo del ave, pero el momento fue breve, pues al segundo siguiente sintió que la atravesaba una sensación de algo que se derramaba.

–¡AY! –chilló la mujer.

¡Molly lo había conseguido! Se había transfigurado en un cuerpo humano. La idea misma era tan milagrosa y la sensación tan espectacular que, durante un rato, se quedó medio aturdida por el estupor.

–¿Estás bien, querida? –le preguntó su marido, preocupado.

Molly titubeó, conmocionada ante su nuevo estado, pero enseguida se dio cuenta de que tenía que concentrarse al máximo, porque la personalidad de la mujer era más fuerte de lo que había pensando en un principio. Sintió como si estuviera manteniendo una lucha contra el espíritu de la anciana, que intentaba sacarla de allí. Molly estaba venciendo, pero no de forma definitiva. Luego, al fin, tomó el mando, y la personalidad de la mujer quedó sumergida bajo la suya. Tan pronto como sintió que tenía el control del cuerpo, intentó proyectar pensamientos de disculpa y explicarle lo que ocurría. Y, de golpe, notó que la otra persona se relajaba.

Molly se sentía rara. Era extraordinario estar en otro cuerpo humano, y estar en uno viejo era una sensación aún más fuerte. Sus huesos crujían y estaban muy rígidos, y apenas podía notar sus músculos. Su trasero era gordo y abultado, y resultaba muy extraño tener dos protuberancias en el pecho.

Además de las sensaciones físicas, estaban también las mentales. Molly tuvo un repentino conocimiento de la vida y la historia personal de la mujer. No vio todos sus recuerdos a la vez, por supuesto, pues había billones de ellos almacenados en su memoria. Pero Molly supo que se llamaba Sofía y que el hombre que estaba a su lado era Wilf, su querido esposo, con quien se había casado cincuenta y cuatro años antes en una iglesia de Roma.

–Te he preguntado si te encuentras bien, Sofía –repitió su marido.

Molly volvió en sí. Vio a dos artistas callejeros sentados cerca de la parada de autobús, uno con un violín, el otro con una flauta, llenando con su música el aire de la tarde, y vio al hombre, a Wilf, que la observaba con visible preocupación.

–Sí, estoy bien –dijo Molly desde dentro del cuerpo de Sofía, con un acento italiano envolviendo sus palabras–. Creo que algo me ha picado, eso es todo.

–¿Te ha picado? ¿Dónde?

–En la nariz –respondió Molly, y luego añadió–: Eh... ¿Estás ahí, Micky?

–¿Micky? ¿De qué estás hablando, Sofía?

–Nada, nada, solo que te pareces a Micky Mouse con ese gorro.

El hombre parecía totalmente confundido.

Molly miró hacia arriba y vio una paloma cubierta de suciedad que volaba hacia ella. Aleteó encima de su cabeza y aterrizó en su brazo. Supo que se trataba de Micky.

–¡Dios mío, Sofía! –exclamó su marido–. Quítate ese pajarraco asqueroso de encima.

Se abalanzó hacia Micky, que batió sus alas para ascender y después volvió a posarse sobre el hombro de Molly.

–No te preocupes, Wilf. El pobre bicho solo intenta hacerse amigo mío. Pero necesito usar el aseo de ese restaurante, querido. Por favor, espérame aquí.

Sin esperar la respuesta de Wilf, y aún con la paloma en el hombro, caminó bamboleándose hacia la calzada. Miró a izquierda y a derecha, y cruzó la calle.

A poco más de dos kilómetros de allí, la furgoneta en la que viajaban Pétula y su nuevo amigo, Stanley, llegó al Mercado de Flores de los Nueve Olmos. Rodeó el gran edifico cubierto y aparcó. Las gigantescas puertas eléctricas estaban en continuo movimiento, abriéndose y cerrándose al paso de los dueños de los puestos, que empujaban carretillas cargadas hasta los topes de cajas de flores. El conductor bajó de la furgoneta, y Pétula y Stanley le oyeron saludar a algún amigo.

–¿Cómo estás? Dios, tengo las piernas totalmente dormidas. No me apetece descargar ahora. ¿Te hace una pinta?

–Ese es el ánimo que me gusta ver.

–Luego te veo, Stanley. Buen perro –y a continuación, las voces de los dos hombres se fueron alejando.

Stanley asomó el hocico por debajo de la lona del lateral de la furgoneta para comprobar que se habían ido.

–Allá vamos, querida –le dijo a Pétula–. Escúrrete por aquí y buscaremos una solución para tu problema –desapareció entre un montón de cajas de flores y saltó del vehículo.

Pétula lo siguió. Después de subir de un brinco a una pila de cartones y saltar de ahí a una caja llena de floreros, llegó al suelo. Stanley ya había encontrado a su amigo.

–¿Cuánto tiempo llevas aquí esperando?

–No mucho –repuso su amigo, un pequeño terrier Jack Russell marrón y blanco con cara de insolente y mirada de pillo.

–¿Sabe tu gente que has salido?

–Los chicos estaban jugando una partida de cartas con su padre. Salí por la trampilla de la puerta. Veo que te has echado una novia, Stan.

–¡Qué más quisiera yo! Esta es Pétula. Pétula, te presento a Magglorian. Tiene una buena chola y podrá echarte una mano –Magglorian sonrió e hizo un gesto de asentimiento. Pétula le devolvió la sonrisa, algo avergonzada por la presentación.

–*Chola* significa «cabeza» en la jerga de por aquí –le explicó Magglorian–. Hablar con Stan puede ser como hablar con alguien que utiliza otro idioma –dijo en tono burlón–. Encantado de conocerte, Pétula. ¿En qué puedo ayudarte?

–Estoy intentando encontrar a los niños con los que vivo. Han desaparecido –empezó a contarle Pétula–. Una mujer se los ha llevado.

128

Magglorian entornó los ojos y Pétula le relató todo lo que había ocurrido. El terrier frunció el ceño y sacudió la cabeza de tal forma que sus orejas batieron como si fueran alas.

–Humm.

Cuando llegó a la parte del hipnotismo, vio que Magglorian le dirigía de soslayo una mirada incrédula a Stanley y se enfadó.

–Mire, señor, puede creer lo que quiera –le espetó–. No tengo tiempo que perder intentando convencerle –ahora se volvió hacia Stanley–. Gracias por traerme. Ya me las apañaré yo sola. De verdad, muchas gracias, Stanley. Adiós.

Pétula no se dignó mirar otra vez a Magglorian. Se dio la vuelta y empezó a caminar.

–Magglorian, ¿por qué has hecho eso? –le preguntó Stanley, sorprendido por el comportamiento de su amigo.

–Es un poco demasiado increíble, Stanley. Vamos, tienes que admitirlo: es una locura.

–Bueno, yo la creo –repuso Stanley–. Y voy a ayudarla.

Después de decirlo, Stanley salió al trote para alcanzar a Pétula.

Magglorian los miró mientras se alejaban. Luego soltó un ladrido:

–¡Esperad! Yo también voy –corrió tras ellos–. Lo siento, Pétula –dijo, jadeando, al alcanzarlos–. Recorrería el mundo entero para encontrar a mis dueños si alguna vez los perdiera. Así que déjame ayudarte a encontrar a tus amigos.

Un portero del Glitz, con una elegante gorra negra y un uniforme rojo con charreteras doradas, abrió la puerta del hotel para dejar pasar a Molly, o, más bien, a la señora mayor cuyo cuerpo había robado Molly. La niña le dio las gracias y añadió:

–¿Se va por aquí al restaurante, joven?

Esperaba que fuera allí adonde Black se había dirigido. Se sentía fuera de lugar con su abrigo deslucido y sus botas de cuero pasadas de moda, pero sabía por experiencia que si te comportas como se supone que debes hacerlo en un lugar determinado, la gente normalmente te cree. A la vez que el portero le indicaba el final de un pasillo con una elegante moqueta de color naranja y atestado de lámparas doradas, Molly se percató de que Micky, que seguía siendo una paloma, se colaba dando saltitos por detrás de él.

–Muchas gracias –dijo, agradecida, y se dirigió hacia el arco que marcaba la entrada al restaurante. Estaba maravillada ante la sensación de tener ochenta y dos años. Tenía las piernas agarrotadas como si fueran de madera, y sus articulaciones parecían ser la corteza de esa misma madera. En cuanto a los recuerdos de la mujer, Molly estaba segura de que solo había visto una pequeña fracción. El resto estaban escondidos en las profundidades de su mente, en un glaciar de mil kilómetros de grosor.

–¿Puedo ayudarle? –le preguntó una camarera sin quitar ojo de su sombrero de lana.

–Una mesa para uno, por favor –le pidió Molly.

–¿Tiene reserva, señora? –inquirió la camarera.

–No –respondió Molly, y se dio cuenta de que la camarera estaba a punto de negarle la entrada–. Y no me vaya a soltar ninguna tontería del tipo «estamos llenos», porque puedo ver montones de mesas vacías.

–Pero, señora, todas esas mesas están reservadas –contestó la camarera con un ligero cinismo.

–¿Qué? ¿No soy lo bastante buena para este sitio? ¿Se trata de eso? –exclamó Molly, e inmediatamente recurrió a sus poderes hipnóticos–: Míreme a los ojos.

Desafortunadamente, no ocurrió nada. Del mismo modo que Molly no podía leer mentes mientras estaba en otro cuerpo, tampoco podía hipnotizar.

–Lo siento, señora, realmente estamos llenos –replicó la camarera, desdeñosa.

–¿Todo bien, querida? –el marido de Sofía, Wilf, la había seguido adentro y ahora estaba allí, completamente fuera de lugar con su gorro y su abrigo largo. Molly vio que la paloma Micky se ocultaba de un salto detrás de un carrito de queso. Le dirigió a su marido una sonrisa tranquilizadora.

–Perfectamente bien, Wilf. Creo que escogeremos esa mesa de ahí –aferró su bolso y sorteó a la camarera para avanzar hacia una mesa. Enseguida vio a Theobald Black, sentado cerca de la ventana. Estaba concentrado en una conversación con una hermosa joven de pelo castaño, elegantemente vestida, que tenía las muñecas, los dedos y las orejas adornados con oro y diamantes. Al verla, Molly se dio cuenta de que debía transfigurarse en ella, porque estaba sentada muy, muy cerca de la bolsa de Black, y dentro de la bolsa, por supuesto, estaba el libro de hipnotismo.

–Señora, lo siento mucho –la hostigó la camarera. Sonreía, pero era una sonrisa falsa y en sus ojos se apreciaba una mirada de antipatía.

–Oh, déjeme en paz –le espetó Molly–. ¿Quién se cree que es?

131

El *maître* se dirigió hacia ellas. Molly se dio cuenta de que la situación se estaba complicando realmente. No quería llamar la atención de Black, así que aquello no iba bien. Pero el *maître* habló directamente con la camarera arrogante:

–Fiona, esta señora es amiga mía. Ella y su marido van a cenar aquí, y los invita la casa –Molly comprendió que Micky se había adueñado de aquel cuerpo.

Fiona, la camarera, le miró con expresión alucinada, como si acabara de tragarse un huevo duro de una sola vez.

–¡Eso significa que es gratis! –exclamó Wilf, y parpadeó sorprendido.

–Sí, señor. Coman y beban todo lo que quieran –contestó el *maître*.

La gata burmesa blanca, Miss Hunroe, se sentó en el pórtico de la tienda de sombreros. A su lado, transfiguradas también en gatas, estaban Miss Oakkton y Miss Teriyaki.

Tenían los ojos fijos en el ventanal del restaurante, al otro lado de la calle, y observaban a Black y a su compañera de mesa.

Más allá, CA2 acababa de llegar a la parada del autobús. Consultó su dispositivo de seguimiento, que le indicó que Molly Moon estaba en el interior del edificio que tenía enfrente. Se frotó los dedos, nervioso. Si jugaba bien sus cartas, iba camino de hacer historia.

Capítulo 9

Molly ocultó su cara de mujer mayor detrás de la carta de vinos. No quería que Wilf viera lo que estaba haciendo.

–¡Bueno, vaya una elección! –murmuraba él sin poder controlarse–. ¡*Foie gras*, caviar!

Molly miró fijamente el diseño floral de la pared que tenía a su izquierda. Resultaba difícil encontrar otra imagen dentro de sus enredaderas retorcidas, pero Molly sabía que tenía que hacerlo si quería transfigurarse otra vez. Así pues, miró con empeño y esperó a que surgiera una segunda imagen de aquel diseño. De golpe, vio algo en las flores: un paraguas con una forma muy peculiar. Cerró los ojos para que quedase como una fotografía en su mente, y volvió su atención hacia la mujer hermosa que estaba sentada junto a Black. Su pelo castaño relucía como si acabase de salir de un anuncio de champú. Su rostro esbelto tenía un bronceado caribeño y apenas llevaba maquillaje. Tenía unos bellos ojos marrones, y mientras parpadeaban, Molly vio cómo debían de haber sido treinta años atrás.

Con su imaginación, como si fuera una especie de cámara mágica, infló la cara de la mujer. Su cabello se volvió más claro, y Molly conjuró incluso la idea de unas coletas. Convirtió su vestido elegante en un uniforme de colegio. La visión estaba ahora completa. Haciendo malabares con esa imagen y con la del paraguas de la pared al mismo tiempo, Molly logró elevarse fuera del cuerpo de Sofía y dirigirse hacia la compañera de mesa de Black.

¡Adiós y gracias!, le dijo a Sofía antes de salir de ella.

Cuando el espíritu y la personalidad de Molly llegaron, la mujer se hundió lejos de la posición de control. No tuvo opción: Molly la empujó hacia abajo con todas sus fuerzas. Lady Storkhampton, pues ese era el nombre de la mujer, miró hacia arriba como desde el fondo de una piscina para ver quién le había usurpado el cuerpo y la mente. Vio que era una niña, una niña con una misión.

–Me llamo Molly –dijo la niña–. Estoy cogiendo prestado tu cuerpo solo por un ratito. No lo dañaré. Lo siento si esto te hace sentirte después como si te hubieras vuelto un poco loca.

El cuerpo de Lady Storkhampton se dobló ligeramente hacia delante, como una marioneta fofa, y entonces Molly cogió el timón.

Dos mesas más allá, Sofía, que volvía estar al mando de su cuerpo y de su mente, sacudió la cabeza mientras miraba a su alrededor.

134

–Ooh, Wilf, acabo de experimentar una sensación extrañísima...

–¿Lady Storkhampton? –Black la miró por encima de su plato de ostras, con el ceño fruncido. En la mano sostenía un trozo de papel: un cheque, en realidad, que Lady Storkhampton le había entregado. Molly respiró profundamente. Lo último que quería era dejarse a sí misma al descubierto. No tenía ni idea de si Black era capaz de leer la mente y no quería hacerle desconfiar, no fuera a ser que intentase echar un vistazo en la mente de Lady Storkhampton.

–Uf, creo que la lechuga que me he comido sabía demasiado a pimienta –explicó, bajando los ojos hacia su plato de gambas y enderezándose en la silla con una gran sonrisa.

–¿Quiere un poco de agua? –le ofreció Black, y le llenó el vaso.

–Gracias –dijo Molly con un acento nítido y elegante. Mientras bebía, intentó ubicarse. Como quien mira a su alrededor para ver dónde se encuentra, Molly examinó el interior de la mente de Lady Storkhampton para ver quién era. Se trataba de la hija de un empresario naviero muy rico. Estaba casada con un hombre aún más rico, que era dueño de inmensas fincas en Inglaterra. Criaba caballos y tenía un aviario lleno de pájaros exóticos. Hablaba cuatro lenguas: francés, italiano, español y ruso, y le encantaba esquiar. Su cuerpo estaba en perfecta forma, porque practicaba artes marciales a diario.

–¡Lady Storkhampton, esto es enormemente generoso por su parte! –estaba diciendo Black–. ¡Quinientas mil libras! ¡No creo que hayamos recibido nunca una donación de tal calibre! Será una gran ayuda para los hogares de los niños –dobló el cheque que ella acababa de escribir y lo guardó en el bolsillo interior de su chaqueta de terciopelo verde.

Molly estaba horrorizada. ¡Black engañaba a la gente para que le diesen dinero para unos hogares de niños que no existían! Eso hizo que se enfadara mucho. Conocía los hogares de niños en primera persona. Había vivido en un orfanato hasta los diez años y medio. Sabía perfectamente lo decrépitos y ruinosos que podían ser, porque el suyo había sido de lo peor. Le enfureció que Míster Black estuviera llevándose el dinero de esa mujer, un dinero que podría haber sido destinado a verdaderos orfanatos. Si eso era para lo que Black utilizaba la hipnosis, pensó, ¿qué haría una vez que hubiese aprendido a transfigurarse?

Volvió a mirar las gambas de su plato y se sintió enferma. Ahora no era el momento de discutir. Su principal objetivo, su prioridad número uno, era quitarle el libro. Intentó analizar si Black había hipnotizado a la rica heredera o no, pero era complicado porque no podía sentir la voluntad de la mujer, ya que estaba enterrada bajo la suya propia.

Hizo un esfuerzo por controlar su temperamento, levantó la mirada y sonrió con dulzura.

–Es un placer –dijo. Su nueva voz era precisa; cada palabra brotaba de su boca perfectamente modulada. Le dio a propósito un codazo a su bolso para que cayese al suelo, y antes de que Black pudiera ofrecerse a recogerlo, se agachó ella misma bajo la mesa–. ¡Lo tengo!

Por debajo del mantel vio la bolsa de Black. Estaba pegada a su pierna, cerca de la ventana, y su correa colgaba hasta el suelo. Molly recuperó el bolso y volvió a su posición anterior.

–¡Eso fue un movimiento relámpago! –comentó Black con admiración.

–Las artes marciales me mantienen en estado de alerta –respondió. Dio otro trago de agua, e intentó pensar en un modo de conseguir aquella bolsa.

–Mañana voy a visitar a la Reina –dijo Black en tono coloquial.

Molly sintió que sus cejas se arqueaban.

–¡A la Reina!

–Sí. Es amiga íntima de su madre, ¿no es cierto?

–En efecto –Molly alargó su pierna bajo la mesa para intentar enganchar con el pie la correa de la bolsa. Al hacerlo, su cuerpo resbaló un poco en la silla; Molly deseó que Black interpretara el cambio de postura como un simple gesto de relajación.

–Me ha concedido audiencia por la mañana. A las once en punto. Tengo la esperanza de que se involucre en mi obra de caridad –dijo Black con una sonrisa.

¡Molly no podía creérselo! Así que Black no pensaba detenerse hasta hacerse rico. ¡Era bien sabido que la Reina de Inglaterra era una de las mujeres más ricas del mundo!

En ese momento, su zapato consiguió enlazar la correa. Sin que se notase, empezó a tirar de la bolsa para atraerla hacia sí.

El teléfono móvil de Black se puso a sonar, pero el hombre lo ignoró por completo.

–¿No cree que debería contestar? –le sugirió Molly, ansiosa por desviar su atención–. No me importa que lo haga.

Black se encogió de hombros.

–Supongo que debería hacerlo. Llevo ignorándolo los últimos veinte minutos –sacó de un bolsillo un distinguido teléfono negro–. Theobald Black al aparato.

Molly notó el peso de la bolsa al tirar de ella. Se enderezó en su asiento para que le fuera más fácil remolcarla.

–¿Que estabas dónde? –dijo Black en el teléfono. Parecía muy preocupado–. ¿Qué estabas haciendo ahí? –su interlocutor hablaba ahora atropelladamente, y a medida que la conversación avanzaba, la expresión de Black iba cambiando. Miró con desconfianza al camarero, luego al resto de clientes del restaurante, y después a la gente que pasaba por la calle. Entonces sus ojos repararon en cuatro gatos que había sentados junto a un buzón de correos. Curiosamente, los animales parecían estar mirándole directamente.

–¿Gatos? –dijo con incredulidad. Sus ojos volvieron ahora a la mesa y a Lady Storkhampton. ¿Eran imaginaciones suyas o la mujer estaba contorsionándose en su silla?

Al otro lado del teléfono, Lily estaba frenética.

–¿Por qué no contestabas? Es que eres un tonto. Seguro que veías que era yo e ignorabas la llamada, como haces siempre. Llevo intentando localizarte un montón de rato. Para empezar, no te seguí porque tenía miedo de que te enfadases conmigo. Y estaba asustada por esos niños. Pero luego comprendí que era importante. Van detrás del libro. Desaparecieron. ¡Y esos gatos daban mucho miedo! Y quién sabe dónde estarán ahora. ¡No te fíes de nadie! ¿Me oyes?

Black asintió.

–No puedo hablar ahora, Lily. Gracias –dijo con toda la calma que pudo conseguir–. Te veré luego en el hotel. Gracias. Adiós.

Ahora estaba en estado de alerta, y automáticamente bajó la mano hacia su bolsa. La correa se soltó del pie de Molly.

Micky, el *maître*, que había estado revoloteando cerca, vio que Black subía la bolsa a la banqueta que había a su lado. Se había percatado de un cambio repentino en su semblante, y había visto cómo, después de su conversación telefónica, había paseado la mirada por todo el restaurante, nervioso. El instinto le dijo a Micky que Molly y él tenían que salir de allí inmediatamente. Así que cogió un bolígrafo de su chaleco y buscó una carta de menú en la que escribir. *Reúnete conmigo junto a la parada del autobús*, escribió al lado de la lista de postres, y luego avanzó hacia su mesa.

–¿Ha terminado, señora? –preguntó.

–Sí, hoy no me apetecen demasiado las gambas –contestó Molly.

–Puede que algo dulce le venga bien, señora –dijo Micky–. ¿Puedo recomendarle las bayas heladas y la salsa de chocolate blanco? Vale la pena que eche usted un vistazo –e hizo una indicación hacia la lista de postres con su mensaje urgente.

–Gracias –respondió Molly, al tiempo que leía la nota–. Muy buena sugerencia. ¿Por qué no? Míster Black, haga el favor de disculparme, necesito ir al tocador de señoras.

Al lado de la parada del autobús, CA2 sostuvo su aparato de seguimiento hacia donde sospechaba que estaba Molly

Moon, la extraterrestre, y consultó lo que indicaba la máquina. ¡Era extraordinario! La mujer despampanante y llena de *glamour* que se ponía de pie en aquel momento dentro del restaurante Glitz parecía ser el nuevo cuerpo de Molly Moon. Aquello era muy, muy extraño. ¡Así que la alienígena podía desvanecerse en el aire y adquirir diferentes formas! Eso superaba los sueños más salvajes de CA2. Era material de ciencia ficción. CA2 estaba increíblemente entusiasmado. Una parte de él bullía de placer porque apenas podía creerse que él, Malcolm Tixley, estuviera de verdad haciendo un descubrimiento histórico. Otra parte de su ser estaba loca de alegría, porque todo lo que realmente había querido hacer en su vida era encontrar a un extraterrestre. Y allí había uno, cenando tranquilamente.

Se preguntó qué debía hacer. Si hablaba con la alienígena, quizás pudiera persuadirla de que se comunicase con él. *Él* podía ser el contacto de la extraterrestre con la gente de la Tierra. Podía ser el experto mundial. Eso sería muy, muy interesante. ¡Y le llevaría directo a la gloria! ¡CA2 podía imaginar su foto en la portada de todos los periódicos del mundo! ¡Incluso podría ser que hiciesen una película sobre su vida!

En ese momento, el aparato comenzó a pitar y parpadear. Las coordenadas que aparecían en la pantalla se reajustaban: eso significaba que Molly Moon se estaba moviendo en el interior del edificio. Y ahora la lectura de los datos indicaba que la criatura estaba saliendo del restaurante. CA2 levantó la mirada. La mujer elegante estaba cruzando la calle en dirección hacia él. Un camarero caminaba a su lado. ¡Ya habían alcanzado el trozo de acera que separaba la vía en dos direcciones! CA2 tragó saliva. ¿Acaso el alienígena lo había descubierto? Tomó una decisión. Se preparó para hablar con ella... o con ello.

Miss Hunroe, de vuelta en su forma humana, estaba parada con el cuello de su grueso abrigo de piel levantado para cubrirle por entero la nuca. En la cabeza tenía un gorro de piel ruso, de modo que su cara apenas era visible. A su lado estaba Miss Suzette, con una capa color crema con volantes; Miss Teriyaki, con una gabardina roja y una elegante muleta plateada bajo el brazo, y Miss Oakkton con su largo abrigo verde y las dos cestas para gatos.

–Ustedes –les dijo Miss Hunroe a Miss Teriyaki y a Miss Suzette– seguirán a Theobald Black cuando salga del hotel –Miss Oakkton le pasó a Miss Suzette la cesta con la gata siamesa y la gata persa–. Y recuerden –les advirtió Miss Hunroe–: Black es un maestro hipnotista superior a cualquiera de ustedes, y las hará papilla antes de que puedan siquiera parpadear. No intenten enfrentarse a él o hipnotizarle. Miss Oakkton y yo nos encargaremos de los chicos Moon.

–Qué buena idea –dijo Miss Suzette, exagerando ostensiblemente.

–Muy sensata –añadió Miss Teriyaki, y en su voz se notó claramente su irritación con Miss Suzette.

Miss Hunroe torció el gesto.

–No discutan; no resulta atractivo –dijo, y luego les dio la espalda para cruzar la calle.

Miss Teriyaki le sonrió con malicia a Miss Suzette.

–¿Por qué siempre estoy pegada a usted?

El *maître* pasó su brazo bajo el de Molly. Una vez hubieron cruzado la calle, comenzaron a caminar tan rápido como pudieron para alejarse del Glitz. Pero cuando pasaban junto a la parada del autobús, un hombre con un anorak oscuro les obstruyó el paso.

–Disculpe –dijo dirigiéndose a Molly - Lady Storkhampton–. Me gustaría presentarme. Yo soy CA2. Mi verdadero nombre es Malcolm Tixley –al decirlo, hizo una breve reverencia–. No se alarme. Puede confiar en mí. Conozco su secreto y quiero que confíe en mí. Quiero ser su contacto en la Tierra.

Molly miró a Micky totalmente desconcertada.

–Soy un ser humano comprensivo y abierto –insistió CA2–. Puede contármelo todo sobre su planeta, sobre su especie, sobre su propósito aquí en la Tierra. Será información confidencial hasta el momento en que usted decida darse a conocer a los demás terrícolas.

–Escuche –dijo Molly–. No estoy segura de qué está hablando. Haga el favor de dejarme en paz.

Pero el hombre que tenía delante sacudió la cabeza a un lado y a otro y le puso la mano en el hombro. Empezaba a parecer desesperado.

–Apártese de mí –exclamó Molly, e intentó soltarse, pero ahora el hombre la sujetó por los dos hombros.

Miss Hunroe había casi cruzado la calle cuando vio la extraña escena que tenía lugar enfrente mismo de ella. Se acercó un poco más.

–Debe confiar en mí, Molly Moon –siseó CA2–. Es imperativo que lo haga.

Miss Hunroe escuchó el nombre y se puso en alerta. Su mente se disparó. ¿Quién era aquel hombre? ¿Era esa mujer elegante la chica Moon? ¿Era el camarero que estaba a su lado el chico Moon? ¿Habían aprendido cómo transfigurarse en humanos?

Miss Hunroe titubeó un instante y su ritmo cardíaco se aceleró mientras intentaba decidir qué hacer. Sorprendentemente, los gemelos ya habían conseguido dominar el arte de la transfiguración. Y, por tanto, poseían el secreto que ella ansiaba poseer. Miss Speal, cuando era niña, solo había aprendido a transfigurarse en animales, y eso era todo lo que había sido capaz de enseñarle a Miss Hunroe. ¡Transfigurarse en humanos era muchísimo más útil! Si podía arrebatarle el secreto a Molly o a su hermano, sería capaz de quitarle fácilmente el libro de hipnotismo a Black. Y entonces... ¡podría hacer tantas cosas!

Micky se daba cuenta de que la situación se les iba de las manos. No quería que aquel loco atrajese la atención sobre ellos.

–¡Policía! ¡Ayuda! –gritó al ver que se aproximaba un coche de policía.

Dos agentes bajaron del vehículo, apartaron a la gente que había cerca de la parada del autobús y sujetaron a CA2.

–Venga, venga, ¿qué está pasando aquí?

CA2 apenas se percató de la presencia de los policías. Se aferraba a lady Storkhampton como si su vida dependiera de ello.

–¡SUÉLTEME! –gritó Molly–. ¡USTED ESTÁ LOCO! ¡SUELTE!

Los policías sujetaron al hombre y le pusieron las esposas.

–¡Ustedes no lo entienden! –les dijo CA2 a gritos. Su desesperación era patente–. ¡Esta mujer es una alienígena!

–Claro que sí –dijo el primero de los agentes–. Puede venir con nosotros y contárnoslo en la comisaría –y, ayudado por su compañero, arrastraron a CA2 hacia su coche.

–Tenemos que cambiarnos –le dijo Micky a Molly. Tiró de Lady Storkhampton para alejarse de la policía y de la gente que había presenciado el incidente, y encontró un hueco por el que meterse entre el tráfico. Esquivaron los coches que pasaban y cruzaron una vez más la calle.

–Disculpen ustedes dos –les llamó uno de los policías, corriendo detrás de ellos y haciéndole gestos a Lady Storkhampton con una pequeña libreta–. Deben venir a poner una denuncia.

Micky y Molly le ignoraron y se apresuraron hacia una calle lateral cercana a la tienda de sombreros.

Miss Hunroe salió de su escondite para seguirlos, pero le resultó imposible sortear los vehículos que ahora invadían la calle.

–Tendrremos que pasarrr de alguna manerra –dijo Miss Oakkton, que regresaba junto a ella después de hacer una nueva pausa secreta para fumar.

Molly miró hacia delante y localizó el callejón donde antes había visto los cubos de basura y las ratas.

–¡Rápido, Micky! –dijo–. Sígueme. He tenido una idea.

Theobald Black salía del hotel cuando vio la pequeña multitud que se había reunido al otro lado de la calle y el coche de policía. Uno de los agentes hablaba con un hombre que estaba dentro del vehículo y no paraba de gritar como un lunático. Black sintió que le invadía cierta inquietud. Primero, Lady Storkhampton había desaparecido, y ahora, ese altercado en el exterior del restaurante. Decidió regresar a casa lo antes posible.

CA2, Malcolm Tixley, sentado en el coche policial, observó a la mujer con el sombrero de piel y a la otra que acarreaba dos cestas con gatos mientras cruzaban la calle. Luego, sus ojos buscaron desesperados a la mujer en la que se había convertido Molly Moon. Allí estaba, junto a su acompañante, de cuclillas en un callejón, al lado de unos cubos de basura. CA2 contuvo la respiración, consciente de que algo iba a ocurrir. Vio que las otras dos mujeres corrían hacia allí, y de repente el aparato que tenía en el bolsillo empezó a pitar. Volvió a mirar a la mujer que había estado cenando en el restaurante Glitz y al camarero que estaba con ella. Ambos, simultáneamente, cayeron al suelo.

Miss Hunroe y Miss Oakkton se detuvieron y permitieron que el agente de policía las adelantase en su carrera hacia las dos personas que estaban junto a los cubos. Las dos mujeres comprendieron lo que acababa de pasar. Aquellas dos personas ya no les interesaban, porque Molly y Micky habían abandonado sus cuerpos.

Capítulo 10

Una rata era prácticamente la última criatura que Molly querría ser, así que había tenido que hacer un esfuerzo para concentrarse en el sucio, desagradable y bigotudo roedor que había al lado de uno de los cubos.

Ahora volaba hacia la rata en un estado intangible, de vacío. En cuestión de segundos sintió que se filtraba hacia el interior del animal y se convertía en rata. Súbitamente, se sintió abrumada por sensaciones propias de un roedor. Notó cómo su bigote se movía al leer en el aire mensajes que enviaban otras ratas. Su nueva piel estaba entumecida por el frío, y por todo el cuerpo tenía una horrible sensación de picor causada, supuso, por pulgas. Sus orejas estaban de punta, en estado de alerta, y su instinto de roedor estaba enteramente concentrado en la búsqueda de comida: particularmente en el rebosante cubo de basura del que brotaban olores que le parecían deliciosos.

Molly apretujó la personalidad de la rata y se puso encima de ella. El animal no puso ninguna objeción y Molly le ofreció sus disculpas por adueñarse de su cuerpo. Intentó ignorar el impulso instintivo que le urgía a saltar a la basura y buscar algún hueso o alguna caja de comida china que alguien hubiese tirado allí. Entonces vio a Micky, que se había transfigurado en otra rata de color gris más oscuro que ella.

–Por aquí –le indicaba, con los pelos de su bigote torciéndose y retorciéndose–. ¡Rápido! ¡Corre! –chilló.

Molly inclinó su nariz hacia él y empezó a moverse. Al hacerlo se dio cuenta de lo ágil que era su nuevo cuerpo. Todo él eran tendones y músculos. Su forma tiñosa pero esbelta se movía como el viento. Aplanó su cuerpo en modo tortilla, reduciéndolo de siete centímetros a tres y dislocando sus huesos, y se deslizó a través de una grieta en el pavimento. Sus patas se aferraron a la piedra y se encontró a sí misma aterrizando con garbo en una especie de túnel por debajo del suelo.

Black estaba esperando en una parada de taxis. Percibió un aroma a lavanda y vio a Miss Teriyaki y Miss Suzette rondando por las sombras. Enseguida desconfió de ellas, especialmente cuando vio que la mujer gorda con la capa color crema sostenía una cesta con dos de los gatos que había visto antes junto al buzón de correos. Agarró firmemente la bolsa que contenía el libro y le hizo señas a un taxi libre.

No obstante, antes de subirse al coche, se detuvo. En ese momento pasaba a su lado un hombre de negocios alto, con traje negro y bombín, que columpiaba su paraguas y su maletín y silbaba la canción de *Los Siete Enanitos*. Black le sujetó por el brazo y le miró fijamente a los ojos. De inmediato dejó de silbar; estaba hipnotizado y dispuesto a hacer lo que Black quisiera.

–Voy a subirme a este taxi –le dijo Black al hombre–. Las dos mujeres que hay detrás de usted, la mujer morena con la capa de color crema y la mujer japonesa que va de rojo, no deben seguirme. Usted les impedirá coger un taxi en los próximos diez minutos. Y lo que es más importante: cuando ellas traten de hipnotizarle, con usted no podrán lograrlo. Después de eso, seguirá su camino, olvidará que ha sido hipnotizado por mí y no recordará lo ocurrido. Guardo estas instrucciones en su mente con la palabra *Blancanieves*.

El hombre asintió y Black se subió al coche. Con un rugido producido por el tubo de escape, el vehículo volvió a ponerse en marcha. Miss Teriyaki y Miss Suzette salieron inmediatamente de las sombras para buscar otro taxi.

–¡TAXI! –gritó Miss Suzette con una voz sorprendentemente grave.

–¡Siga a ese coche! –le ordenó Miss Teriyaki con voz autoritaria al conductor en cuanto este bajó la ventana.

Pero entonces, el hombre de negocios al que Black había hipnotizado se plantó delante de ellas.

El canal de desagüe apestaba como el peor de los retretes que Molly hubiera olido en su vida, y sin embargo, en su nuevo cuerpo de rata, sentía que aquel aroma le gustaba. Ahora el hedor le parecía más azucarado. Ansiosa por escapar, siguió a Micky por el alcantarillado hasta llegar a un saliente que daba a un pasadizo por el que fluía una corriente de aguas fecales. El techo era alto y le daba al lugar el aspecto de un vestíbulo. Estaba iluminado por las luces de la calle, que se colaban por las trampillas de las alcantarillas. Allí había otras ratas, y una de ellas le mostró los dientes a Molly, quien sintió una punzada de miedo. ¿Por qué se habían alejado tanto de la superficie?

–Micky –siseó.

Pero la rata que iba delante se giró hacia ella y, con una voz muy ronca, le chilló:

–Gran agua viene noche.

Y Molly comprendió que aquella rata no era Micky en absoluto. Desesperada, se volvió hacia el saliente en el que acababa de estar, pero allí tampoco estaba Micky. En cambio, había una rata gruesa y peluda con una cicatriz en un lado de la cara y una oreja cortada, bloqueando el paso, sólida como el tronco de un árbol.

–Eh, hola, guapa. ¿Te gusto? –le soltó. Sus ojos eran saltones y en ellos había una mirada ruin.

–¡Me parece que no! –se descubrió a sí misma respondiendo a chillidos–. ¡Aparta y tírate al río! –y, sin más, intentó escalar por la pared–. ¡Micky! ¡SOCORRO!

La rata gruesa avanzó hacia ella.

–No llames. Nadie importa –dijo con un gruñido–. Si gritas más, muerdo, señorita.

El hombre de negocios lo estaba haciendo muy bien y les impedía a las dos solteronas coger un taxi. Ellas lo intentaron una y otra vez, y llegó un momento en el que ambas se separaron con la esperanza de que al menos una de ellas lo consiguiese. Pero aunque Miss Suzette se bamboleó todo lo rápido que pudo y Miss Teriyaki dio varios saltitos con su muleta hacia un taxi, las dos eran demasiado lentas para aquel tipo.

–¡Ah, no, no lo vais a hacer! –dijo, y a continuación empezó a silbar la melodía de *Los Siete Enanitos*, lo que le hacía resultar aún más irritante.

Después de diez minutos con ese juego, el hombre paró, cogió su maletín y su paraguas y se alejó paseando tranquilamente.

–¡Estúpida mujer! –le espetó Miss Teriyaki a su compañera–. Sabe que hoy no llevo puesto mi audífono. Usted tendría que haber oído a Black hipnotizando a ese hombre. Obviamente lo hizo justo antes de subirse al taxi. Miss Hunroe no estará para nada contenta con usted cuando se entere.

–¿De qué eztá uzted hablando? –escupió Miss Suzette–. Nadie seguía capaz de oígle hipnotizándole dezde la diztancia a la que eztábamoz. Ez culpa zuya. No llevo pueztaz miz gafaz. Uzted debeguía habeg vizto que Black hipnotizaba a eze hombge. Debeguía habeglo adivinado pog zu lenguaje cogpogal, eztúpida. Cuando le diga a Miss Hunroe lo que ha ocuguido de vegdad, ze dizguztagá mucho con uzted.

En la alcantarilla apareció otra rata por detrás de la que estaba amenazando a Molly.

–Molly, ¿qué haces ahí abajo?

–Pensé que aquella de allí eras tú –balbuceó Molly, sobrecogida de miedo al ver que la otra, la gorda y peluda, se le acercaba más y más.

–Intenta apartarla y pasar hasta aquí –le susurró Micky. Mientras lo decía, sin embargo, otras dos ratas, ambas muy grandes, bajaron por el pasadizo hasta el saliente, apartaron a Micky de un empujón al pasar junto a él y siguieron su camino.

La rata que desafiaba a Molly levantó su nariz para olisquear a las recién llegadas.

–¡Eh, señoritas! –babeó–. ¡Bien! ¿Os gusto? –hablaba con un aire amenazador, una mezcla de adulación y agresividad. Pero, a pesar de lo repugnante que era su tono, las otras dos no parecieron preocuparse.

–¡Aparta, apestoso pedazo de bacalao! –bramó la primera, torciendo la boca para formar un corazón.

–Ya has oído a la dama. Piérdete –gruñó la segunda, dejando a la vista sus afilados dientes. Con un movimiento veloz, le dio un mordisco en el lomo a la nauseabunda rata macho, quien soltó un aullido, y después salió corriendo de allí.

El alivio que experimentó Molly duró muy poco, pues un segundo más tarde se había convertido en absoluto desconcierto. La primera de las dos ratas se volvió hacia la otra, la que había dado el mordisco, y la felicitó:

–¡Perfectamente ejecutado, Miss Oakkton!

Ambas giraron ahora sus ojos brillantes y negros como el carbón hacia Molly y Micky.

–¿Sois Molly y Micky? –preguntó la primera, de nuevo con la forma de un corazón en sus labios.

–¿Miss Hunroe? –dijo Molly a media voz–. Es usted, ¿verdad? Y... ¿puede transfigurarse?

Las otras dos ratas sonrieron y asintieron a la vez.

–Esa es Oakkton –susurró Micky.

–¿Acaban de aprender a hacerlo? –preguntó Molly–. Realmente necesitábamos su ayuda. Gracias.

Pero al mismo tiempo que hablaba, tenía la sensación de que algo andaba mal, porque no percibía ninguna cordialidad en aquellas ratas que eran Miss Hunroe y Miss Oakkton.

Miss Hunroe se lamió una pata y dijo:

–Habéis aprendido a transfiguraros en animales y en humanos. ¡Bien hecho! Es impresionante. Admirable –se acercó un poco más a ellos.

–¿Cuándo aprendieron a hacerlo? –les preguntó Micky–. Dijeron que no sabían cómo hacerlo cuando hablamos en el museo.

Miss Hunroe respondió con un gesto de desinterés, como si no tuviera importancia:

–Oh, hace un momento.

–¿Cómo?

–El librro, hemos aprrendido con el librro, porr supuesto –intervino Miss Oakkton.

–Entonces, ¿acaban de ver el libro? –preguntó Molly–. Pero yo creía que lo tenía Black.

–Ja, se lo quitamos –explicó Miss Oakkton–. Perro solo tuvimos tiempo de leerr las páginas referentes a la transfigurración en animales. No hemos podido leerr la parrte de trransfigurración en humanos.

–¿Nos enseñaréis? –les pidió Miss Hunroe–. Tenéis mucha suerte de haber aprendido –añadió dulcemente, con una sonrisa que permitía ver sus dientes–. Os estaríamos terriblemente agradecidas.

152

Micky miró de reojo a Molly.

–No podemos hacerlo, Miss Hunroe –mintió–. No lo hemos aprendido. Solo descubrimos cómo transfigurarnos en animales.

–OS HEMOS VISTO –siseó Miss Hunroe–. Os vimos leer el libro. Estábamos mirando por la ventana del despacho de Black. Os vigilábamos. Para asegurarnos de que estabais a salvo.

–¿Transfiguradas en ratas?

–¡En gatos! –replicó Miss Hunroe.

–Entonces ya habían aprendido a transfigurarse en animales. Su historia no cuadra.

Se produjo un silencio. Molly y Micky sabían que Miss Hunroe y Miss Oakkton estaban mintiendo. La magnitud de su engaño resultaba tan evidente como el hedor de la alcantarilla, y ambos gemelos comprendieron que habían sido utilizados. A medida que la verdad tomaba forma, una dureza de acero, una cualidad que ambos compartían y que normalmente estaba latente, galvanizó sus respuestas.

–Son unas mentirosas –dijo Micky apretando los dientes.

–¿Se creen que porque seamos niños somos idiotas? –preguntó Molly con voz desafiante y gélida.

Micky se volvió hacia su hermana.

–Speal –dijo–. Ella debió de aprender a transfigurarse en animales cuando vio el libro, de niña. Y las enseñó a ellas –luego volvió a dirigirse a Miss Hunroe–: Usted, Miss Hunroe, tiene dos caras.

–Queridos, ¿qué os pasa? –dijo Miss Hunroe con voz de arrullo y torciendo el labio–. Lo más justo es que nos

153

enseñéis. De todas maneras, estamos muy cerca de descubrirlo por nosotras mismas.

–Usted es tan mala como Black –gruñó Molly–. Nos engañó para que le consiguiéramos el libro porque querían aprender a transfigurarse en humanos. Y, como ha dicho Micky, nosotros no sabemos cómo hacerlo.

Miss Hunroe continuó hablando sin prestarle atención:

–Hace un momento os he visto a los dos transfigurados en personas –su voz adquirió un deje cantarín–. Una dama rica y un camarero. ¡Muy inteligentes! –y de pronto les espetó–: ¡ENSEÑADNOS CÓMO HACERLO!

Miss Oakkton acercó su cara a la de Molly. Sonreía y le mostraba sus enormes dientes amarillentos.

–Dilo o sentirrás el morrdisco de mis dientes.

Molly intentó mantener la calma y pensar fríamente. La opción más fácil para escapar, pensó, era que Micky y ella se transfigurasen en las ratas que eran Miss Oakkton y Miss Hunroe. Pero eso sería muy arriesgado, porque ambas mujeres tenían caracteres fuertes y conocían el arte de la transfiguración. Recordó lo que decía el libro: que era importante seleccionar con cuidado el objetivo, puesto que una personalidad fuerte y alerta podría luchar para impedir que la transfiguración tuviese éxito. Y si eso ocurría, ¿dónde estaría Molly? ¿Encerrada para siempre en el fondo de la mente de Miss Oakkton o de Miss Hunroe? Su cerebro funcionó a toda velocidad y entonces tuvo una idea.

En lugar de atacar, intentó dirigir la discusión en otra dirección:

–Les diremos cómo transfigurarse en humanos –ofreció–, si ustedes nos dicen cómo transfigurarnos de vuelta a nuestros propios cuerpos. Pero ustedes tienen que decirlo primero. Ese es el trato.

Miss Hunroe y Miss Oakkton parecieron quedarse en estado de shock. Y luego comenzaron a reírse disimuladamente.

–¿Qué es lo que les parece tan divertido? –preguntó Molly.

–¡Sois tontos! –se burló Miss Hunroe–. Entonces, ¿no sabéis cómo regresar? ¡Es desternillante! –se percató de la mueca de incomprensión de Molly y añadió–: Regresar es el término empleado para transfigurarse de vuelta en el cuerpo propio –soltó una carcajada–. ¡Ja! ¡No sabéis cómo hacerlo!

–Bueno, como he dicho, ese es el trato.

Miss Hunroe entrecerró los ojos.

–Que nosotras os contemos el secreto para regresar antes de que vosotros nos contéis lo que queremos saber es imposible –sentenció–. Si os dijéramos nuestro secreto, vosotros nunca nos contaríais el vuestro. Os largaríais de aquí. No, la única forma de hacerlo es que nos contéis el secreto de la transfiguración en humanos primero, y entonces os diremos cómo regresar –volvió a reírse–. La parte divertida de todo esto es que en realidad no tenéis alternativa. Después de todo, no podéis seguir transfigurándoos de animal a humano y otra vez a animal, y así eternamente. ¿Cómo dormiríais? Si os quedáis dormidos dentro de un cuerpo ajeno, la habréis fastidiado. Y, en cualquier caso, no podéis permanecer en otra criatura más que unas horas, porque la criatura empieza entonces a recuperar su fuerza. Así que, por supuesto, si os dormís, el verdadero dueño del cuerpo se levantará y tomará el control de sí mismo. Os machacará y se pondrá encima de vosotros, y nunca podréis salir. Ambos estaréis perdidos. Perdidos para siempre en el interior de una rata, o de un murciélago, o de un mosquito. ¡Ja! No. Vosotros necesitáis el secreto para regresar mucho más de lo que nosotras necesitamos el secreto para transfigurarnos en humanos.

Molly tragó saliva y miró a su hermano. Pudo ver en sus ojos que él también se había asustado ante lo que Miss Hunroe acababa de decir. Y que también él se estaba preguntando qué otras sorpresas horribles había en el mundo del robo de cuerpos. Ahora empezaba a desear no haberse transfigurado nunca.

La rata que era Miss Hunroe se giró hacia la rata desaliñada que era Miss Oakkton.

–¡Hasta ahora no me había dado cuenta de la ventaja que teníamos! –y entonces, repentinamente impaciente, les espetó a los chicos–: Será mejor que nos lo digáis ahora mismo.

–Llegó la horra de hablarr –dijo Miss Oakkton, y avanzó hacia ellos amenazadoramente–. ¡Decídnoslo! Si no lo hacéis, sufrirréis las consecuencias. ¡No tengo reparros en arrancarros las orrejas!

Molly y Micky se agacharon hacia el suelo brillante y frío.

–¿Qué quieren, que se lo digamos para que puedan hacer todo lo que quieran en el mundo? Tendríamos que estar locos para hacer algo así –gruñó Molly.

–Pueden pegarnos y mordernos todo lo que quieran –chilló Micky–. No vamos a decírselo.

–Quizás pueda transfigurarme en ti y obtener así el secreto –dijo Miss Hunroe con voz siniestra.

–Por favor, hágalo –fanfarroneó Molly–. No se atreverá. Eso sería su fin, cabra loca –miró con odio a Miss Hunroe a los ojos, y deseó poder hipnotizarla. Miss Hunroe le devolvió la mirada, pero la suya era gélida y vil.

–Tengo muchas ganas de limpiar el mundo de gente como tú, señorita Moon –dijo de manera desagradable–. No tienes ni idea de lo maravilloso que será el mundo cuando yo lo domine. ¡No tienes ni la más remota idea! Habrá huracanes y sequías, y las enfermedades se convertirán en epidemias. Y la gente como tú que haya en el mundo morirá a millones. ¡Y entonces el mundo entero será un paraíso vacío! Solo quedarán unos pocos elegidos para disfrutarlo. ¡Será glorioso!

Molly se puso tensa. Las palabras de Miss Hunroe eran crueles y propias de una demente, pero sus predicciones parecían poseer una horrible certeza.

–Déjemelos a mí –dijo Miss Oakkton, y mostró otra vez sus dientes afilados como cuchillos–. Una pequeña torturra les harrá entrarrr en razón.

De pronto llegó un ruido desde lo alto. Todas las ratas miraron hacia allí y se quedaron quietas, congeladas. Un perro había metido el hocico por debajo de la tapa de la alcantarilla y ahora tiraba con fuerza de la rejilla.

De golpe, un montón de luz se vertió en el interior. Un terrier Jack Russell metió su puntiaguda cara marrón y blanca en el interior de la cloaca. Para las ratas era un monstruo, un enorme monstruo asesino con una boca sacada de una pesadilla. Su gruñido les heló la sangre en las venas. Su rugido significaba muerte.

157

Capítulo 11

El terrier Jack Russell ladró con ferocidad en el hueco de la alcantarilla. Sus mandíbulas restallaron con una furia terrible, dispuestas a despedazar a los roedores. Miss Hunroe y Miss Oakkton huyeron a la carrera. Molly y Micky se apretujaron contra la pared húmeda y fría de la cloaca.

–¡Corre! –gritó Micky, y acto seguido salió disparado. Molly empezó a correr tras él, pero entonces vio que detrás del terrier Jack Russell había un bulldog con la cara blanca, y tras él, sorprendentemente, ¡un perrito faldero negro! Se quedó boquiabierta. Habría podido reconocer aquella cara aterciopelada en cualquier parte.

–¡No me lo puedo creer! –chilló–. ¡Micky! ¡Micky! ¡Es Pétula!

Cuando Micky se detuvo, lo mismo hicieron Miss Hunroe y Miss Oakkton. Molly sabía que el tiempo corría en su contra. Hunroe y Oakkton habían dado la vuelta y regresaban.

–Rápido, transfigúrate en el perro blanco –le susurró a Micky–. Yo cogeré al Jack Russell.

Y así, apretados contra la pared para evitar las dentelladas, Molly y Micky se concentraron en transfigurarse en dos de los perros.

Molly aterrizó en el cuerpo del Jack Russell con tal intensidad que su llegada chafó la personalidad original del animal. Magglorian fue totalmente abatido.

Perdón, perdón, perdón, le dijo Molly con el pensamiento. *¡Por favor, permíteme cogerte prestado durante un rato!* Molly tomó conciencia del cuerpo de cazador musculoso y ágil de Magglorian. Ahora poseía su sentido del olfato. Le golpeó en la nariz el hedor de la alcantarilla y, por supuesto, detectó el olor de las ratas.

Reconoció a Miss Oakkton y le dirigió un gruñido atroz. Con una determinación guiada por el odio que sentía, lanzó un mordisco. Atrapó entre sus dientes la sucia oreja de rata de Miss Oakkton y tiró de ella. La levantó en volandas y la agitó a un lado y a otro como un guiñapo. Luego la arrojó por los aires y la rata salió volando, con las patas abiertas, y fue a caer en el torrente de aguas fecales que fluía dentro de la alcantarilla. Molly volvió a meter el hocico por el desagüe y acertó a darle también un mordisco a la rata que era Miss Hunroe. Las dos, Miss Hunroe y Miss Oakkton, chillaron espantadas y huyeron a toda prisa.

Molly les lanzó varios ladridos y observó con satisfacción cómo la cola de Miss Oakkton desaparecía a lo lejos.

Con ellas, comprendió, se había ido el secreto de cómo podían Molly y Mickky transfigurarse de vuelta en ellos mismos.

Luego se giró para descubrir a Pétula, que estaba mirándola.

Pétula llevaba un rato observando fijamente a Magglorian. Arrugó el entrecejo y le acercó la nariz. Ahora sentía que Magglorian se había convertido en Molly. Debía de ser el estrés de la situación. La tensión la dominaba. Cerró los ojos y meneó la cabeza.

Pero entonces sucedió algo muy curioso. Magglorian le dijo:

–Pétula, sé que esto va a sonar muy extraño, pero soy yo, Molly –Pétula abrió los ojos de par en par y retrocedió lentamente–. No te asustes –prosiguió Magglorian–. He aprendido a cambiar de forma; se llama transfiguración. Y Micky también ha aprendido. Mira, él se ha transfigurado en el cuerpo de tu amigo.

Pétula estaba perpleja. Ella no les había dicho a los dos perros londinenses el nombre de Micky, así que aquello debía de ser cierto: Molly, su querida Molly, estaba en el cuerpo del terrier Jack Russell.

–¿Molly? –le preguntó, insegura.

–Sí, soy yo.

Aquello resultaba realmente muy raro tanto para Molly como para Pétula, pues aunque Molly, con su habilidad para leer la mente, había conseguido en alguna ocasión descifrar los pensamientos de Pétula, y Pétula, por su parte, con sus capacidades extrasensoriales propias de los perros, había conseguido detectar el ánimo de Molly, ninguna de

160

las dos había sido capaz de entender completamente a la otra ni de hablar entre ambas. Ahora, sin embargo, ya que las dos eran perros, podían comunicarse en lenguaje perruno. Se miraron fijamente, pasmadas. Pero ahora no había tiempo para mantener una conversación. Las explicaciones tendrían que esperar.

Molly dirigió su mirada hacia la entrada del restaurante Glitz. Black se había marchado, pero ahora, con su sorprendente sentido del olfato, ella podía distinguir el lugar donde había estado.

Black olía a tinta, a libros y a resina de ciprés. Y también a cuero. Entonces descubrió a Miss Teriyaki y a Miss Suzette, que discutían en medio de la acerca, y percibió un soplo de aire con el aroma del libro de hipnotismo. Aunque ya estaba lejos de allí, su olor permanecía en el aire. En el libro estaba el secreto para regresar, así que Micky y ella tenían que conseguirlo antes de que lo hiciese Miss Hunroe.

–Pétula, te lo contaremos todo más tarde –dijo Molly–. Por el momento, lo más importante es que sigamos ese olor a ciprés y a cuero, y al taxi que lo lleva.

Y acto seguido, los tres perros comenzaron a correr. Estaban tan absortos en seguir el rastro de Black que no olieron a los dos gatos hipnotizados que dormitaban en una cesta colgada del pomo de la puerta de la tienda de sombreros, esperando a que sus dueñas volviesen.

Por fortuna, el tráfico era muy denso en aquella noche invernal. Así que, aunque ya hacía unos minutos desde que el taxi en el que viajaba Black se había puesto en marcha, su progreso había sido muy lento. Los perros lo detec-

161

taron muy pronto y pudieron seguirlo por calles llenas de restaurantes, *boutiques* y galerías de arte.

Mientras los perros corrían, Pétula les contó lo que había ocurrido en Briersville Park, y que Miss Hunroe había robado las gemas del tiempo. Mientras Pétula ladraba y gruñía, Molly estaba maravillada de lo que se sentía al ser un perro. ¡Podía oler tantas cosas! Era increíble. El suelo le contaba quiénes habían estado allí a través de los olores que habían dejado a su paso, y los lugares por los que iban corriendo les lanzaban gloriosos aromas que creaban imágenes en su cabeza.

Finalmente, el taxi entró en una hermosa plaza rodeada de grandes casas blancas, con un pequeño parque en el centro.

Allí los edificios eran muy elegantes, con entradas meticulosamente adornadas y grandes ventanales. Molly, Micky y Pétula se detuvieron detrás de un buzón de correos rojo y observaron a Black bajarse del taxi. Tras comprobar que nadie le espiaba, el hombre subió las escaleras que llevaban a un hotel en cuya fachada colgaban tres banderas. Un portero le franqueó el paso y le dio la bienvenida. Del interior salió un cálido aroma a patatas asadas, sopa de verduras, sábanas almidonadas y jabón perfumado.

–¿Quién es? –preguntó Pétula entre jadeos.

–Es alguien tan malo como Miss Hunroe –respondió Molly. Vieron a Black a través de las ventanas de la planta baja. Estaba en el vestíbulo y hablaba con el recepcionista. Molly y Micky le explicaron a Pétula quién era Black, y le contaron también lo del segundo volumen del libro de hipnotismo. Pétula asentía mientras asimilaba toda la información.

—Eso es todo lo que sabemos —concluyó Molly—. En realidad, la cosa está muy mal, Pétula —ahora apoyó su cabeza de terrier Jack Russell sobre la nuca de Pétula—. Si no averiguamos cómo regresar, tarde o temprano no podremos aguantar despiertos y nos quedaremos prisioneros para siempre en un cuerpo que no es el nuestro.

—Estoy asustado —confesó Micky.

—Una parte de mí quiere volver a Briersville Park para asegurarme de que todos están bien —dijo Molly—, pero...

—No vas a hacer eso —la interrumpió Pétula con un gruñido—. Los que están en Briersville Park corren mucho menos peligro que tú. Esto es serio, Molly. Tienes que conseguir ese libro.

Molly se mordisqueó el labio y miró a Pétula, que demostraba sensatez y una seguridad absoluta en lo que decía. Los tres vieron que Black se metía en el ascensor.

—¿Creéis que va a pasar la noche en el hotel? —preguntó Micky.

Molly erizó su pelo para combatir el frío y se estremeció.

—Podríamos intentar colarnos dentro y seguirle.

—¿Un perro en un ascensor? Un poco arriesgado —les advirtió Pétula—. Creedme. Antes de que os dierais cuenta, ese botones estaría llamando a la perrera.

En ese preciso momento, otro taxi se detuvo delante del edificio. Se abrió la puerta y una chica con un abrigo rosa y el pelo corto y rizado se apeó de él.

—Esa es Lily Black —le dijo Molly a Pétula—. Hemos visto fotos suyas. Es la hija de Theobald.

163

Mientras pagaba la carrera, de pie junto a la ventanilla del coche, Lily Black miró a un lado y a otro de la calle. Los perros percibieron su olor a palomitas de maíz y a champú de fresas, cubierto por una especie de aura eléctrica color limón. Gracias a sus instintos caninos, Molly comprendió que eso significaba que la niña estaba muy nerviosa. Cuando el taxi se marchó, dejando tras él una pequeña humareda del tubo de escape, Lily caminó hacia un lateral del edificio, donde había una puerta que llevaba a la parte trasera del hotel. Se entretuvo unos cinco minutos registrando aquella zona y luego regresó. Subió las escaleras de la entrada y, antes de cruzar la puerta, dirigió una mirada a las copas de los árboles más cercanos.

–¿Por qué no vamos nosotros también hacia la parte trasera? –sugirió Molly–. Puede que haya una escalera de incendios y podamos subir.

–¡No! –exclamó Pétula–. Las escaleras de incendios son prácticamente imposibles para los perros. Están hechas de metal y tienen montones de agujeros por los que se te cuelan las patas.

–Es verdad, claro –dijo Molly–. Oh, Pétula, me alegro de que estés aquí.

Sin perder tiempo, los tres perros se dirigieron al callejón que había al lado del hotel. Era la entrada de servicio. Avanzaron olisqueándolo todo, y a medio camino descubrieron unas escotillas grandes en el suelo, que comunicaban con las cocinas situadas en los sótanos del hotel. Esas escotillas se utilizaban para realizar las entregas de mercancía destinada a la cocina. Miraron a través de las rejillas y vieron a varios cocineros preparando la cena. Un hombre con bigote removía una masa de harina, leche y huevos; otro, que llevaba un sombrero de cocinero, decoraba una tarta. Los olores que salían de allí eran insoportablemente deliciosos. Los aromas de las salsas, de ajo y cebolla frita, ascendían a través de las rejillas y se mezclaban con el aire nocturno. Incluso el olor a carne cruda le parecía estupendo a Molly ahora que era un perro.

–¡Uff, qué hambre tengo! –se quejó.

–Yo también –dijo Micky.

–¡Yo estoy hambrienta como un lobo! –declaró Pétula–. Ya nos encargaremos de eso después; primero vamos a seguirle la pista a don Asqueroso.

Encabezó la marcha, olisqueando el camino, y guió a los gemelos hacia la parte trasera del edificio. Llegaron a un pequeño jardín con árboles de laurel y parterres llenos de crocos. En el centro del jardín había una zona asfaltada con un estanque, y dentro de él se veía una estatua de Cupido en pleno vuelo. De la punta de su flecha de piedra brotaba un chorro de agua. Por todo el jardín había lámparas azules que iluminaban la hierba y los árboles, y creaban una atmósfera mágica.

Desde allí, los perros contemplaron la fachada trasera, salpicada de ventanas y balcones. A la izquierda había una escalera de incendios.

–Creo que están ahí arriba –dijo Pétula, e indicó una ventana del primer piso–. Tú, Molly, deberías poder olerlos mejor que yo: los terrier Jack Russell tienen un gran olfato.

–Tienes razón –confirmó Molly–. Ahora puedo notarlo. Su olor sale por las rendijas de la ventana. ¡Es fascinante! Black huele a ciprés y a tinta, y ahora también a vino. Está bebiendo vino tinto. ¡Y también puedo oler el cuero de la cubierta del libro de hipnotismo! ¡Es asombroso! Y me huele a periódico. Creo que está leyéndolo. Y ella huele a champú de fresas o a crema o algo así, y a palomitas de maíz y rotuladores. Está dibujando o pintando algo con rotuladores. ¡Es increíble!

–¿El olfato humano es mucho peor? –preguntó Pétula.

–Unas doscientas veces peor. Como humano solo puedes percibir olores que están presentes y que son muy fuertes. Mientras que, como perro, puedo oler que un gato estuvo aquí a eso de las tres de la tarde, y que un puercoespín estuvo ayer por la noche.

–Y ese olor a gato es irritante–añadió Micky–. Me hace querer ir a la caza de algún gato. Morder a un gato. Es un sentimiento muy extraño.

–La mayoría de los perros no pueden soportar a los gatos –explicó Pétula–. Personalmente, si veo un gato pierdo el control y, antes de darme cuenta, estoy corriendo detrás de él. Aunque nunca soy lo bastante rápida para cogerlo –añadió con una sonrisa–. Me parece que don Asqueroso y la señorita Palomitas de Maíz van a pasar la noche en este hotel, así que no hay nada que podamos hacer por ahora. Deberíamos buscar algo para comer.

Pétula sacudió el cuerpo y volvió a encabezar la marcha. Los llevó a un contenedor que había cerca de las cocinas. El contenido de las bolsas negras de basura olía casi tan bien como la comida que habían visto preparar antes.

–Como humanos –explicó Pétula–, nunca habríais pensado en comer cosas sacadas de un cubo de basura, lo sé, pero os sorprenderá: pueden encontrarse un montón de bocados muy sabrosos –puso sus patas delanteras contra la abultada bolsa que descansaba sobre el contenedor–. La única dificultad que vamos a tener es abrirla.

–Déjame intentarlo –dijo Micky. Dio un brinco y mordió la bolsa para tirar de ella y hacerla caer al suelo. Cuando lo consiguió, saltó sobre ella y la destrozó a mordiscos.

Del interior salieron trozos de filetes y piernas de cordero trinchadas, mezclados con restos de crepes, pasteles, verduras y mil cosas más.

–¡Qué bueno! –exclamó Molly.

Hambrientos como estaban, los tres perros se zambulleron en su cena. Comieron hasta llenar sus estómagos, y entonces oyeron que se abría la puerta de la cocina y vieron a un hombre que sacaba otra bolsa llena de desperdicios. Velozmente, regresaron al jardín.

–¡OH, NO! ¡No puedo creérmelo! –oyeron al hombre protestar–. ¡Malditos zorros! Ya han estado por aquí otra vez.

Los tres perros bebieron en el estanque, y después Pétula fue a investigar una estructura con aspecto de mirador que había bajo un castaño en un extremo del jardín. Resultó ser una especie de cobertizo utilizado por los jardineros, y en él había una parte cubierta por celosías que ofrecía refugio contra el viento y la lluvia. Además, también había unos sacos de yute, de los que se usan para recoger la hierba cortada.

–Esto nos servirá –dijo Pétula–, siempre y cuando durmamos muy juntos.

–Micky y yo tendremos que dormir por turnos –le recordó Molly–, o pasará lo que dijo Miss Hunroe: si dormimos demasiado, los perros recuperarán el control de su cuerpo.

–Por lo menos son perros simpáticos –dijo Pétula, y acto seguido localizó en el suelo una piedra blanca. La cogió con los dientes y empezó a chupetearla.

–Puede que lo sean, pero si nos quedamos atrapados dentro de sus cuerpos y debajo de su personalidad, tal vez no sepan cómo dejarnos salir aunque quieran hacerlo.

–Yo puedo quedarme vigilando –dijo Pétula mientras empujaba unos cuantos sacos para ponerlos juntos–. Podéis dormir y yo os despertaré antes de que pase demasiado tiempo.

Y eso es exactamente lo que hicieron.

Los tres se acurrucaron juntos e hicieron turnos de guardia (guardia del cobertizo y guardia del tiempo). Ni Micky ni Molly durmieron más de dos horas seguidas cada vez. Luego permanecían despiertos durante media hora para asegurar el control sobre sus cuerpos de perro antes de volver a dormirse. Pétula fue la última centinela. Cuando la campana de una iglesia cercana dio las diez, despertó a Molly.

–Hora de levantarse –dijo dándole un toque en el hombro–. Estabas cansada. Son las diez de la mañana.

Molly bostezó y miró al cielo, cubierto de nubes grises cargadas de lluvia. Ahora se estaba a gusto en el cobertizo. Escuchó la respiración acompasada de Micky, el bulldog, y pensó en lo agradable que era estar acurrucada junto a su hermano y a su amiga Pétula. Y al mirar la cara oscura de esta, se sintió sobrecogida otra vez por lo sorprendente que resultaba estar a su lado y poder hablar con ella.

–Me gusta mucho hablar contigo, Molly –dijo Pétula–. Eres justo como sabía que serías.

–Lo sé –dijo Molly con una sonrisa–. Tú también eres justo como sabía que eras. Un poco pillina y divertida, un poco mandona y muy valiente. Tuviste que echarle coraje para seguirnos hasta Londres, Pétula. Eres una gran amiga.

–Tenía que hacerlo, Molly. Eso es lo que hacen los amigos de verdad. Se ayudan mutuamente cuando hay problemas –Pétula frotó su hocico contra el pelaje de Molly–. Hemos pasado un montón de aventuras juntas, ¿verdad?

Por un momento, los dos perros permanecieron muy cerca el uno del otro, felices de estar juntos. Pétula rompió el silencio:

–Entonces, todo lo que tienes que hacer ahora es conseguir el libro. Y cuando lo tengas en tus patas, tienes que transfigurarte en humana para poder leerlo. Entonces podrás averiguar cómo regresar a tu propio cuerpo.

Molly asintió.

–Exactamente, Pétula. Has dado en el clavo.

–O, como diría un perro –replicó Pétula–, «le he dado al gato en la nariz».

Las dos sonrieron, pero enseguida Pétula se puso seria.

–Molly, me va a resultar difícil seguiros a Micky y a ti mientras vais detrás de Black y el libro. Pero lo intentaré. Puedo sentir dónde estás y estaré allí cuando pueda. Recuerda estos tres ladridos –Pétula soltó un ladrido corto, similar al piar de los pájaros–. Esto significa que estoy bien. Si aúllo, eso significa que tengo problemas o que alguien los tiene. Si ladro sin parar y muy deprisa, significa que tienes que tener cuidado.

Molly frotó ahora su nariz contra la oreja aterciopelada de Pétula.

–Buen plan. Mira: en un momento, Pétula, probablemente Micky y yo nos transfiguremos en pájaros, esos dos mirlos que hay ahí en la hierba. Debemos ir al Palacio de Buckingham para la cita de Black con la Reina, a las once. De ahora en adelante llevará el libro consigo a todas partes. Magglorian te enseñará cómo llegar. Y no te preocupes, Pétula, saldremos de esta, y después nos lo pasaremos estupendamente.

Pétula acarició a Molly con la nariz.

–Eso es lo que me encanta de ti, Molly. Tu optimismo. Siempre confías en que todo se solucionará.

–Y lo hará –dijo Molly, aparentando una seguridad que no tenía.

Pero Pétula sintió el miedo de Molly. Manaba de ella como una columna de humo.

Capítulo 12

Miss Hunroe estaba en su lujosa habitación del museo. Vestía un salto de cama blanco y una bata azul celeste, y estaba desayunando. Mientras jugueteaba con su moneda dorada entre los dedos, admiraba los objetos que había en la mesa delante de ella: un juego de té de porcelana Ming, blanco y azul, de valor incalculable, que había robado del Museo de Albert y Victoria. Su doncella, Elspeth, que vestía un uniforme azul claro, le había llevado tostadas, huevos revueltos y un plato de arándanos. Al lado había una flauta azul oscuro. Elspeth le sirvió té. La conjunción de todos los azules que la rodeaban le producía a Miss Hunroe un enorme placer. Cogió una taza y, en ese mismo momento, un relámpago iluminó el cielo gris de la mañana, dándole un susto a Elspeth. Su brazo tembló ligeramente y derramó el té. Unas gotas cayeron sobre la mano de Miss Hunroe, quemándola.

–¡¡¡AY!!! –chilló–. ¡Estúpida, torpe!

171

La mujer hipnotizada dejó caer la cabeza, avergonzada.

–Lo lamento mucho, señora –se disculpó–. ¿Puedo traerle hielo?

–No, desde luego que no –le espetó Miss Hunroe. Miró la moneda que seguía moviéndose entre los dedos de su mano izquierda y, con destreza y un brillo acerado en los ojos, la lanzó por los aires. La recogió en la palma de la mano derecha y la colocó de golpe en el dorso de la izquierda–. Cara, tú pierdes –declaró. Entonces, levantó los ojos lentamente hacia Elspeth y le dijo–: Por eso, Elspeth, no comerás durante... humm... durante dos días.

–Sí, señora –respondió la doncella, con la misma naturalidad que si le hubieran ordenado que se asegurase de colocar el periódico cada mañana junto a la bandeja del desayuno. Hizo una reverencia–. ¿Hay alguna otra cosa que pueda hacer por usted?

–No.

Elspeth dejó a Miss Hunroe para que se tomara el desayuno. Esta comió con modales elegantes y con mucho apetito, y al terminar se limpió la boca con una servilleta azul.

Entonces llamaron a la puerta.

–Adelante.

Miss Oakkton entró. Detrás de ella, indecisas sobre si seguirla o no, estaban Miss Teriyaki y Miss Suzette, algo acobardadas.

–He dicho a-de-lan-te –repitió Miss Hunroe. Cogió la flauta y dijo, como si hablase a través del instrumento–: ¡Miss Teriyaki y Miss Suzette! Las dos idiotas incapaces de seguir a un taxi. ¿Han conseguido ya seguirle el rastro a Míster Black?

172

–Ehh... Bueno, todavía no –titubeó Miss Suzette–. He-moz pazado la noche fgente al cazino. No eztábamoz zeguzaz de zi había ido allí o a zu hotel, o...

–¡Entonces quítense de mi vista! –vociferó Miss Hunroe, con un tono cortante y despiadado. Les dirigió a ambas una mirada cargada de crueldad–. Y no vuelvan a dirigirme la palabra hasta que conozcan con exactitud su paradero.

Las dos mujeres obedecieron y salieron apresuradamente.

Miss Hunroe comenzó a tocar la flauta.

Miss Oakkton se sentó.

–Ahhh –suspiró. Cogió un pellizco de tabaco de su caja de marfil y se lo puso en la boca para masticarlo. Entonces, como si la música la hubiera poseído, volvió a levantarse y empezó a bailar al son de las notas de la flauta, que flotaban y subían hasta el techo del museo–. ¡Ahhh! –exclamó, y a continuación realizó una pirueta algo torpe. Parecía un absurdo elefante de dibujos animados–. ¡Muy bien, qué bonito!

Miss Hunroe dejó de tocar y dio una palmada, de mal humor.

–¡Deje de bailar por la habitación de esa forma tan ridícula! ¡Parece usted desequilibrada! ¡Pare!

Molly y Micky alzaron el vuelo desde el jardín del hotel en el mismo momento en que Lily Black salía al balcón de su habitación. Miró hacia el jardín y luego hacia la cornisa de piedra que recorría la pared.

–¡Insectos! Así que ahora os habéis convertido en insectos, ¿verdad, cotillas? ¡Vais a desear no haber aprendido

173

nunca a transfiguraros! –con brutalidad, dio un golpe con la palma de la mano en la pared–. ¡Ahí lo tenéis, ahora sois insectos muertos!

Durante un momento, pareció calmarse. Luego, al darse cuenta de que aquel par de insectos podrían fácilmente ser solo eso (insectos), su enfado volvió a aparecer. Recorrió el jardín con una mirada iracunda.

Había dos tordos en el césped. Lily desapareció en el interior de su dormitorio y regresó con tres botellas de cristal, que les lanzó una tras otra a los pájaros, riéndose a carcajadas mientras los proyectiles volaban por los aires.

–¡Ya os pillaré! –gritó, y enseguida dirigió su atención a dos ardillas que había en un árbol–. Y si sois vosotras, os pillaré –sus ojos azules tenían un brillo asesino.

Se abrió una ventana cercana y un hombre mayor se asomó.

–Jovencita, ¿puedes hacer el favor de callarte? Hay gente que intenta dormir. Si no te callas, me quejaré a la recepción.

Lily entrecerró los ojos, arrugó la nariz y le sacó la lengua.

–Podrían ser incluso usted y su mujer, abuelo –murmuró. Luego echó una mirada al cielo nublado y regresó adentro.

Molly y Micky encontraron con facilidad el Palacio de Buckingham. Subieron y subieron hacia las nubes y se posaron en la azotea de un rascacielos desde donde el tráfico de Londres parecía un río metálico y las copas de los árboles tenían el tamaño de pelotas de fútbol. Vieron el Támesis

174

y la noria gigante, el *London Eye*, llena de turistas. Micky sabía que el palacio debía de estar cerca de allí, y efectivamente, allí estaba, al final de una avenida larga y amplia.

Descendieron en un vuelo suave y llegaron planeando a los jardines del palacio. Aterrizaron en uno de los senderos de gravilla y examinaron el lugar: decenas de ventanas en la fachada trasera del edificio reflejaban la luz opaca y nublada de la mañana. En lo alto del tejado ondeaba una bandera.

–Está dentro –gorjeó Molly al mismo tiempo que una campana atronadora daba las once menos cuarto y un relámpago iluminaba el cielo.

–¿Quién está dentro? –pió Micky.

–La Reina. La bandera significa que está en palacio. Está en alguna parte, ahí dentro, leyendo el periódico o firmando documentos reales.

Los dos volaron hasta el balcón más grande del primer piso del palacio. Encaramados a la barandilla de hierro, miraron a través de las ventanas, salpicadas de goterones. Al otro lado del cristal había una habitación vacía. Aletearon hasta la siguiente ventana. En el interior había un vestíbulo vacío con muebles antiguos y sofisticados. Los gemelos continuaron hasta el balcón contiguo.

Detrás de unas cortinas de color amarillo pálido había una gran sala de estar con elegantes sofás, y varias mesas y sillas con patas doradas. De las paredes, hermosamente empapeladas, colgaban enormes retratos de antiguos reyes y reinas, príncipes y princesas. Una lámpara de araña con miles de gotitas de cristal colgaba del techo como un OVNI del siglo dieciocho. Y debajo de ella, sentado en un taburete alto, se hallaba Theobald Black. Conversaba animadamente con una mujer de cabello gris que estaba sentada de espaldas a la ventana. Un mayordomo con guantes blancos depositó sobre la mesa una bandeja con dos teteras y le sirvió a la mujer una taza de té.

–¡Dios mío, es ella! –silbó Molly.

CA2 salió de la comisaría de la calle Cork y se subió hasta arriba la cremallera del anorak para combatir el frío. Sacó del bolsillo el dispositivo de seguimiento y extendió la antena.

Un agente de policía lo observaba desde una ventana.

–Cazador de alienígenas... –masculló mientras sacaba brillo a la placa de metal de su casco acampanado–. Loco de atar, más bien.

CA2 leyó la pantalla del aparato y la cambió a formato mapa para ver dónde estaba la chica Moon. Al ver lo que el dispositivo indicaba, bizqueó.

–No puedo creerlo.

Se puso en marcha con paso firme en dirección a Green Park.

En la acera de enfrente, dos mujeres lo observaban mientras fingían consultar un mapa. Una de ellas llevaba un bastón y un impermeable rojo brillante; la otra, rechoncha, tenía puesto un vestido de volantes. Cuando CA2 avanzó por la calle rebosante de galerías de arte, las mujeres fueron tras él. Una cojeaba, la otra se bamboleaba. El bastón de Miss Teriyaki resbalaba una y otra vez en el pavimento, mientras que la enorme bufanda de Miss Suzette no paraba de darle en la cara, empujada por el viento. Aquel loco parecía saber cómo encontrar a Molly Moon. Y Molly Moon estaría probablemente muy cerca de Míster Black y del libro de hipnotismo.

Miss Hunroe estaba furiosa con ellas por no haber sido capaces de seguir a Míster Black la noche anterior, así que ahora estaban decididas a arreglar las cosas.

–¡Oh, deze priza, me guecuegda uzted a un cagacol! –exclamó Miss Suzette mientras recorrían unos soportales llenos de bombonerías y tiendas elegantes que vendían guantes de cuero y objetos de lujo, como peines para bigotes–. Intente cojeag máz gápido o lo pegdeguemoz. Igual que pegdimoz eze taxi anoche. Fue todo culpa zuya. Si uzted hubiega zido menoz vaga y máz dezpiegta, habgíamoz vizto lo que Black planeaba haceg.

Miss Teriyaki le lanzó una mirada de rabia a Miss Suzette.

–Usted no es precisamente una campeona olímpica, repelente franchute –dijo, con la respiración alterada por el esfuerzo. Iba tan rápido como podía; ahora acababan de dejar atrás una carísima tienda de ropa interior–. Su vestido es más ligero que mi chaqueta. Así le es más fácil. Y usted no se ha torcido el tobillo. Permítame recordarle que mañana, o pasado mañana, me habré recuperado y estaré en forma, algo que usted no sabe lo que es –refunfuñó mientras intentaba acelerar el ritmo de sus pasos–. ¡Me encantan estas tiendas! Me recuerdan a París. Cuando posea esa ciudad, me pasaré todo el tiempo en las tiendas.

Miss Suzette se paró en el acto y giró sobre sus talones con una expresión de cólera.

–¿Qué quiegue decig uzted con ezo de «cuando pozea Paguíz»?

177

–Exactamente eso –respondió Miss Teriyaki con aires de suficiencia–. *Cuando posea París.* ¡Miss Hunroe me ha prometido París! ¿Qué ciudad le ha dicho a usted que puede quedarse?

–Eztúpida mujeg –le espetó Miss Suzette, mordaz–. ¿Guealmente ze cree que ella le daguía Paguíz a uzted? Me la dio a mí hace mezez. ¡Yo nací allí! Llevo a Paguíz en mi zangue. Tiene que habeg algún egrog –una mueca le torció el gesto y añadió–: ¿Sabe, Miss Teguiyaki? Hay también un lugag llamado Paguíz en Texaz, Améguica. Pgobablemente ezo ega lo que Miss Hunroe le ofgeció a uzted.

–No, no fue eso.

–Zí, zí lo fue.

–No, no lo fue.

–Pog zupuezto que zí. Uzted zabe que Miss Hunroe me pgefiegue a mí antez que a uzted. ¡Ella nunca le habgía ofgecido la vegdadega Paguíz!

–¡Vieja bruja! –gritó Miss Teriyaki, visiblemente dolida. Pero entonces su rostro cambió. Lanzó su mano hacia Miss Suzette–. Seguro que Miss Hunroe no le regaló a usted un anillo como este. No lo hizo, ¿verdad que no? ¡Ja! Su favorita, dice... Para que lo sepa, Miss Hunroe me adora. ¿Qué dice ahora?

–Oh, cálleze y deze pgiza, baboza azquegosa –bufó Miss Suzette–. Zi no localizamoz a Místeg Black, Miss Hunroe nos odiagá a laz doz y entoncez ninguna de nozotgaz tendgá Paguíz ni Venecia ni nada.

Sus zapatos y el bastón de la japonesa resonaban sobre el suelo de mármol de los soportales. A continuación salieron a una calle llena de gente, justo a tiempo de ver a CA2 desaparecer en la entrada de Green Park. Había comenzado a llover y el cielo estaba cada vez más oscuro.

–Estoy segura de que le oí mencionar el Palacio de Buckingham –exclamó Miss Teriyaki, casi sin aire–. Quizás deberíamos coger un taxi.

–¡No zea uzted tan vaga, Miss Teguiyaki! –resolló Miss Suzette, a la vez que se limpiaba unas gotas de baba de la comisura de los labios con un pañuelo de encaje. Abrió su paraguas, que, a juego con su vestido, también era de volantes, y se internó en el parque.

Al otro lado de la valla que protegía la entrada al Palacio de Buckingham, un puñado de turistas presenciaba el cambio de la guardia real. Un sargento con casco de piel de oso gritaba las órdenes, y tres soldados con uniformes rojos y semblante serio, con cascos iguales al de su superior, desfilaban por turnos por el patio que había frente al edificio.

Miss Teriyaki y Miss Suzette cruzaron la carretera para colocarse junto a la valla, a unos cincuenta metros de CA2, que se había unido al grupo de turistas. Miss Teriyaki buscó en su bolso el teléfono móvil.

–Voy a avisar a Miss Hunroe –dijo, y empezó a redactar un mensaje de texto–. Creo que ella debería estar aquí.

Miss Suzette asintió.

–Y yo voy a tendegle a la pequeña Molly Moon una tgampa.

A su lado, una mujer china con el pelo teñido de rojo y pantalones vaqueros levantó su cámara fotográfica y apretó el disparador.

–Eza zegá una gran foto –le comentó Miss Suzette, usando un tono cálido y agradable.

–Sí, eso espero –repuso la turista china.

–¿Eztá uzted zola, queguida? –le preguntó la francesa con una sonrisa.

–¿Sola? Oh, sí –dijo la otra, sin razón para desconfiar de aquella jubilada de aspecto dulce.

–Habla muy bien ingléz.

–Muchas gracias –respondió la mujer china–. He pasado diez años estudiándolo.

–¡Encantadog! –hubo una pausa mientras la turista sacaba una nueva foto. Luego, como una asquerosa, gorda y venenosa araña, Miss Suzette lanzó su red–. Una coza, ¿le impogtaguía migagme el ojo? Cgeo que ze me ha metido una mota de polvo. ¿Puede veg algo?

La ingenua turista se giró hacia ella. Miró el ojo de Miss Suzette y, antes de que pudiera saber qué ocurría, estaba hipnotizada.

Capítulo 13

Yo seré el mayordomo –gorjeó Micky–. Tú puedes ser la Reina.

–¿La Reina? ¿Estás de broma? –las plumas que recubrían la cabeza de Molly se pusieron de punta.

–Vamos –la intentó persuadir Micky–, solo es otro ser humano más.

–¡Pero no sé si puedo comportarme como la Reina! –pió Molly.

–Por supuesto que puedes. Solo tienes que ser muy educada y darte aires de realeza. Escucha, le estarás haciendo un favor.

–Pero no puedo verle la cara, así que no soy capaz de imaginármela de niña –objetó Molly–. ¿Cómo voy a transfigurarme en ella?

–Te han facilitado el trabajo –le indicó Micky–. Ese retrato de ahí de una chica con un perrito es de la Reina cuando tenía seis años.

Molly y Micky miraron fijamente el borde de la alfombra verde y blanca que había cerca de la ventana. Tenía un diseño de hojas y flores que se enlazaban las unas con las otras. Molly captó enseguida una imagen de una extraña casa de campo con un tejado muy alto y fino. Inmediatamente pasó a concentrarse en el retrato de la joven princesa. Micky tenía razón. El cuadro era tan bueno que hizo que la tarea de Molly fuese muy sencilla, y en cuestión de segundos había unido la imagen de la casa de campo con la de la cara de la princesa, y, como si ambas fueran hechizos mágicos que tirasen de ella, de súbito salió disparada del cuerpo del pájaro y directa hacia la Reina.

Como un tsunami, Molly chocó con la mente de la vieja dama y se hizo con el control. Una parte de ella lamentó la brusquedad de colarse de aquella forma en el cerebro de Su Majestad, pero sabía que no debía mostrar signos de debilidad porque, si lo hacía, la personalidad de la Reina podría recuperar su posición, y eso sería desastroso.

Así que Molly tomó el mando y le ofreció una disculpa: *Lo siento mucho, Majestad*, pensó para sus adentros. *Esto es por su propio bien.*

Molly se sintió abrumada por los recuerdos y los conocimientos de la Reina. Vio barcos gigantescos contra cuyos cascos la Reina había lanzado botellas de champán; vio yates privados y establos enormes llenos de caballos de carreras. Vio palacios maravillosos rodeados de parques, donde la Reina vivía o adonde se trasladaba en vacaciones; y vio recuerdos de todo tipo de celebraciones y fiestas que se habían dado en su honor. Todo eso estaba mezclado con una personalidad inesperadamente normal que hacía que la

Reina se sintiera de forma muy parecida a los otros humanos en los que Molly se había transfigurado. Molly vio cómo amaba a su familia, a sus nietos, a sus perros, a sus caballos y a sus amigos. Y vio cómo deseaba que el mayordomo le hubiera traído una magdalena de chocolate.

–¡Córcholis! –se descubrió diciendo. Su acento era extremadamente elegante.

–¿Sucede algo, señora? –preguntó Black. En el tono de la Reina había algo que le ponía los nervios de punta.

Molly se preguntó si la Reina había sido ya hipnotizada por Black. Creía que no, pero no podía estar segura.

–Todo está perfeeeeecto –contestó, mientras trataba desesperadamente de hacerse con las riendas de su nuevo cuerpo–. *Córcholis* es el apodo de uno de mis perros corgi, el más grandote. Su nombre completo es Córcholis Caramba. Estaba haciendo el gamberro. Usted no lo ha visto, pero yo sí. ¡Ja, ja! ¡Madre mía!

Fuera, el sargento gritaba órdenes para realizar el cambio de la guardia. El desfile de los soldados estaba perfectamente sincronizado, y sus botas golpeaban el suelo con ritmo marcial.

–¿No le resulta reconfortante el desfile? –dijo Molly. En el suelo, a sus pies, había tres corgis que se volvieron para mirarle, algo confundidos. El grandote empezó a gruñir–. ¡Cállate, Córcholis! –le reprendió Molly.

–¿Iba usted diciendo? –le dijo Black.

–¿Qué iba diciendo? –se preguntó la Reina, insegura. Cogió su taza y dio un sorbo. Torpemente, se tiró un poco encima–. Oh. Ah, eh, ¡mayordomo! ¿Tiene una servilleta?

Black observó con desconfianza al mayordomo real mientras este se acercaba a la Reina con un paño de algodón. Miró con recelo a la Reina y sus corgis, que gruñían y enseñaban los dientes. Instintivamente, cogió su bolsa de cuero con el libro de hipnotismo.

–Aquí tiene, Alteza –dijo Micky el mayordomo, y empezó a limpiar la mancha de té con el paño. Molly le apartó, consciente de que un mayordomo no se pondría a tocarle las rodillas a la Reina. Dos de los perros comenzaron a ladrar.

–Estaba ofreciéndose –dijo Black –a darme acceso a la Torre de Londres para poner el libro a salvo.

Ahora Black no se sentía a gusto en absoluto. Las advertencias de Lily resonaban en sus oídos.

Molly miró un instante la bolsa. Supuso que el libro estaba dentro y se maravilló ante la astucia de Black. Era muy inteligente utilizar el libro como excusa para entrar en la Torre de Londres. Porque, una vez allí, las riquezas que tendría al alcance de la mano eran inmensas. Allí se guardaban las joyas de la Corona, entre las que se incluía el mayor diamante del mundo. Y podía ver, en los recuerdos de la Reina, que Black ya la había convencido de que el libro era muy valioso y peligroso. Su Majestad ya poseía algunos conocimientos sobre el hipnotismo, los viajes en el tiempo y la transfiguración, pues Black le había hablado de ello.

Así que el plan de Black estaba en marcha, pensó Molly. Si entraba en la Torre, podía usar el hipnotismo para robar lo que quisiera, y volver a salir de allí sin problemas.

–Humm. Sí, por supuesto –asintió Molly–. Debo decir que estoy muy intrigada por ese libro. ¿Puedo verlo?

–Acaba de verlo hace solo un momento –repuso Black con lentitud. Sus nudillos se pusieron blancos por la fuerza con la que sujetaba la bolsa.

–Sí. Sí. Quiero decir... verlo otra vez –se corrigió Molly, en un intento de salir del atolladero–. ¿Está usted bien, Míster Black?

Black examinó el rostro de la Reina tratando de averiguar si la chica sobre la que Lily le había advertido había entrado en su cuerpo. Solamente había un modo de saberlo. Tenía que leer su mente. Se concentró y, en silencio, preguntó: *¿Qué estás pensando?*

Molly sintió un cosquilleo por encima de las cejas de la Reina y por todo su cuero cabelludo, pero no le dio importancia. Si se hubiera dado cuenta, habría podido pensar en cosas propias de la realeza para que Black las encontrase en su mente. Pero no tenía ni idea de que Black podía leer mentes, y por tanto no tenía tampoco idea de que sobre su cabeza había aparecido una burbuja. En ella había imágenes de Black con el libro en sus manos y la Reina forcejeando con él. Había también imágenes del mayordomo uniéndose a la pelea y torciéndole un brazo a Black. Esa era la fantasía que Molly tenía en aquel preciso instante.

–¡Vamos a la torre! –dijo Molly, y luego añadió–: Mayordomo, por favor, coja la bolsa de Míster Black.

En ese momento, Black se levantó.

–Ah, no, no lo haga. No hay duda de que usted es una de las ayudantes de Miss Hunroe. Se está metiendo donde no debería.

Molly comprendió que el juego había terminado. Saltó por encima de los perros (lo cual fue difícil, pues la Reina llevaba puesta una falda muy rígida) y se lanzó hacia la bolsa, volcando al hacerlo la bandeja de té. Las tazas se rompieron por el impacto y sus pedazos se esparcieron por el suelo. Los tres perros se pusieron a ladrar enloquecidos. Molly intentó coger la bolsa, pero Black la esquivó y la Reina se fue de cabeza contra el sofá, agarrando por equivocación un cojín y volcando el mueble entero de forma que salió despedida por el otro lado.

–Cógelo, Micky –chilló Molly; su hermano se abalanzó sobre Black, pero este contraatacó y le golpeó con contundencia en el estómago. Micky cayó sobre un sillón, gimiendo.

Black echó a correr hacia la puerta.

–¡Guardias! –gritó Molly–. ¡Deténganlo! ¡Es un ladrón!

–¡Guau! ¡Guau! ¡Guau! –ladraron los tres perros al unísono.

El personal y los guardaespaldas que estaban fuera miraron confundidos a su alrededor. Uno de ellos se movió hacia donde señalaba la Reina, pero no vio a nadie. Era como si Black se hubiera vuelto invisible.

–¿A quién, Majestad? –preguntó el guardaespaldas. La doncella que había a su lado parecía igualmente perpleja. Otro guardia, en las escaleras, tenía también cara de desconcierto. Previamente, Black había hipnotizado a todo el personal de palacio para que no le vieran entrar ni salir.

Mientras tanto, las pisadas de Black se oían cada vez menos a medida que bajaba a la carrera las amplias escaleras que llevaban a la puerta principal. Molly se volvió a Micky, que estaba ahora de pie y se frotaba el estómago. La Reina corrió al ventanal que daba al este y miró hacia el exterior. Su respiración agitada cubrió el cristal de vapor. Abajo se veía el patio cubierto de gravilla. Había dos cuervos en el alféizar, a resguardo de la lluvia.

–Los cuervos –dijo–. ¡Rápido!

En unos segundos, Molly y Micky estaban dentro de los cuerpos de los cuervos. Parpadearon y extendieron sus nuevas alas. Y enseguida trataron de localizar a Black. Allí estaba: caminaba muy aprisa por el patio, aunque intentaba no dar la impresión de que estaba huyendo.

–¡Ahora! –graznó Molly.

Micky y ella se lanzaron en picado. Los cuervos eran mucho más potentes que las palomas o los mirlos. Sus alas eran muy fuertes y les hacían volar como misiles. Un momento después, Micky alcanzó a Black y le abofeteó con las alas. Al mismo tiempo, Molly cogió con el pico la correa de la bolsa y ambos alzaron de nuevo el vuelo por encima del tráfico.

–¡Dios santo, Smuthers! –exclamó la Reina aferrándose al marco de la ventana cuando recuperó el sentido–. ¡Smuthers, acabo de vivir una experiencia muy molesta, y me da en la nariz que usted ha sufrido una similar!

–¡Efectivamente, señora! –contestó Smuthers, su mayordomo. Sacudió la cabeza y se ajustó el chaleco.

Todavía dentro de los terrenos del palacio, Black estaba de pie bajo la lluvia, observando cómo dos pajarracos se alejaban con su tesoro. Volaban torpemente, chocándose el uno contra el otro. La bolsa colgaba como un péndulo enorme por debajo de ellos.

–Aún no habéis ganado –gruñó Black. Ignoró a los sorprendidos soldados y echó a correr hacia la salida.

Miss Teriyaki y Miss Suzette estaban ahora junto a la valla del palacio, con dos gatas: una, doméstica y de color naranja, y la otra, una burmesa blanca. Al ver a los cuervos, las gatas empezaron inmediatamente a correr. Miss Teriyaki y Miss Suzette fueron más lentas en reaccionar.

–Lo que hagá zegá quedagze cegca de nozotgaz –le ordenó Miss Suzette a la turista china que había hipnotizado–. Cuando yo guite «¡Allez, allez!», uzted haga lo que yo le diga. Ahoga, zígame.

La turista asintió. Había entendido perfectamente las extrañas instrucciones de Miss Suzette.

El dispositivo de CA2 pitó.

–Ah, conque ahora sois cuervos –dijo muy animado. Guardó el aparato y se dispuso también a seguir a las aves.

–Esto es muy... dif...í...cil –graznó Molly, que sujetaba la bolsa en las garras y batía sus alas húmedas con todas sus fuerzas para no chocar contra las ramas más altas de un árbol.

–¡Se está resbalando! ¡Pesa demasiado! –gritó Micky.

Abajo, en el parque Saint James, un niño que daba de comer a los patos levantó de pronto la mirada hacia arriba.

–¡Mamá! –llamó–. ¡Miiiira esos pájaros!

Un cuervo de verdad pasó volando junto a ellos.

–¿Qué hay en la bolsa? –graznó–. ¿Gusanitos?

Molly miró hacia abajo y hacia atrás y vio la silueta de Black avanzando por el suelo embarrado del parque.

–¡Oh, no, Micky! ¡Nos está siguiendo!

No vio que detrás de él iban Miss Suzette y Miss Teri-yaki, casi sin aliento, balanceándose una y cojeando la otra. A su lado trotaba la turista pelirroja y por delante corrían dos gatos. Y a poca distancia por detrás del grupo, iba CA2, que observaba fascinado toda la procesión.

No sin dificultad, los cuervos cargaron con la bolsa hasta llegar casi a la Abadía de Westminster. Descendieron en una plaza delimitada por árboles muy altos y se encontraron rodeados por grupos de escolares. Volvieron a alzar el vuelo y se dirigieron a lo que resultó ser el patio de un colegio.

–Esto es perfecto –dijo Micky–. Transfigurémonos en alguno de esos niños.

Soltaron la bolsa y saltaron sobre ella para marcarla como territorio privado. A lo lejos oyeron las sirenas de la policía. Un trueno retumbó en el cielo.

–Puede que la Reina haya denunciado a Black –graznó Molly–. Quizás lo hayan cogido.

–Vamos, cambiemos. ¿Quién vas a ser tú? –le preguntó Micky.

Molly escogió a un chico con cabello oscuro.

–Seré ese –dijo–. Y hay una buena figura para concentrarse en el garabato que hay en su libreta.

–Vale –asintió Micky–, yo seré ese de ahí –señaló a un crío con la cara llena de pecas–. Recuerda, tenemos que verlos como bebés, porque no son adultos.

En un santiamén, los gemelos se habían transfigurado. Molly era ahora un fanático del fútbol, y se llamaba Max.

Por un momento, se quedó completamente quieta. Estaba conmocionada. Aquella era su primera experiencia como chico. Y la sensación era muy diferente. Su cuerpo era más fornido, y había en él partes que nunca antes había tenido. Su sangre parecía más caliente, y recorría sus venas a un ritmo acelerado. Sus sentimientos eran menos molestos y daba la impresión de que estaban en algún lugar muy profundo. Y cuando alguien pateó una pelota cerca de ella, sintió el impulso de ir tras ella, del mismo modo que cuando había sido un perro había querido perseguir algún gato.

Micky (que ahora era un chico llamado Jo Jo) apartó a los aturdidos cuervos de la bolsa.

−¿Molly? ¿Estás ahí? ¿A qué estás esperando?

Molly se agachó y recogió la bolsa.

−Larguémonos de aquí.

Pero cuando se dio la vuelta, Black entraba corriendo en el patio. Para empeorar las cosas, los dos gatos y Miss Teriyaki y Miss Suzette llegaron tras él. Fue entonces cuando Molly cayó en la cuenta de que ninguno de los otros niños tenía bolsas y, por lo tanto, la bolsa que ella tenía, con el preciado libro en su interior, era fácil de ver. Theobald Black, Miss Suzette y Miss Teriyaki avanzaron simultáneamente hacia ella. Molly comprobó que estaba atrapada. Los colegiales comenzaron a señalar a los gatos. Molly intentó pensar en una vía de escape. No podía echar a correr, pero podía transfigurarse. Una turista china con una cámara de fotos acababa también de hacer su entrada en el patio. Su cuerpo parecía bastante atlético y, además, estaba cerca de la salida. Molly se dio cuenta de que era la mejor opción que tenía. Comenzó el proceso. Al hacerlo, lanzó la bolsa hacia arriba en una gran parábola, por encima de los demás niños, de los gatos, y por encima de Miss Suzette, Miss Teriyaki y Black, hacia la mujer china. Su plan era meterse en el cuerpo de la turista, recoger la bolsa y salir corriendo.

Mientras se transfiguraba, no prestó atención a las palabras que Miss Suzette gritaba:

–*¡Allez, allez!*

En el mismo momento que el espíritu de Molly se filtraba en el cuerpo de la pelirroja, sintió que sus brazos se levantaban para coger la bolsa en pleno vuelo. Pero a la vez tomaba conciencia de algo más, algo muy extraño. La personalidad de la mujer china no se había hundido bajo la suya. No había abandonado el control de su cuerpo ni de su mente. En absoluto. Para horror de Molly, daba la impresión de que la mujer estaba esperando su llegada.

Y así era. Porque aquella era la trampa de Miss Suzette. Había previsto que Molly podría necesitar un cuerpo para huir, así que había hipnotizado a la mujer china para que esperase la invasión de Molly. Por mucho que Molly excavaba en la mente de la mujer e intentaba extenderse por su cerebro, no ocurría nada. Le era imposible desestabilizarla, apartarla a un lado y tomar el control.

–¡Yujuuuu! –aulló la china. Para los niños que había en el patio, era una loca escapada de algún manicomio. Estaba dando saltos mientras apretaba la bolsa contra su pecho, sacudiendo su cabello rojo en una especie de baile demencial. Una japonesa delgada, con un impermeable rojo, caminó hacia ella ayudándose de un bastón. Le quitó la bolsa y se alejó tranquilamente. Miss Suzette fue tras ella y los dos gatos las siguieron, con la cola levantada.

Mientras tanto, Molly estaba atrapada. Atrapada en el cuerpo de la mujer china, incapaz de ponerse al mando y también de salir de allí, porque al tiempo que Miss Suzette había hipnotizado a la turista para resistir la invasión de Molly, también le había dado instrucciones de que no la dejase marchar, para retenerla todo el tiempo que pudiese. La mujer se comportaba como un perro con un hueso.

–¡NO TE DEJARÉ MARCHAR! –gritó mirando al cielo–. ¡NO TE DEJARÉ MARCHAR!

Entonces Molly sintió que algo más sucedía. Algo super-extraño. Alguien más se estaba transfigurando también en el cuerpo de la mujer.

Durante unos segundos, Molly se sintió aterrorizada, pues no tenía ni idea de quién había venido a compartir el cuerpo y la mente de la turista. Simplemente percibió su llegada, como si le cayera encima un gran chorro de agua. Resultaba sobrecogedor. Y esa agua se derramó en el pequeño espacio que ya ocupaban, incómodamente, Molly y la dueña original, luchando por el control. Se unió a ellas como un huésped a quien nadie había invitado y que no era bien recibido.

–¡FUERA DE AQUÍ! –aulló Molly. Sus palabras brotaron por la boca de la mujer–. ¡FUERA DE AQUÍ! –le gritó la mujer a sus propias manos.

Los niños que había a su alrededor pensaron que le estaba dando algún tipo de ataque. Uno de ellos salió corriendo en busca de un médico.

Mientras Molly trataba de expulsar al recién llegado, sintió que un velo se levantaba, porque a medida que la persona que se les había unido se asentaba, Molly podía distinguir de quién se trataba. Esa persona era Theobald Black.

Capítulo 14

Molly no podía creérselo, pero era cierto. El hecho de compartir la misma mente con él se lo demostraba: Theobald Black era una buena persona.

Era cierto que dirigía una obra de caridad que recaudaba dinero para orfanatos. Era verdad que quería poner el libro a salvo en la Torre de Londres. Y no era el dueño del Black's Casino; su hermano, Geoffrey Black, era el auténtico dueño. Y lo que era más importante: sabía lo que tramaba Miss Hunroe con sus horribles cómplices. Era un hipnotista muy bueno, pero no sabía viajar en el tiempo ni tampoco detenerlo. Y podía leer la mente.

Molly intentó absorber toda la información posible. Mientras tanto, Black estaba tratando de ayudar a Molly a escapar de la mente de la mujer china. Y al luchar y atraer sobre sí mismo la fuerza y la atención de la mujer, le dio a Molly una oportunidad para escapar. Necesitaba volver a encontrar al chico que se llamaba Max. Allí estaba, sentado en un escalón con cara de desconcierto. Ignoró los esfuerzos de la turista para retenerla y se concentró en el chico y en el dibujo que había en su libro. Enseguida, Molly voló por los aires y un segundo más tarde estaba de nuevo en el cuerpo de Max. Levantó la cabeza y miró a su amigo, el chico pecoso.

–¿Sigues siendo tú, Micky?

–Sí. Molly, ¿eres tú? –al mismo tiempo que Micky hacía la pregunta, la mujer china soltaba un grito:

–¡No te dejaré ganar!

–No te lo imaginas –le explicó Molly a toda prisa a Micky–. Black está ahora dentro de esa mujer, y es un buen hombre. Nos habíamos equivocado con él. ¡Tenemos que ayudarle!

–¡No puedes salir! –rugió la mujer mirándose los pies.

Los niños que aún permanecían en el patio estaban escandalizados y convencidos de que aquella mujer estaba mal de la cabeza. En silencio, se apartaban de ella con cuidado.

Micky localizó un grifo cercano bajo el que había un cubo.

–Leí una vez una cosa sobre los perros que se están peleando –murmuró para sí. Unos segundos después, estaba llenando el cubo de agua. Y acto seguido se acercó a la mujer por su espalda. Le vació el cubo encima y la mujer abrió la boca para soltar un grito, pero no emitió ningún sonido. Se quedó inmóvil, horrorizada.

Todo el mundo se calló en aquel momento. Los demás niños miraron a su amigo Jo Jo, atónitos primero y luego con admiración, porque había conseguido que la mujer parase de vociferar como una loca. Calada hasta los huesos, se desplomó.

En medio del caos, Black se materializó en el patio. Tenía un paraguas que abrió con total tranquilidad.

A algo más de medio kilómetro de allí, Pétula, Magglorian y Stanley llegaron al Palacio de Buckingham.

−¡Dios mío, puedo oler a los perros de la Reina desde aquí! −dijo Magglorian arrugando la nariz.

Pétula inclinó su cabeza hacia la lluvia y frunció el ceño. Odiaba los relámpagos.

−Hemos llegado tarde. Ya no está aquí −dijo decepcionada. Su cabeza giró como la aguja de una brújula en dirección a la Abadía de Westminster−. ¡Por ahí!

−De acuerdo −asintió alegremente Stanley.

−Aceleremos el paso −dijo Magglorian−. Esto se está volviendo muy húmedo. Por allí están las Casas del Parlamento, donde viven los políticos. Y también está cerca de mi casa.

Así pues, los tres perros volvieron a ponerse en marcha bajo las cortinas de lluvia.

Black contempló el cielo, que se estaba oscureciendo. Detrás de él, apareció un profesor que atendió a la turista.

−Hay mucho en juego. Debemos establecer nuestras prioridades −dijo Black, y señaló con un gesto a la mujer china−. Ahora está en buenas manos.

Les hizo señas a Molly y a Micky, que todavía eran dos colegiales, para que se movieran rápido, y los condujo fuera del patio.

Los chicos siguieron a Theobald Black y recorrieron el recinto del colegio. La lluvia arreciaba, y a lo lejos aún podían oírse las sirenas de la policía.

–Supongo que vosotros dos querréis regresar a vuestros cuerpos –dijo Black, a la vez que se subía el cuello del abrigo para taparse la cara lo más posible–. Puedo enseñaros.

–¡Uau, eso sería genial! –exclamó Molly.

–¡Sería increíble! –corroboró Micky, y luego añadió–: Es alucinante lo equivocados que estábamos con usted. Le habíamos tomado por una mala persona.

–No deberíais creer todo lo que la gente dice –repuso Black con algo de brusquedad–. Ya conocéis el refrán: las apariencias engañan.

Molly le miró: no era un hombre atractivo, eso era innegable. Su piel era macilenta y tenía el rostro picado de viruela, pero ahora que Black le devolvía la mirada, Molly pudo ver que había un brillo agradable en sus ojos.

–Lamento haber pensado que era usted malo –se disculpó–. No se lo merece.

–Hunroe y sus amigas parecían ser buenas –se explicó Micky–. Le describieron a usted como una persona deshonesta y despreciable, para que nos tragásemos su historia. ¿Qué sabe usted acerca de Miss Hunroe?

–Mucho. La conozco muy bien. Fui al colegio con ella. Ya entonces era tan desagradable como ahora. Pero era muy popular, y todos los profesores creían que era un ángel. Le gustaba tener aduladores...

–¿Qué? –preguntó Molly, que no le había oído bien.

–Aduladores –intervino Micky–. Personas que siguen ciegamente a otras y hacen lo que las otras quieren como si fuesen mascotas obedientes. Pelotas, vaya.

Theobald Black asintió.

–A Hunroe le gustaba que sus seguidores se comportasen precisamente así. Todos ellos la miraban embelesados, como si esperasen que pudiera transmitirles algo de su encanto. Supongo que siempre fue muy glamurosa. Todos los demás querían ser ella y hacían cualquier cosa que ella les pidiese.

–Eso suena como la pandilla que tiene ahora.

–Desde luego. Miss Hunroe no podría existir sin sus obedientes secuaces. En el colegio tenía a un matón particularmente malvado que se llamaba Bartholomew. Lo utilizaba para hacer el trabajo sucio, para meterse con la gente y para conseguir lo que quería. Desde entonces no ha cambiado –pasaron por debajo del arco que había en la entrada del colegio–. Y ahora tiene lo que quería: el libro. Y la hemos perdido.

–¡Pero yo no! –dijo alguien a su espalda, muy contento consigo mismo. Black y los dos colegiales se dieron la vuelta.

CA2 estaba detrás de ellos, orgulloso como un pavo. Sonrió y extendió un brazo hacia delante. En la mano tenía lo que parecía una simple caja de color rojo.

–¿Quién demonios es este hombre? –le preguntó Black a Molly.

–Es un cazador de alienígenas –respondió Molly, como si tal cosa–. De algún modo, ese aparato suyo puede indicar dónde estoy, aunque esté en otro cuerpo. Quiere ser mi contacto en la Tierra.

De repente, a Molly se le ocurrió una idea. Se sentía un poco culpable por hacer que Max se saltase sus clases, ya que el chico se metería en problemas, y supuso que podría ser interesante averiguar algo más acerca de CA2. Así que, veloz como un rayo, se transfiguró en él. Al abandonar el cuerpo de Max, le dio las gracias y, a continuación, se presentó a CA2 justo antes de tomar las riendas.

–Ahora soy Molly –les dijo a Black y a Micky–. Y, Micky, tal vez tú deberías transfigurarte en ese de ahí –señaló a un hombre con rastas que caminaba hacia la Plaza del Parlamento con una pancarta en la que podía leerse:

DESPERTAOS, EL CAMBIO CLIMÁTICO HA LLEGADO

Sobre sus cabezas, un relámpago iluminó el cielo.

–Ciertamente ha llegado –murmuró Black, y añadió con cierto misterio–: y más rápido de lo que se podía sospechar.

–¿Adónde, jefe? –inquirió un taxista. Habían salido a una avenida llena de tráfico.

–Al Hotel Blissamor, por favor –contestó Black. Un nuevo relámpago rasgó el cielo y comenzaron a caer gotas de lluvia más gruesas–. Dios mío, realmente ha empezado ya –dijo hablando consigo mismo.

Los tres subieron al taxi y se pusieron a resguardo de la lluvia: Molly en el cuerpo de CA2 y Micky en el del hombre de las rastas, cuyo nombre era Leonard.

–¡Uauu! ¡Aquí dentro se está genial! –dijo Micky con acento jamaicano, mientras se echaba hacia atrás en su asiento–. Este tío escucha un montón de música. Tiene el cerebro lleno de ella.

El taxi se puso en marcha.

–¡No puedo creérmelo! –exclamó Molly, que estaba registrando la mente de CA2–. ¡Este hombre me disparó un dardo para poder rastrearme! Por eso siempre sabe dónde estoy. Recuerdo dónde ocurrió: en la piscina. ¿Te acuerdas, Micky?

Fue entonces cuando oyó los ladridos. Eran los de Pétula, estaba segura. Se olvidó por un momento de CA2 y bajó la ventanilla. Vio a Pétula con Stanley y Magglorian. Corrían al lado del taxi, bajo la lluvia.

–¡Pare el coche! –gritó Molly. Y tan solo un instante después, abrió la puerta y saltó a la calle para abrazar a Pétula. Detrás de ellos, otros taxis y varios autobuses hicieron sonar el claxon.

–Será mejor que suba –sugirió el conductor–, o me la voy a cargar.

–Entonces, ¿tu dueña se ha convertido ahora en este hombre? –le preguntó Stanley a Pétula, totalmente desconcertado y sin apartar la mirada de CA2.

–¡Sí! Gracias, os lo digo a los dos. ¡La hemos encontrado!

Magglorian olisqueó el aire y echó un vistazo a la aglomeración de tráfico que había en la avenida.

–Hablando de dueños –dijo–, será mejor que vuelva con los míos. Estarán preocupados.

–Yo también –dijo Stanley–. El mío se irá pronto del mercado.

Los dos perros le ladraron a Pétula.

–Me alegro mucho de haberte conocido, Pétula –ladró Magglorian.

–¡Buena suerte, chica! –añadió Stanley. Metió la cabeza en el coche y dejó caer una piedra–. Para ti, Pétula. Llevo un rato pensando dártela. Un pequeño regalo. Adiós –le guiñó un ojo y, sin más, los dos perros se alejaron a la carrera, esquivando a los peatones como si la calle les perteneciera. Pétula subió de un salto al taxi, cogió la piedra y se sacudió para quitarse la lluvia del cuerpo.

Diez minutos más tarde, llegaron al hotel en el que Black se había alojado la noche anterior.

–Venid arriba –pasaron junto a un recepcionista con uniforme gris y Black condujo a Molly y a Micky hacia el ascensor.

–¿Vive habitualmente aquí? –preguntó Molly.

–Vivo en diferentes sitios –contestó Black, al tiempo que pulsaba el botón de llamada.

Las puertas se abrieron y todo el grupo se metió dentro.

–Explíquemelo –pidió Molly–. ¿Por qué vive usted en un hotel?

–Este hotel es propiedad de mi hermano. Él lo heredó de nuestra madre cuando ella falleció. El acuerdo fue que yo recibiera el equivalente en efectivo y un apartamento en el que vivir –mientras le escuchaba, Molly observaba cómo los botones numerados del ascensor se iluminaban a medida que ascendían–. Mi hermano ahora es un hombre de negocios. Posee varios hoteles más –prosiguió Black–, y también el casino. En realidad, a mí no me parece bien esa parte de sus negocios, pero me ofreció un despacho allí y me pareció un desperdicio rechazarlo por mis principios. Al fin y al cabo, él continuará dirigiendo esa casa de apuestas diga yo lo que diga, y es un lugar excelente para mi fundación, así que, dentro de lo que cabe, es una buena idea.

Salieron del ascensor a un rellano alfombrado y Micky dijo:

–Antes de que entremos en su apartamento, tengo unas cuantas preguntas para usted, Míster Black.

Black asintió.

–Dispara. Necesitáis confiar en mí al cien por cien.

–Primero –empezó Micky–: Miss Hunroe nos mostró unas fotografías. En una de ellas usted estaba en un parque, sentado en un banco con una mujer, una mujer con un pájaro en el sombrero, y daba la impresión de que estaba hipnotizándola con un péndulo. ¿Cómo puede explicar eso?

–¡Oh! –exclamó Black–. ¡Mistress Moriarty! Es una anticuaria. Me estaba vendiendo el péndulo. Los colecciono, ¿sabéis? Nos encontramos en el parque porque yo no podía ir a Camden, que es donde está su tienda. Hunroe es muy retorcida –añadió–. Esa fotografía debe de haberme hecho parecer muy malo. Tengo el justificante de compra dentro, si queréis pruebas.

–Humm. ¿Y qué hay del hombre de «Mermeladas Wiltshire»? Había una foto de usted en una cafetería mirándole a los ojos.

–Sí, sé exactamente cuándo se tomó esa foto –respondió Black con una sonrisa–. No puedo creerme que Hunroe me estuviese espiando en ese momento. Ese hombre se llama Sam. Le llamamos Sam el Confituras. Es mi tío. Quedé con él para tomar un café y se le metió una mota de polvo en el ojo. Me pidió que intentase quitársela. Puedo enseñaros algunas fotos de familia en las que sale él, si queréis.

Micky hizo un gesto de asentimiento.

–Vale.

Molly les interrumpió:

–Micky, te lo prometo: Black es de confianza. He estado en su cabeza. De verdad, es bueno. No tienes de qué preocuparte.

Micky ladeó la cabeza y meditó un instante.

–Si tú lo dices, Molly...

Unos pocos pasos después, entraban en el apartamento de Black. Molly reconoció las ventanas que había visto antes desde fuera. Era mucho más sofisticado de lo que ella se había imaginado.

La sala de estar era grande y estaba enmoquetada de blanco. Había dos puertas negras en cada extremo, y en las paredes había esculturas de piedra de dioses hindúes sobre pedestales también de piedra pulida. Algunos dioses llevaban coronas de oro; otros, collares y anillos dorados. Una parte de las paredes estaba cubierta de péndulos: de oro, de plata, de cobre, y algunos otros con piedras preciosas encastradas. Dos enormes espejos situados frente a frente hacían que el espacio pareciese incluso más grande. Un fuego ardía en un hogar de pizarra negra, enmarcado con mármol blanco. En el centro de la habitación colgaba una extraña lámpara con forma de arbusto de alambres retorcidos, como un nido de avispas metálico. Había también varias velas encendidas que impregnaban el aire de un cálido aroma a incienso. Tres sofás blancos rodeaban una mesa plateada sobre la que se apilaban varios libros. En su centro había una escultura dorada de una diosa en una postura de yoga. Y en las paredes de la izquierda y la derecha había colgados sendos retratos de mujeres con dos caras en una misma cabeza.

–Esos cuadros me recuerdan a Miss Hunroe y a sus amigas –comentó Micky.

–Sí –respondió Black–. Pero las damas de estos retratos parecen horribles exteriormente y son bellas en su interior, así que en realidad es al contrario. Son de Picasso, por cierto –se quitó el abrigo mojado y los zapatos.

Una mujer con un uniforme negro entró en la habitación y puso en la mesa una bandeja llena de bombones. Luego le entregó a Black unas zapatillas de terciopelo y recogió el abrigo y los zapatos.

–Me alegro de que haya regresado, Míster Black –dijo la mujer–. Empezaba a preocuparme –les dirigió una sonrisa a Leonard y a CA2–. Encantada.

–Cucaburra sentada en un viejo eucalipto –dijo Black enigmáticamente.

–Oh, bien. Me alegro mucho de oír eso –respondió la mujer.

–Y gracias por los bombones, Dot. Justo lo que necesitamos. Humm, son los de *toffee* y chocolate *fondant*, ¿verdad? –Black cogió la bandeja y le ofreció a Molly.

–Sí, Míster Black. Y ese simpático panadero de Harrows trajo alguno de esos cruasanes especiales que hace. Así que mañana tendrá un buen desayuno.

–Ah, bien hecho, Dot. Es usted un ángel. Me parece que seremos unos cuantos para cenar. ¿Podríamos preparar langosta?

–De acuerdo, señor –Dot empezó a retirarse, pero antes de salir añadió–: Por cierto, Lily está un poco... digamos que no muy contenta.

Al mismo tiempo, la puerta de doble hoja que había a la izquierda se abrió de golpe. Allí estaba Lily Black, con un vestido negro de encaje.

–¿Papá? –preguntó, con las mandíbulas firmemente apretadas–. ¿Eres tú?

–Cucaburra sentada en un viejo eucalipto –contestó Black–. Es nuestro código secreto –explicó–. Por si acaso alguien se transfigura en mí y se presenta aquí.

–¿Quiénes son estos tíos raros? –inquirió Lily, mientras los miraba a ambos de forma descortés–. Ese parece creerse James Bond, y ese otro parece un cantante de *reggae*.

–Tranquilízate, Lily –dijo su padre–. Estos, lo creas o no, son los gemelos que viste. Te presento a Molly –hizo un gesto hacia CA2– y a Micky, que de momento es Leonard.

Lily no se acercó a estrecharle la mano a ninguno de ellos. En lugar de eso, miró a Pétula con el ceño fruncido.

–No sabemos cómo volver a ser nosotros mismos –empezó a explicar Molly–. Pero, afortunadamente, tu padre ha dicho que nos enseñará a hacerlo. En realidad, estamos un poco desesperados. Salimos de nuestros cuerpos ayer y nos sentimos un poco...

–Confundidos y mareados –sugirió Micky.

–¿No hay gente a la que le resulta imposible regresar? –dijo Lily con un brillo de malicia en los ojos–. No es fácil, ¿sabéis? –comentó fríamente–. Así que no las tengáis todas con vosotros.

Capítulo 15

—Lily, Lily, por favor. Si no puedes ser simpática ni útil, ve a tu habitación —Black se sentó en uno de los sofás blancos e invitó con un gesto a Molly y a Micky para que hiciesen lo mismo—. Poneos cómodos.

Lily se dejó caer en un sillón de cuero que había en un rincón y cruzó los brazos, malhumorada.

—Transfiguración, transfiguración, transfiguración —murmuró pateando el faldón del sillón con sus tacones—. Y salvar el mundo. Es lo único que haces todo el día.

Black ignoró a su hija y empezó:

—De acuerdo. Regresar es algo para lo que ha de tenerse un talento natural.

—Si tienes suerte —le interrumpió Lily.

—¡Lily! —después de dirigirle a su hija una mirada muy severa, Black prosiguió—: ¡Solo porque tú no puedas transfigurarte, no te pongas celosa!

–¡Gracias! –respondió Lily, furiosa–. Quizás, si emplearas un poco de tiempo en enseñarme, sería capaz de hacerlo.

Black continuó:

–Así pues, se requiere un talento natural. Pero, en contra de lo que sugiere Lily, estoy seguro de vosotros dos podréis hacerlo enseguida.

Lily sonrió para sí misma, como si supiera que no iba a ser así. Fuera, el cielo se iluminó con otro relámpago y se oyó el retumbar de un trueno. Pétula se refugió debajo de un cojín.

–¿Hizo usted una copia de los capítulos del libro sobre transfiguración? –preguntó Molly–. Si pudiéramos leerlos, tal vez sería más fácil.

Black negó con la cabeza.

–Me temo que no lo hice. Era demasiado arriesgado. Si cayeran en las manos equivocadas, cualquiera podría transfigurarse. Sería un caos.

–Quieres decir que yo podría encontrar las copias y aprender –rezongó Lily–. Y tú no querrías que yo aprendiera eso, ¿verdad? Miserable... –añadió en voz baja.

Black la ignoró. La niña se echó hacia atrás y comenzó a pulsar el interruptor de la luz, de forma que las avispas metálicas de la lámpara brillaban intensamente, se apagaban lentamente y luego volvían a repetir todo el proceso una y otra vez.

–Bueno, volvamos con vosotros dos. ¿Cómo hacerlo? –dijo Black, intentando no prestar atención a lo que su hija estaba haciendo–. Todo lo que necesitáis es acallar vuestra mente. Tenéis que sostener unos cuantos pensamientos en la mente a la vez. ¿Estáis listos para hacer eso?

–Listos para unir cientos de pensamientos si eso es lo que hace falta –replicó Molly.

–Bien. Bueno, supongo que la forma de volver a vosotros mismos es un poco como una receta con diferentes ingredientes. Hay que unir todos los ingredientes y después ponerlos al fuego. En un momento os diré qué es «el fuego». De lo primero que tenéis que daros cuenta es de esto: no habéis perdido vuestra identidad intelectual. Ambos seguís controlando vuestras mentes. Incluso aunque los dos tengáis el aspecto de hombres adultos, en realidad podéis recordarlo todo sobre vuestras propias vidas como Molly y Micky, ¿no es así?

–Por el momento –soltó Lily, como un muñeca que saliera de una caja de sorpresas y escupiera veneno.

–Ya está bien, Lily. Te lo he advertido antes. Vete.

Lily refunfuñó y se fue a otra habitación. Al salir, cerró dando un portazo.

–Perdón –se disculpó Black–. ¿Por dónde iba? Ah, sí, tenéis vuestra identidad mental. Lo que os falta es vuestra identidad física. Así que, para recuperar vuestros cuerpos, tenéis que imaginarlos. Cómo son y cómo os sentís cuando estáis dentro de ellos.

Black tosió y cerró los ojos. Su voz parecía la de un profesor hipnótico.

–Debéis pensar en la última vez que vuestros cuerpos, vuestro cuerpo de Molly y de Micky, experimentaron dolor físico. Para mí, de hecho, fue cuando estuve a punto de torcerme el tobillo corriendo por el parque de Saint James detrás de vosotros, cuando erais dos cuervos. Después quiero que recordéis la última vez que vuestro cuerpo experimentó una buena sensación. Ambas cosas pueden ser complicadas. Recuperar recuerdos físicos de vuestros músculos no es tan sencillo como recordar algo conectado a emociones o imágenes. Ahora, concentraos.

Molly y Micky proyectaron sus mentes hacia el momento en que habían estado por última vez en sus propios cuerpos.

–Me hice un corte en el dedo justo al lado de la uña –dijo Micky con la misma alegría con que habría cantado línea en el bingo.

Molly desearía haber tenido algo tan obvio como eso para recordar.

–A ver... –murmuró.

–¿Te hiciste daño en los conductos de ventilación del casino? –le preguntó Micky.

–No.

–¿Y durante el resto de la mañana?

–¡Sí! –exclamó Molly, ahora igual de contenta que su hermano un momento antes–. Me pillé el dedo gordo del pie con la pata de la cama.

–Estupendo –asintió Black–. ¿Y podéis recordar el dolor que sentisteis?

Molly y Micky se concentraron y asintieron con la cabeza.

–Creo que sí –afirmó Molly.

–Excelente –continuó Black–. Ahora, pensad en una buena sensación física.

–¿Recuerdas lo bien que nos sentimos cuando pudimos estirar las piernas después de bajar del coche de Miss Hunroe? –le preguntó Micky a Molly.

–Sí. Lo recuerdo muy bien. Bueno, entonces, ¿qué viene ahora?

–El siguiente paso es quizás más fácil –continuó Black–. Cada uno de vosotros tiene que imaginar su verdadero yo, como si os miraseis en un espejo. Tenéis que veros a vosotros mismos y también vuestro reflejo. ¿Podéis hacerlo? Una vez que tengáis todos esos ingredientes juntos, la sensación buena, el dolor y la imagen de vosotros mismos, unidlos de modo que todos estén presentes a la vez. Luego, alzaos para observar a vuestro reflejo desde arriba. Por último, haced todo eso mientras miráis el punto del suelo en el que queréis estar. Lo que debéis hacer ahora es empujar vuestro reflejo imaginado, con la sensación de dolor y placer, a ese espacio donde queréis estar.

–Eso suena realmente complicado y realmente imposible –dijo Micky, y tragó saliva–. Es una especie de teletransportación.

–Sí, lo es.

Molly puso una mueca.

Y empezaron el proceso.

–Sugiero que os miréis en estos espejos –dijo Black señalando los dos que colgaban frente a frente en las paredes–. Observaos a vosotros mismos con toda la intensidad que podáis. Mirad directamente a los ojos, y seguid mirando. Si no apartáis la mirada, veréis que el rostro del hombre en el que ahora estáis desaparece, y entonces podréis imaginar la cara que queráis. Imaginad vuestra propia cara y seguid desde ahí.

–Sé hacer eso –exclamó Molly–. Hace mucho tiempo, solía mirarme en el espejo y ver cómo mi cara cambiaba.

–Ahí lo tienes –Black se frotó las manos–. ¿Estáis listos?

–Parece difícil –murmuró Micky.

Al enfocar los ojos azules que la miraban desde el espejo, Molly se sintió de pronto invadida por el deseo de volver a ser ella misma. Le encantaba ser ella, Molly Moon. La extraña Molly Moon con sus ojos verdes y su nariz de patata. Molly, con sus piernas delgaduchas y blancurrias y sus manos sudorosas. No le importaba su apariencia física. Solo quería estar de nuevo en su propio cuerpo.

Había sido una mariquita, una paloma, una señora mayor, una joven hermosa, una rata, un perro, un mirlo, una reina, un cuervo, un colegial, una china pelirroja y algo loca y, finalmente, un piloto obsesionado con los extraterrestres. Había sido macho y hembra, joven y vieja, peluda, alada, gorda, delgada, había estado en buena forma y también en baja forma. Y ninguno de esos cuerpos le había sentado tan bien como el suyo. Cada cuerpo había sido como una prenda de ropa que no le quedaba del todo bien. Molly quería recuperar su cuerpo imperfecto, pero que era perfecto para ella.

Así pues, como si nada en el mundo importase más que eso, miró fijamente a los ojos de CA2 en el espejo e intentó ver su verdadero yo. Se imaginó a sí misma en vaqueros y con camiseta. Se imaginó su pelo desaliñado y tantos otros rasgos como pudo. Y muy pronto, el reflejo de CA2 empezó a desaparecer del espejo para ser sustituido por una débil pero cada vez más definida imagen de ella misma. Molly vio cómo cristalizaba su propia cara, y luego también su torso. Después aparecieron sus brazos, sus manos, sus piernas y sus pies.

Simultáneamente, Molly intentó recordar el maravilloso sentimiento de estirar los músculos, y también el dolor que le había causado pillarse el dedo gordo. Tenía todos los ingredientes. Ahora venía la parte más difícil. Localizó un punto en el suelo. Con toda la intensidad que pudo reunir, plantó el espectro de sí misma en aquel punto. Los ojos le dolían de mirar. Parecían hacerse más y más grandes, y de repente le dio la impresión de que se ahuecaban. Estaba sucediendo algo y Molly no tenía control sobre ello. Como si hubiera abierto una grieta en el muro de contención de una presa, sintió que salía disparada, como agua que escapara a chorros. Salía de los ojos de CA2 y se dirigía al punto que había elegido en el suelo. Su ser salió a borbotones del cuerpo del piloto.

Y entonces sintió que estaba cabeza abajo, como si hubiera saltado desde un trampolín. Por debajo de ella vio su propia coronilla, la coronilla de Molly Moon. Se zambulló en su propio cuerpo, que la recibió como a un amigo al que hace tiempo que no se ve. Y en ese momento, Molly volvió a la superficie en busca de aire e inspiró profundamente.

Estaba de vuelta.

–¿Qué diablos...? –empezó a decir CA2. Se tambaleó hacia uno de los sofás y se derrumbó en él.

–¡Uah! ¡Tío! –exclamó Leonard al tiempo que se sentaba.

Pétula percibió un cambio de energía en la habitación y sacó la cabeza de debajo del cojín. Vio que Molly y Micky volvían a ser ellos mismos y, encantada, saltó hacia Molly ladrando contenta.

Molly se agachó y le dio un gran abrazo. Luego se giró para comprobar qué había ocurrido con Micky. Leonard estaba en el sillón con cara de pasmo, y a un metro de él estaba Micky, pero no era el Micky que ella conocía. Su rostro y su cuerpo eran tan peludos como los de un oso pardo.

–¡Aaagg! –gritó Micky dando saltos y señalando sus brazos y su estómago llenos de pelo–. ¡Este no soy yo!

–Vaya... De acuerdo –dijo Black–. Tranquilízate y no te preocupes. Este tipo de cosas son completamente normales. Veamos. Me pregunto dónde has fallado. En realidad, solo es tu piel lo que está mal. Así que hazlo otra vez, pero ahora imagina tu verdadera piel.

Micky repitió todo el proceso, y esta vez funcionó correctamente.

–¡Lo hiciste! –exclamó Black, y se puso a aplaudir.

–¡Pero no tengo ropa! –repuso Micky mirando sus piernas desnudas. Rápidamente, cogió el cojín de Pétula.

–No imaginaste ninguna prenda, por eso no la llevas puesta –se rió Molly, y una vez que hubo empezado, no pudo parar de hacerlo–. ¡Oh, Micky, estás tan gracioso! –se sentía tan aliviada que se dejó caer de espaldas y siguió riéndose hasta que comenzaron a dolerle las costillas. Mientras ella se revolcaba por el suelo, Dot entró y le entregó a Micky su ropa, lavada y perfectamente doblada.

–Si no me equivoco, esto es tuyo. Lo encontré ayer por la tarde en el despacho del casino. Y esto debe de ser tuyo –dijo, a la vez que le tendía a Molly su collar.

–¡Gracias! –sonrió Molly. Acarició las figuras de animales que había en el collar: un perrito, un elefante y dos mirlos. Se lo puso y continuó sonriendo.

–Felicidades a los dos –dijo Black–. Ha sido realmente una proeza. No es normal conseguirlo a la primera –esbozó una sonrisa, pero entonces un relámpago restalló en el exterior del apartamento y su expresión se ensombreció–. Gracias a Dios, estáis de vuelta y a salvo en vuestros propios cuerpos... –su voz se fue apagando y miró los nubarrones que se veían al otro lado de la ventana. La lluvia golpeaba ahora con fuerza el cristal. Black volvió su atención al interior de la habitación y sus ojos se posaron sobre CA2–. Pero, por desgracia, Hunroe tiene el libro. Y me temo que el mundo nunca se ha enfrentado a un peligro mayor –ahora su voz tembló ligeramente. De nuevo miró por la ventana–. Tal vez penséis que habéis corrido grandes peligros, pero me temo que en los días venideros las cosas se van a poner peor.

–¿Qué quiere decir? –balbuceó Molly sintiendo un vuelco en el estómago–. Eso no suena bien, Míster Black. ¿Cómo van a ponerse las cosas peor?

Black cruzó los brazos.

–Ese libro contiene algo más que enseñanzas sobre las artes avanzadas del hipnotismo –sacudió la cabeza con cara de preocupación–. Contiene la mitad de una clave muy importante.

–¿Una clave para qué? –preguntó Micky.

Black se llevó las manos a las sienes y comenzó a masajearlas.

–Una clave que es, me temo, el secreto para controlar el clima.

–¿El clima?

–Sí –suspiró Black. En el exterior, los árboles se balanceaban empujados por el fuerte viento que se había levantado. Black volvió a sacudir la cabeza–. No puedo creer que esto esté sucediendo. Esperaba que no pasase. Pero aquí está... Me temo que Miss Hunroe y sus amigas pueden tener muy pronto el poder de controlar el clima en todo el mundo. Y, por lo que parece –al decirlo, señaló las ramas de un árbol que se alzaba al otro lado de la ventana–, el proceso ya ha comenzado.

Leonard se puso en pie.

–Lo s-siento mucho –tartamudeó, con los ojos desorbitados–, pero creo que s-será mejor que me v-vaya de aquí –le dio un toque en el hombro a CA2, como para comprobar que de verdad estaba allí–. T-todo es un poco demasiado raro –miró a Molly y a Micky–. ¡C-creo que necesito ver a un médico! –retrocedió hacia la puerta y salió precipitadamente del apartamento.

Capítulo 16

Fuera, un nuevo relámpago iluminó el jardín del hotel. Empezó a caer granizo, que rebotaba contra las piedras musgosas de los senderos y golpeaba la estatua de Cupido que había en el centro del estanque como una descarga de balas de hielo.

–Esto solo es el principio –declaró Black, con las manos hundidas en los bolsillos de sus pantalones y la mirada fija en el cielo. Una ramita se estrelló contra la ventana.

–No me lo puedo creer –declaró CA2, clavados sus ojos en Molly–. ¡No eres una alienígena! Eres una hipnotista. Lo he visto. Lo he visto cuando te metiste en mi cabeza.

Black se giró para mirarle.

–¿Es de fiar, Molly?

Molly meditó la respuesta. Era un fanático, pero también era muy inteligente. Si la situación se volvía más peligrosa, CA2 podría ser el tipo de persona que convenía tener de su parte. Después de todo, había compartido cabeza con

Molly y comprendía cómo eran las cosas. Molly había estado en su interior y confiaba en él.

–Es buena persona –dijo–. E inteligente. Su nombre es Malcolm Tixley –le dirigió un gesto de asentimiento a su nuevo amigo–. Usted podría ayudarnos, Malcolm –le dijo, y luego se volvió hacia Black–. Bien, Míster Black, será mejor que nos lo explique todo.

Como si se dirigiera a las nubes que ocultaban el sol, Black comenzó a hablar:

–*Hipnotismo. Volumen Dos.* ¿Por dónde debería empezar? Permitidme que os cuente primero su historia. Fue escrito por tu tatarabuelo, el doctor Logan. Estaba guardado en la biblioteca de Briersville Park. Logan falleció. Y el libro permaneció en la familia durante años. En secreto. Después fue robado. Robado por una familia de hipnotistas llamados Speal.

–¡Miss Speal dijo que se lo habían robado a ellos! –exclamó Micky. Se acercó al fuego para calentarse.

–Bueno –continuó Black–, los Speal tuvieron el libro en su poder durante un tiempo. Ellos fueron los responsables de las terribles tormentas que asolaron Inglaterra en 1953. Entonces los Logan rescataron el libro y lo llevaron de nuevo a Briersville Park, pero esta vez bien escondido. De pronto, surgió una oveja negra en la familia Logan: tu tío Cornelius. Lo conocí en el colegio. Ahí es donde yo entro en esta historia. Miss Hunroe también conoció a Cornelius. Íbamos todos juntos, hace mucho tiempo.

–¡Ah! Por eso debió de ponerse Cornelius tan nervioso cuando Miss Hunroe vino a Briersville la otra noche –le dijo Molly a Micky.

216

Black asintió.

–Cuando su padre murió, Cornelius asumió el mando en Briersville Park. Oí hablar de su herencia y supuse que habría encontrado el libro. Yo sabía que sería un desastre si él o Hunroe tenían acceso al libro. Entonces... –Black hizo una pausa y miró con cierta incomodidad a los gemelos–. Entonces lo robé.

–¿Lo robó?

–Bueno, tuve que hacerlo –mientras hablaba, Black jugueteaba con un botón de la manga de su camisa–. Lo tuve durante años, y nadie imaginó que yo era el ladrón. Así que estaba a salvo en el edificio fabulosamente seguro del casino de mi hermano. Lily me dijo que vosotros visteis el libro. En ese caso, debéis de haber visto las tres piedras planas de colores que hay en las esquinas de la cubierta.

–Y vimos la cuarta piedra –dijo Molly, justo antes de meterse un bombón en la boca–. La tenía Speal. Era azul. La trataba como una especie piedra preciosa. Humm. *¡Toffee!*

–Entonces ha sido ahí donde ha estado todos estos años. Bueno, Miss Speal está en lo cierto: esa piedra azul es preciosa. Y es por eso por lo que el libro es tan importante. Las piedras que hay en su cubierta son la clave. Cada una de esas piedras puede ayudar a cambiar el clima por sí misma. De hecho, si yo tuviera en mi mano una de esas piedras, podría cambiar el clima aquí en los alrededores. Pero las cuatro piedras juntas pueden hacer que tengan lugar cambios en el clima mundial, aunque, para hacerlo, la persona que tenga las piedras deba encontrarse en un lugar muy especial.

–¿Dónde?

–¿Y cree usted que es ahí adonde se dirige Miss Hunroe ahora mismo? –preguntó Micky. Cogió un atlas de tapas de cuero que había sobre la mesa y lo abrió.

–Estoy seguro de ello –al hablar, Black jugó con las cintas con las que estaban atadas las cortinas–. Creo que Miss Speal ha estado manipulando el clima durante mucho tiempo con esa piedra azul. Últimamente hemos tenido lluvias en Londres que parecían monzones, ¿y os acordáis de aquel pequeño tornado que hubo en Primrose Hill? –un gigantesco relámpago recorrió el cielo–. Ahora Hunroe tiene el libro y también todas las piedras del clima. Puede hacer un bien enorme o un mal enorme. Tiene el poder de causar tifones, huracanes, maremotos, tsunamis y sequías. Podría ahogar a millones de personas en una tarde. Si ella decide que la lluvia pare, las cosechas morirán y millones de personas no tendrán nada que comer. Hunroe podría provocar que todos ellos muriesen de hambre.

Black sonaba tan serio que Pétula gimoteó y escondió el hocico bajo el brazo de Molly.

–Uau, piensa en todas las cosas buenas que podrías hacer con las piedras del clima –dijo Micky–. Podrías hacer que lloviese donde antes había sequías. ¡Podrías hacer que el desierto del Sahara se convirtiese en una jungla! Esas piedras parecen fabulosas, Míster Black.

–¿Verdad que sí? Pero recordad: el poder de las piedras tiene una doble cara. Pueden ser utilizadas para hacer un bien enorme, pero también para todo lo contrario.

–¿Y usted no tiene un juego de gemas del tiempo? –le preguntó Molly sin apartar la mirada de la vasta colección

218

de péndulos–. Porque, si lo tuviera, yo podría solucionar todo este asunto fácilmente.

Black negó con la cabeza.

–Por desgracia, nunca lo he tenido.

–Vaya –suspiró Molly. Si pudiera utilizar sus habilidades para detener el tiempo o para viajar en él, todo habría sido muy sencillo.

–Me pregunto si Hunroe sabe cómo usar tus gemas –dijo Black–. No creo que sepa, porque de lo contrario ya las habría utilizado.

–Entonces –reflexionó Molly–, quizás deberíamos llamar a la policía para que la arrestasen. Así podría recuperar mis gemas. Y entonces podríamos arreglarlo todo.

–A estas horas ya se habrá ido bien lejos del museo –repuso Black.

–¿Cómo está usted seguro de que Hunroe quiere hacer algo malo con el clima? –preguntó Micky–. Quiero decir: sé que no es exactamente una muñequita adorable, pero tal vez simplemente quiera acaparar el libro y las piedras como podría hacer una ardilla malvada con la comida.

–Conozco a Miss Hunroe –contestó Black–. Creedme, es una persona retorcida. Parece maravillosa, como una preciosa estrella de cine, pero por dentro está tan podrida como una herida gangrenosa. En su interior odia a todo el mundo. Es una misántropa.

–¿Misántropa? –preguntó Molly.

–Un misántropo –le explicó Micky– es alguien que odia al resto de la gente.

–Sí –asintió Black–. Y Hunroe es de ese tipo de personas. Cuando odia a alguien, lo hace con todas sus fuerzas.

Recuerdo que una vez, en el colegio, vino alguien a darnos una conferencia sobre la población mundial y dijo que había demasiada gente en el planeta. Y siempre me acuerdo de lo que dijo Hunroe. Debía de tener unos diez años. Dijo: *¿Por qué los gobiernos no envenenan el agua en las ciudades más grandes?* No estaba bromeando, aunque el que daba la conferencia pensó que sí. Ahora que el libro está en sus manos, el mundo corre un grave peligro.

–Rebobinemos un poco –interrumpió Malcolm–. Todo eso de las piedras en la cubierta del libro... ¿cómo cambian el clima en realidad?

En ese preciso momento, Dot abrió la puerta y entró con una bandeja en la que llevaba varias tazas y una gran jarra de plata. También había un plato rebosante de buñuelos con mantequilla.

–Chocolate caliente y buñuelos. Parece que a todos ustedes les vendrá bien –dijo.

–¡Oh, gracias! –dijeron Molly y Micky al unísono, e inmediatamente se sirvieron.

–Eso es justamente lo que doctor recomendó –bromeó Black, mientras Dot repartía servilletas de tela–. Humm. Sí, ¿por dónde íbamos? Ah, las piedras del libro: una vez han sido sacadas de su sitio en la cubierta, pueden ser frotadas, y al hacerlo, como ya he dicho, el clima de la zona donde está esa piedra cambia. Cada piedra representa uno de los elementos. La azul representa el agua; la naranja, el fuego y el calor; la gris, el viento, y la verde y marrón, la tierra. Cada una de estas piedras afecta al clima, pero utilizadas en un lugar cualquiera, esos efectos no son controlados. Es el azar el que decide los cambios. Para producir alteraciones controladas, para modificar el clima en diferentes países que estén a miles de kilómetros, hay un lugar especial al que deben llevarse las piedras. Y ahí es adonde Miss Hunroe se estará dirigiendo. En el capítulo del libro titulado «Las Piedras Logan», que es donde se explica la manipulación del clima, el doctor Logan habla de ese lugar. Él fue quien encontró las Piedras Logan, y por eso llevan su nombre. Son rocas muy grandes, enormes. Una es naranja, otra gris, otra azul y otra verde.

–¿Como las pequeñas que hay en el libro?

–Exactamente. Logan describe cómo las piedras del libro cayeron de las rocas, de las Piedras Logan. Al parecer, las rocas son duras como el diamante. No pueden arrancarse trozos de ellas. Pero él consiguió que las rocas goteasen y produjesen las piedras pequeñas. No tengo ni idea de cómo lo hizo. Pero lo que sí sé es esto: en el libro de hipnotismo afirma que si te colocas en el centro del campo de fuerza que crean las cuatro Piedras Logan, con las cuatro piedras pequeñas en las manos, y las frotas con los dedos, usando tu imaginación y entrando en un trance hipnótico para pensar en el clima que te gustaría ver en el planeta, harás que el clima cambie realmente.

–Suena como algo de otro mundo –dijo Molly–. Es sorprendente que nuestro tatarabuelo encontrase ese lugar hace cien años. Parece más bien algo del futuro.

–Sí, o un lugar ancestral, del principio de los tiempos –señaló Black.

–Bueno, ¿a qué estamos esperando? –preguntó Micky con la boca llena–. ¿Por qué no vamos allí directamente?

Black pareció consternado.

–El libro no ofrece la localización exacta –explicó–. Se limita a dar una pista. Un acertijo que nunca he conseguido resolver.

–¿Un acertijo?

–Sí. En la parte de atrás del libro hay una frase que dice: *Donde hay una pluma, hay un camino. Muse de vida, y encontrarás.* En inglés antiguo, *muse* significa «piensa»; *muse de* significa «piensa en». En otras palabras, *Muse de vida, y encontrarás* significa «Piensa en la vida y encontrarás la respuesta». En definitiva, las piedras podrían estar en cualquier parte.

–No –dijo Micky mientras se limpiaba los labios–. No pueden estar en cualquier parte. Ese acertijo debe tener una respuesta muy específica.

–Sí, bueno, probablemente tengas razón –admitió Black. La desolación que sentía se evidenciaba en su voz.

–Y por suerte para usted, Míster Black –dijo Micky–, a mí me encantan los acertijos.

–Y mucho –asintió Molly acariciando a Pétula–. Está obsesionado con los crucigramas y los juegos de palabras.

Black sonrió sin excesivas ganas.

–De hecho –continuó Micky–, la mitad del acertijo me parece algo muy obvio.

–¿Qué mitad? –preguntó Black, poniéndose rígido de repente.

–La segunda.

–¿*Muse de vida, y encontrarás*? ¿Qué crees que significa?

–Bueno –dijo Micky–, creo que usted ha entendido mal el *de*. Usted cree que significa «piensa en la vida», pero yo creo que *de* no cambia a *en*, y creo que *muse* es una abreviatura de *museo*.

Micky se mordió el labio y sonrió, y su sonrisa era contagiosa.

–¿Qué museos hay? –preguntó.

–Museos de arte –sugirió Molly–. Museos de ciencia, de historia... y...

–¿Y...?

–¡Y museos de historia natural!

–Sí. En esos está la historia del planeta, de los animales y los minerales y de los humanos también, ¿no es verdad? Un museo de historia natural es un museo de vida, ¿no es cierto? Sí, yo creo que *muse de vida*, Míster Black, podría ser lo mismo que *museo de vida*. Me pregunto: ¿es una simple coincidencia que Miss Hunroe y sus amigas se alojen en el Museo de Historia Natural?

–¡Eres un genio! –exclamó Molly. Rápidamente, proyectó su mente hacia la biblioteca de Miss Hunroe. Recordó el cuadro que colgaba sobre la chimenea. Al verlo le había parecido un árbol extraño, arrancado de raíz, y señalando hacia arriba, como un álamo–. ¡El cuadro! –dijo–. ¡El cuadro que hay sobre la chimenea! No era un árbol, ¡era una pluma! ¿Cuál era la primera parte del acertijo, Míster Black?

–*Donde hay una pluma, hay un camino.*

–Ahora te toca lucirte a ti –le dijo Micky. Los dos gemelos se miraron el uno al otro. Aquello se estaba convirtiendo en una caza del tesoro. Y ambos sabían que adentrarse en el museo y fisgonear en las habitaciones de Hunroe era una tarea que debían llevar a cabo ellos solos–. Con algo de suerte –añadió–, Hunroe y sus amigas estarán ahora mismo a kilómetros de Londres en su camino hacia las Piedras Logan.

Molly asintió.

–Las habitaciones del museo estarán vacías. No creo que se hayan dejado el libro, pero con un poco de fortuna la siguiente pista para localizar las piedras sí seguirá allí –suspiró–. Hace solo unos días, estaba deseando que mi vida fuese un poco más emocionante.

–Deberías tener más cuidado con lo que deseas –dijo Micky.

Molly le dio un abrazo a Pétula. En el exterior, se oyó un estruendo que provenía del cielo color carbón y que hizo temblar los cristales de las ventanas.

Capítulo 17

¿De verdad pensáis que es necesario que Pétula venga?
–preguntó Black.

Ahora estaba muy oscuro. Micky, Molly y Pétula iban sentados en el asiento trasero del viejo Mercedes de Black, que estaba aparcado en la esquina del Museo de Historia Natural, cerca de la segunda entrada. Malcolm Tixley iba en el asiento del pasajero, al lado de Black. Sus ojos seguían el movimiento de los limpiaparabrisas mientras estos oscilaban a derecha e izquierda para limpiar los goterones de lluvia que caían sobre el cristal.

–Pétula da buena suerte –explicó Molly–. Es como mi amuleto. De hecho, a menudo me ha ayudado. Ha viajado por todo el mundo conmigo, y también por el tiempo. Forma parte del equipo, ¿verdad, Micky?

–Sin duda alguna –contestó su hermano–. Uf, está lloviendo bien ahí fuera –un nuevo trueno pareció querer darle la razón.

Black apagó el motor.

–Aquí tenéis un par de linternas. Puede que las necesitéis. Os esperaremos aquí –consultó su reloj–. Recordad: si no habéis vuelto para la medianoche, entraré.

Molly miró la hora en el reloj luminiscente del salpicadero. Eran las diez y cuarto.

–Todo irá bien –dijo, aparentando más confianza de la que tenía–. No se preocupe por nosotros. De todos modos, Malcolm, su aparato rojo aún puede localizarme, ¿verdad?

–Sí –dijo Malcolm. Sacó el dispositivo de su bolsillo y lo puso en marcha. El aparato emitió un pitido.

–Bien. Y, nunca se sabe, puede que descubramos que mis gemas, las de detener el tiempo y las de viajar en él, están ahí dentro, en alguna parte. Entonces todo sería genial. ¿Listo, Micky?

Fuera, bajo la lluvia, Micky llamó al timbre. El agua se escurría por la manga del anorak de Molly, que sujetaba a Pétula.

Se encendió una luz en el interior del edificio y el vigilante nocturno, un hombre mayor con bigote y uniforme azul, cruzó la puerta interior de seguridad del museo y atisbó por la gigantesca mirilla (del tamaño de un campo de fútbol) de la puerta principal. No podía ver mucho, ya que el cristal estaba muy mojado, pero estaba claro que las dos personas que había al otro lado eran niños. Sabía lo peligrosas que podían ser las calles de Londres por la noche, así que cerró la puerta interior y luego abrió la exterior.

–Hola, ¿estáis bien? –preguntó–. Están cayendo chuzos de punta.

La niña se adelantó.

–Nos hemos perdido –dijo con voz quebradiza–. Nos hemos perdido –repitió–. Nos hemos escapado de casa, y ahora no sabemos dónde estamos.

–¿Os habéis escapado de casa? ¿Os habéis perdido? ¡Vaya por Dios! –el vigilante echó una mirada a la calle vacía y oscura, llena de charcos. Luego miró a los dos críos empapados y desgreñados y a su perro negro. Parecían inofensivos–. Vamos, entrad –dijo amablemente, franqueándoles el paso.

–Lo siento mucho –dijo Molly mientras el hombre abría la puerta de seguridad y los conducía hacia su oficina–. Y muchas gracias.

–¿Qué diablos hacen dos críos como vosotros escapándose de casa? –les preguntó el vigilante–. Eso es lo que me gustaría saber.

Molly examinó al hombre con la mirada. Pensó que Hunroe debía de haberlo hipnotizado para que nadie más pudiera hipnotizarlo. Y habría asegurado su hipnotismo con una clave secreta. Pero si Molly descubría esa clave, entonces podría pasar por encima de la hipnosis de Hunroe. Así pues, utilizando la habilidad que nadie sabía que poseía, abrió una burbuja encima de la cabeza del hombre y le preguntó:

–¿Cuál es la clave secreta con la que Miss Hunroe bloqueó su hipnosis?

El vigilante frunció el ceño.

–¿Perdona? Creo que no he entendido tu pregunta, querida. Entrad en la oficina y tomaos una taza de chocolate caliente o un té, o algo. Lo solucionaremos todo –pero mientras hablaba, sobre su cabeza apareció la imagen de una manzana.

Molly puso sus ojos en funcionamiento y, al tiempo que el láser hipnótico de sus pupilas golpeaba las del hombre, le dijo:

–Desbloqueo su estado anterior de hipnosis con la palabra *manzana*. Y ahora, lo siento, usted es un señor muy amable y todo eso, pero hasta que vuelva a liberarle, está completamente bajo mi poder.

Como si fuera una criatura nacida para obedecerla, el vigilante se plantó ante Molly.

–¿Cómo supiste la clave? –preguntó Micky, incrédulo.

Molly se encogió de hombros.

–No, eso es raro, Molly. ¿Cómo lo supiste?

–Intuición –mintió Molly.

Micky le sostuvo la mirada y ladeó la cabeza, como si le resultase difícil creerla.

–¿En serio? –preguntó.

Unos minutos más tarde, Molly, Micky y Pétula eran guiados por el vigilante hipnotizado por un pasillo lleno de aves disecadas. Delante de ellos, en la mohosa penumbra del vestíbulo principal del museo, podían distinguir las gigantescas patas del esqueleto de diplodocus.

–Le veremos más tarde –le susurró Molly al vigilante–. Espérenos junto a la puerta lateral para dejarnos salir.

El hombre asintió con una sonrisa.

–De acuerdo, eso haré –respondió en tono inseguro.

Molly y Micky se detuvieron e inspeccionaron la estancia oscura, del tamaño de una catedral, que tenían delante, con su amplia escalera que se bifurcaba a mitad de camino y se curvaba para unirse a la galería del primer piso. Pétula husmeó el aire y trató de identificar el enjambre de olores que flotaba en él. El aroma más poderoso era el de limpia-suelos. Por debajo de él había otros: a huesos antiguos, a pieles, y también los que habían provocado los visitantes de la tarde, que habían traído olores de la calle. Y Pétula detectó que unas horas antes se había cocinado con cebo-llas y ajos en las cercanías, y que alguien se había comido un cruasán en el piso de arriba. Una esencia a lavanda flo-taba en el vestíbulo como si su portador hubiese pasado recientemente por allí.

Percibió que el terreno estaba despejado, así que le dio con la pata a Molly, asintió y echó a caminar.

–Parece que Pétula piensa que todo está bien. Me ale-gro de haberla traído –Molly cogió a Micky por el codo y ambos siguieron a Pétula. Sigilosos como ratones tími-dos, se deslizaron por las sombras y subieron las escaleras. Avanzaron con cautela por la galería hasta que llegaron a la puerta que daba a la biblioteca de botánica.

Giraron el picaporte y entraron. Recorrieron de pun-tillas el oscuro archivo, pasando junto a las estanterías lle-nas de libros y las torres de archivadores, hasta los cajones que había en el fondo y que escondían la entrada secreta a la guarida de Miss Hunroe. Molly empujó el cajón, la puerta escondida se abrió y ambos entraron.

Pétula se preguntaba qué buscarían los gemelos. Supo-nía que se trataba del libro. Si se trataba de una botella de perfume de lavanda, iban en la dirección correcta, pues ese olor se filtraba a través de las rendijas de la puerta que te-nían enfrente como el calor se escaparía de un iglú. Molly sujetó el tirador del archivador y se aprestó a empujarlo ha-cia dentro.

–Allá va –dijo.

La puerta se abrió revelando una nueva estancia a oscuras: la biblioteca. Nada había cambiado. La disposición de los muebles era la misma. Los tres sofás estaban dispuestos en una configuración de herradura, con la mesa cubierta de libros entre ellos. También se veía la gran ventana con los cristales llenos de dibujos y palabras.

Micky le dio a Molly en el hombro.

–Mira –susurró–, ahí está el cuadro del árbol. Y no es un árbol, ¿verdad? Tenías razón, Molly: es una pluma –encendió su linterna y enfocó la pintura.

Molly se unió a su hermano frente a la chimenea.

–*Donde hay una pluma, hay un camino* –dijo–. ¿Crees que hay algo detrás? –cogió el cuadro y lo descolgó de la pared. Micky le echó una mano para bajarlo al suelo. Al hacerlo, vieron que el trozo de pared de detrás de la pintura estaba vacío, sin que hubiera allí nada escrito ni ninguna caja fuerte empotrada.

–¡Pesa mucho! –susurró Molly.

–¿Crees que habrá algo dentro? –sugirió Micky.

–¡Diantres! Apuesto a que sí –asintió Molly.

Le dieron la vuelta al cuadro y, bajo la luz de la linterna de Micky, vieron que la parte trasera del marco de madera estaba pegada con cinta adhesiva. Rápidamente, despegaron la cinta y quitaron la tapa de madera dejando al descubierto el dorso de la pintura.

–Nada –señaló Micky defraudado. El cielo nocturno pareció rugir como para advertirles a los chicos que se comportasen. Micky sacó el lienzo. Era una simple pintura, nada más–. Quizás haya algo escrito en secreto –iluminó con su linterna diversos pedazos del lienzo para ver si se distinguía algo escrito, y mientras, Molly registró el marco.

–Tal vez haya algo escondido dentro de la madera –dijo–. ¿Lo rompemos y miramos? Quitaré primero el cristal. Ya sé que no está bien ir rompiendo las cosas, pero esto es una emergencia.

Pétula contempló con interés cómo Molly apoyaba un pie en el marco del cuadro y lo partía por la mitad. Fuera, el restallido de un relámpago pareció el eco de la madera al romperse.

Molly estudió el marco.

–Es macizo. No hay nada dentro –se dejó caer en uno de los sofás–. Era solo una corazonada, ¿verdad? Porque, en realidad, hay plumas en todas partes. Puede que debiéramos mirar en las salas de aves disecadas.

Micky se sentó a su lado y paseó la mirada por los centenares de libros que había allí.

–Sin embargo, ¿por qué hay aquí un cuadro de una pluma? Debe de ser para indicar que esta habitación es especial. Hay algo aquí, tiene que haberlo.

Unos minutos después, Molly y Micky estaban en la galería que recorría la biblioteca, buscando en los estantes una caja en la pudieran estar las gemas de Molly o un libro en el que pudiera haber alguna clave para encontrar las Piedras Logan. Los libros estaban ordenados alfabéticamente. Molly y Micky iban pasando los haces de sus linternas por los lomos para leer los títulos.

–*Los Andes* –leyó Micky–. *Civilización antigua, aniquilación de la población mundial y otras soluciones extremas*

–sacudió la cabeza con repulsión–. Ese suena a libro típico de Hunroe, pero los siguientes no: *El cultivo de manzanas*, *Los aztecas*, *Botánica del Amazonas* –Micky frunció el ceño mientras trataba de pensar.

–¡Maldita sea! –se desesperó Molly–. Esto no tiene sentido. La pista tiene que estar en un mapa, o en un poema, o en un libro de matemáticas, escrita en un código de números.

Micky se dio la vuelta y se apoyó en la barandilla de la galería para contemplar el estropicio que habían ocasionado en el cuadro. No iban a poder ocultar que habían estado allí, porque el cuadro no podía arreglarse.

En ese momento, en el cielo estalló un gran trueno. Pétula se asustó y, como si un *paparazzi* de treinta metros de alto les hubiera enfocado desde el otro lado de la ventana y hubiera activado el *flash* de su cámara, una luz blanca atravesó el cristal e inundó la habitación, y sucedió algo extraordinario.

Al pasar por el cristal donde estaban grabados aquellos extraños dibujos y líneas, la luz y las sombras formaron una imagen y unas palabras en la pared en la que había estado el cuadro de la pluma.

La imagen se mantuvo solo un instante, pero fue suficiente.

–¡UAU! –exclamó Micky.

Capítulo 18

Molly y Micky miraron la pared estupefactos. Cada vez que un relámpago iluminaba el cielo, su luz atravesaba los cristales de la ventana y proyectaba la sombra de los dibujos y letras que había en ellos contra la pared donde estaba la chimenea.

Descendieron a la carrera la escalera de caracol de la galería y esperaron al próximo relámpago.

–Vamos, vamos –urgió Micky–. Que no pare ahora la tormenta.

La lluvia golpeó la ventana y un trueno retumbó en lo alto.

–Aquí viene –dijo Molly. Y entonces se produjo un enorme chasquido, como si dos monstruos de mármol estuviesen luchando en el aire encima del museo. Pétula se escondió debajo del sofá. El cielo se llenó de luz. Y esta vez Molly y Micky pudieron leer lo que ponía en la pared.

–¡Es un mapa! –gritó Micky–, con una especie de código de imágenes. Pero la cuestión es... ¿Qué es esa figura? ¿Un país, una ciudad, un pueblo, un pedazo de tierra...?

–¿Y qué significan las imágenes que hay dentro de la figura? –preguntó Molly–. Lo primero parece una nube. Y después, ¿eso son árboles? ¿Se supone que eso es un bosque? Une ambas cosas y obtienes *árboles nube* o *bosque nube*. Eso no tiene sentido.

–*Bosque de nubes* sí lo tiene –la interrumpió Micky–. Hay sitios que se denominan así, en lugares montañosos de mucha altitud, donde los árboles están cubiertos de nubes.

–¿Dónde?

–En Sudamérica, creo. Pero podríamos averiguarlo.

–Y esas cuatro cosas con forma de lágrimas son, sin duda, las Piedras Logan –dijo Molly–. Y luego hay... –esperó que un nuevo relámpago iluminase otra vez la pared. Cuando ocurrió, señaló una de las figuras que aparecían en el mapa–. Eso de ahí. Parece un manantial, un manantial de metal. Luego está la palabra COCA, con ese garabato detrás. Coca. Eso debe de ser un lugar.

–No, no es un lugar –repuso Micky con autoridad–. Es un río. El río Coca. Sé que es un río. Recuerdo que cuando tenía seis años leí algo sobre él y pensé que era un río de refresco. Y esa forma de manantial es exactamente eso: un manantial, ya sabes, el origen de un río. La fuente. Lo que significa es: «las fuentes del río Coca».

Molly se quedó boquiabierta.

–¿Dónde está el río Coca, Micky?

Micky arrugó la nariz.

–Déjame pensar. ¿Cuáles son los países de Sudamérica? A ver... –hizo una pausa para concentrarse. Luego miró fijamente la pared, como si buscase inspiración. Nuevos relámpagos llenaron de luz la estancia–. ¡Lo tengo! –dijo, prácticamente a gritos–. Esa forma de ahí es la forma de Ecuador. Sé que lo es. Tiene sentido. Muchos de los libros de las estanterías de arriba trataban de Hispanoamérica, ¿verdad que sí?

Molly asintió.

–Los Andes, los aztecas... ¿No eran los aztecas un antiguo pueblo americano?

Micky hizo un gesto afirmativo.

–Creo que lo hemos resuelto, Moll. Vamos. Subamos ahí y busquemos algo más que nos ayude.

Los gemelos subieron corriendo la escalera hacia las estanterías y encontraron un atlas. Pasaron sus páginas hasta encontrar el índice, y entonces buscaron la palabra *Coca*. Solo había una entrada.

–¡El río Coca! –leyó Molly.

Micky volvió a pasar las páginas mientras Molly sostenía la linterna.

–Página treinta y tres, 2C –sus dedos localizaron la página indicada–. Está en el noroeste de Ecuador –señaló en el mapa un área coloreada de gris–. ¿Ves todo esto? Esa zona está en la cordillera de los Andes. ¿Y ves esto de aquí? Es un volcán. Mira, aquí está el río Coca. Aquí es donde nace. Y puedes apostar que ahí arriba todo son bosques de nubes. Así que es ahí donde están las Piedras Logan. En un bosque de nubes en las cimas de los Andes, cerca del nacimiento del río Coca.

–Vale –dijo Molly. Miró la terrible tormenta que había en el exterior–. ¿Cómo vamos a ir hasta allí?

Otro relámpago quebró la oscuridad y mostró el extraño mapa de la pared.

–Es sorprendente –dijo Micky–. De alguna manera, Hunroe averiguó que la clave para llegar a las Piedras Logan estaba aquí. Después debió de descubrir todo esto –señaló a la pared–, y a raíz de eso hizo del Museo de Historia Natural su cuartel general.

–Y nuestro tatarabuelo, el doctor Logan –añadió Molly–, debió de haber escondido en primer lugar la clave en el cristal de la ventana.

Justo entonces, Pétula comenzó a gruñir. Había percibido un olor a galletas de chocolate, y el perfume a lavanda era aún más fuerte. Sacó la nariz de debajo del sofá y olfateó el aire. Se oyó un ruido más allá de la puerta de la biblioteca. Alguien avanzaba por el pasillo central de la sala del archivo. Quien fuera, llevaba un paraguas o un bastón, pues sus pisadas iban acompañadas por el *tap tap* de algo que golpeaba el suelo al ritmo de sus pasos.

–¡Rápido! –siseó Micky.

–¡Pétula! –susurró Molly.

Los dos se escurrieron escaleras abajo y corrieron por la habitación hacia la puerta. Si conseguían ponerse detrás de ella, podrían deslizarse afuera cuando la otra persona entrase. Pero no tuvieron tiempo de hacerlo. La puerta se abrió. La luz se encendió. Los gemelos se tiraron al suelo detrás de un sofá.

La estancia estaba de repente iluminada con el brillo cálido de sus luces naranjas. Molly miró a Micky y puso la mano sobre Pétula. En cuestión de segundos, la persona que había entrado vería el marco destrozado del cuadro. Escucharon cómo ponía algo sobre una mesa situada en el otro extremo de la habitación. La persona respiraba con dificultad al moverse.

–¿Miss Suzette? –Micky formó con sus labios el nombre, sin emitir ningún sonido, e infló los mofletes–. ¡Glotona!

Molly notó el olor a lavanda y asintió. Esperaba que fuera ella. A Miss Suzette podrían manejarla. Molly la imaginó paseando la vista por la habitación y descubriendo el estropicio, y dándose cuenta luego del desorden en que habían dejado la estantería de la galería. Tal vez Miss Suzette subiría la escalera de caracol para inspeccionar lo ocurrido, y una vez que estuviese allí arriba, ellos podrían escapar. Pero, mientras se imaginaba todo eso, algo horrible sucedió.

La cara gorda y grande de Miss Suzette apareció por encima del sofá.

–¡VOZOOOOTGOZ! –bramó.

Como pájaros que alzasen el vuelo, Molly y Micky se incorporaron y se apartaron de ella. Esquivaron la garra de uñas rosas de Miss Suzette y el arco que dibujó en el aire su bastón de madreperla, y echaron a correr.

–¡Vamos, Pétula! –gritó Molly al pasar por encima del marco roto. Los trozos de madera crujieron bajo sus pies.

Micky saltó a la mesa, tiró un jarrón de porcelana lleno de flores y resbaló al poner el pie sobre un montón de revistas. De ahí, saltó por encima de otro sofá. Fue Pétula la que quedó atrapada. Miss Suzette alargó el brazo y la cogió por el pellejo. La levantó, inclinada en un ángulo muy incómodo, pellizcándole la piel como si sus dedos fuesen tenazas.

Con un ladrido de rabia, Pétula hundió sus dientes en la manga del vestido de la mujer y los clavó sin miramientos en su brazo.

Miss Suzette soltó un chillido de dolor.

–¡Ayyy, pego azquegozo! –y la dejó caer al suelo.

Pétula subió de un salto al sofá y corrió hasta el otro extremo, donde Molly la cogió en brazos. Micky agarró el chubasquero empapado de Miss Suzette, hizo una bola con él y se lo tiró a la cara, como una pelota de algas.

–¡Ja! –se rió. Miss Suzette se tambaleó hacia atrás y cayó de espaldas, de modo que sus enaguas dejaron al descubierto unas bragas inmensas–. Espero que eso le haga pensárselo dos veces antes de hacerle daño a un animal otra vez.

Y, como no querían quedarse ni un solo momento más, no fuera a ser que Miss Suzette decidiera transfigurarse en alguno de ellos, Molly, Micky y Pétula salieron de allí. Corrieron por la habitación del archivo y por el pasillo que llevaba a las escaleras. Las patas de Pétula resbalaban a cada paso. Bajaron las escaleras a saltos. Y, ya abajo, siguieron corriendo por el pasillo de las aves disecadas que conectaba con la otra parte del museo.

–Espero que no nos topemos con ninguna otra de las amigas de Hunroe –dijo Molly, jadeando casi sin aliento y mirando de reojo un búho disecado.

Llegaron a la puerta lateral. Detrás de ellos podían oír el lejano eco de las pisadas de Miss Suzette, que bajaba las escaleras.

Molly se detuvo junto al vigilante nocturno, que parecía un soldado en espera de recibir sus órdenes.

–¡Gracias! –le dijo–. Cuando nos hayamos ido, usted no recordará ninguna de las instrucciones que Miss Hunroe le dio. Nadie será nunca capaz de volver a hipnotizarle. Y se olvidará de nosotros, pero solo cuando haya evitado que Miss Suzette, la mujer que nos está persiguiendo, pueda salir del edificio. Gracias –Molly se giró para salir, pero antes de hacerlo se detuvo–. Y sello todas estas instrucciones con la contraseña...

–¿Bragas con volantes? –sugirió Micky.

–Sí, con la contraseña *bragas con volantes*.

Sin más, Molly, Micky y Pétula salieron del edificio y se internaron en la noche. La lluvia los empapó enseguida, y para cuando subieron al coche de Black, sus ropas estaban chorreando.

–¿Tenéis lo que necesitamos? –preguntó Black.

Al ponerse el coche en marcha con un chirrido, Molly miró atrás, hacia la puerta lateral del museo. A través de la gigantesca mirilla, pudo distinguir la figura abultada de Miss Suzette y la del vigilante nocturno, que le bloqueaba la salida. El hombre la sujetaba por las muñecas y sacudía la cabeza solemnemente, mientras ella luchaba y gritaba como si la hubiera poseído un demonio.

Capítulo 19

—Os habéis dado una vueltecita por ahí, ¿no? –finalmente, Lily había salido de su dormitorio y estaba en el umbral del cuarto con los brazos cruzados sobre el pecho. Llevaba puesta una bata de seda roja y unas zapatillas de piel también rojas. Su pijama tenía rosas estampadas. Sus ojos se desviaron con rabia a las ventanas que se sacudían ruidosamente y al balcón, donde la lluvia golpeaba con fuerza.

—Oh, Lily, te preguntamos si querías venir, así que deja de refunfuñar –dijo Black–. Ven y escucha lo que han descubierto Molly y Micky –hizo un gesto para que su hija fuese al sofá.

—Vamos –le dijo Molly.

Lily hizo un mohín y se unió al grupo.

Mientras Molly le contaba a Lily todo lo que había ocurrido, Malcolm jugueteaba con el mando a distancia de la televisión. Finalmente localizó un canal en el que aparecía una presentadora de semblante serio, de pie en un estudio delante de un gran mapa del tiempo en Europa. La imagen parpadeaba y la voz de la presentadora se entrecortaba.

–Nuestras imágenes de satélite muestran grandes tormentas sobre el mar del Norte –decía–. Y se ha detectado algo alarmantemente parecido a un tornado en el norte de Europa, cerca de la costa sur de Suecia. Nadie sabe con seguridad hasta qué punto aumentará este tornado y hacia dónde se dirigirá, pues los vientos hasta ahora han demostrado ser impredecibles; así pues, la Agencia Nacional de Meteorología ha aconsejado que todo el mundo se quede en su casa esta noche y cierre puertas y ventanas. No salgan de casa a no ser que sea absolutamente necesario. Y continúen escuchando las noticias y los próximos avances del tiempo para ver cómo evolucionan la tormenta y el tornado –la mujer esbozó una mueca de gravedad y las cámaras pasaron a otro presentador, un hombre de pelo oscuro y traje, que tenía a alguien más a su lado, un hombre mayor con el cabello blanco y una poblada barba.

–El tiempo parece haberse vuelto loco, profesor Cramling. En todos sus años trabajando en la Universidad de Cambridge, ¿dice usted que nunca había visto nada semejante? –preguntó el presentador.

–No. Nunca.

–¿Y cómo lo explicaría?

El profesor Cramling se rascó la peluda barbilla.

–Solo puedo suponer –declaró– que esto que estamos viendo es el resultado inesperado del calentamiento global. Se presagiaba que el clima iba a cambiar, pero no de esta forma tan repentina. Todos los climatólogos con los que he

241

hablado están preocupados, alarmados y confusos –Malcolm cambió de canal para encontrar algún informe del tiempo mundial. Muchos otros países sufrían también extrañas y peligrosas tormentas. Un canal mostraba un mapamundi en el que se veía que Canadá, Estados Unidos y Europa estaban bajo el efecto de tormentas de nieve y ventiscas, y que los países asiáticos sufrían varios tifones. Otros muchos países eran azotados por tormentas similares a la que en esos momentos arreciaba sobre Londres.

–¡Mirad! –Micky señaló el mapa que se veía en la tele–. ¡Parece que las tormentas no están afectando a Ecuador ni a otros países de esa zona!

–Todos los vuelos del Reino Unido han sido retrasados –informó un presentador.

–No son buenas noticias –musitó Malcolm con los ojos clavados en las imágenes de miles y miles de vehículos atrapados en diversos atascos al intentar llegar a los aeropuertos. Las colas de coches parecían ríos eléctricos, pues sus luces brillaban en la oscuridad de la noche.

–Bueno, ¿qué te parece? –le preguntó Molly a Lily.

Lily entrecerró los ojos, pero enseguida suavizó el gesto, contenta de que alguien valorase su opinión. Se arrodilló en el suelo al lado de Micky.

–Mira –dijo este–, tenemos que llegar aquí –señaló la página del atlas que mostraba el norte de Ecuador–. Hasta lo alto de esta línea azul. Es el río Coca.

–¿Y seguro que ese es el lugar donde puede cambiarse el tiempo, donde están las Piedras Logan? –preguntó Lily.

–Eso espero –dijo Micky haciendo una mueca–. Porque será un error muy gordo si no lo es.

242

–A mí me parece todo un poco impreciso –murmuró Lily.

Black, que llevaba un rato ocupado en su ordenador, se echó ahora hacia atrás en su silla.

–Las fuentes del río Coca –anunció– son desconocidas. Pero se sabe que deben de estar en una zona muy alta de los Andes, por encima del bosque de nubes. Al menos dan unas coordenadas para esa zona. Así que podemos ir allí –entornó los ojos, fijos en la pantalla de su ordenador–. Tenemos que volar hasta una ciudad llamada Quito –afirmó–. Y después conducir desde allí a las montañas.

–O podríamos coger un helicóptero –sugirió Molly–. Eso sería más rápido.

De pronto, Lily miró a su padre con el ceño fruncido.

–No estás pensando en ir, ¿verdad que no, papá?

Black se volvió hacia ella. Su rostro se sonrojó, como si hubiera hecho algo malo.

–Bueno, había pensado... tendría que...

La cara de Lily Black enrojeció al ritmo que crecía su enfado.

–No vas a ir, de ninguna forma –dijo, con una firmeza que daba un poco de miedo–. Ya sabes lo que dijo el doctor. No debes volar. Tu corazón no puede soportarlo. Tendrías un ataque al corazón.

–¿Qué? –preguntó Micky.

–A papá no le permiten montar en avión –explicó Lily–. Si lo hace, podría sufrir otro ataque.

Black giró en su silla. Ahora su semblante estaba alicaído.

–Lily tiene razón, me temo –dijo–. Molly y Micky, me encantaría ir, pero mi corazón no me lo permite. Primero, el vuelo no me vendría bien, y segundo, el doctor me ha dado instrucciones estrictas de no ir a zonas de mucha altitud. Las alturas son peligrosas para los que tenemos el corazón débil.

Molly se encogió de hombros.

–De acuerdo. Estamos acostumbrados a hacer las cosas por nosotros mismos. Pero estaría bien si Malcolm viniese. ¿Vendrás, Malcolm? –Malcolm asintió–. Gracias –repuso Molly, aliviada.

–De todos modos, Míster Black, nos hará falta alguien aquí. Alguien que sepa lo que está pasando. Necesitaremos botas de montaña y ropas para clima húmedo y caluroso –enumeró Micky, emocionado ya ante la perspectiva del viaje–. Y mapas detallados de la zona. Aunque, en realidad, ¿quién sabe cómo será todo en el bosque de nubes? Necesitaremos cerillas, pastillas para purificar el agua, comida, repelente de insectos, navajas, linternas y unas cuantas medicinas. ¿Y qué hay de tiendas de campaña, sacos de dormir y mosquiteras?

–Bueno, vuestros planes no sirven para nada –dijo Lily. Se subió al respaldo del sofá y señaló la pantalla de la televisión–. Los aeropuertos han cerrado.

Mientras hablaba, un trueno estalló encima de sus cabezas. Pétula saltó al suelo y enterró su cabeza bajo la pierna de Molly.

–Tienes razón –asintió Molly.

–Diablos –maldijo Micky–. Si no podemos ir a Ecuador, estamos perdidos. Esto es el fin.

–Míster Black –dijo Molly–, ¿no podríamos hipnotizar al personal del aeropuerto y luego a un piloto?

–Po... dríamos –titubeó Black–, aunque sería bastante arriesgado hipnotizar a un piloto para hacer esto. Será un vuelo peligroso. El piloto debería estar completamente alerta. Y, como sabéis, algunas personas, al estar hipnotizadas, no están atentas del todo.

–No tendrían que hipnotizarme a mí para hacerlo –intervino Malcolm. Todos se volvieron a mirarle. Lo contemplaron pasmados, como si acabase de anunciar que había puesto un huevo–. Vamos, Molly –dijo–. Has estado dentro de mi cabeza. Soy un piloto de las Fuerzas Aéreas.

–¡Es verdad! –exclamó Molly–. Pero... ¿y un avión? ¿Podemos conseguir uno?

Malcolm meditó un instante.

–Conozco al hombre que hay que hipnotizar para que autorice un avión. Puedo arreglarlo para encontrarme con él en la base aérea de Northolt esta noche.

–¿Será seguro despegar? –preguntó Lily–. Quiero decir, el tiempo es realmente malo.

–He volado en cientos de tormentas –los tranquilizó Malcolm–. Solo tenemos que subir por encima de las nubes lo antes posible. Luego será una navegación sin problemas.

–¿Navegación de avión?

–Eso es.

Miss Hunroe estaba sentada con elegancia sobre un taburete tapizado en verde, en un claro de una selva tropical. A su espalda había un muro de roca, y de una grieta en el muro brotaba un fino hilo de agua. Llenaba un pequeño estanque y luego se escurría hacia las profundidades. A su alrededor había hermosos árboles de troncos gruesos, con

245

enredaderas que ascendían hasta sus copas. El suelo estaba cubierto de arbustos y helechos.

Dos enormes rocas con forma de lágrimas flanqueaban a Miss Hunroe. Una era de un feroz color rojo y naranja, y la otra azul, aunque en diferentes tonalidades: era turquesa y azul oscuro, y desde su interior brotaba también un azul brillante. En el claro había otros dos «huevos» de piedra, uno de ellos con complicados tonos de gris con motas blancas como de lana; el otro, con una cacofonía de verdes, completaba el círculo de las Piedras Logan.

Miss Oakkton, oronda como una col rellena, estaba sentada sobre una caja entre la piedra azul y la gris. Miss Teriyaki estaba con las piernas cruzadas sobre una alfombra que había extendido en el suelo, entre la piedra gris y la verde. Miss Speal estaba en un banco basto de madera, entre la verde y la roja.

En el centro del anillo que formaban las Piedras Logan había un antiguo hormiguero de termitas del tamaño de una tienda de indios americanos, con torres retorcidas aquí y allá como si fuera un castillo de arena. Una nube de niebla colgaba sobre sus cabezas y se enredaba en las ramas de los árboles como un velo de seda. Filtraba los rayos del sol, de modo que el espacio en el que se encontraban las mujeres quedaba inundado de una luz cálida y verdosa.

Miss Hunroe llevaba puesto un elegante traje caqui y una bufanda de gasa sobre la cabeza. No paraba de apartar a manotazos las moscas que se le acercaban, y de repente se dio una palmada en la nuca.

–¡Malditos insectos! ¿Por qué siempre quieren comerme?

Miss Oakkton, vestida toda de verde, dio una calada a su pipa y dijo:

–Parrece que les disgusta el humo de mi pipa. ¿Quierre que se la prreste?

–Desde luego que no –respondió Miss Hunroe, torciendo sus labios rosados–. Tampoco soporto que usted fume.

Miss Teriyaki buscó en su bolsa rosa de seda y sacó un bote pequeño y blanco.

–¿Repelente?

Miss Hunroe negó con la cabeza.

–Ya estoy empapada de repelente. Un poco más y seré altamente inflamable.

Las cuatro mujeres se mantuvieron en silencio durante un momento.

–No es tan sencillo como parecía que podría ser –comentó Miss Hunroe. Sacó su moneda del bolsillo y comenzó a hacerla bailar entre los dedos.

–No, perro averriguarremos cómo funciona –repuso Miss Oakkton con optimismo. Miss Hunroe suspiró. Miss Oakkton cloqueó como un pavo viejo–. ¿Han superrado todas el marreo por la alturra?

–Sí. Sí. Oh, sí –mintieron las otras tres.

–Bien. Entonces, todo va según lo planeado. Y la mayoría de nosotras está cumpliendo su parte –dijo Miss Hunroe con cierto misterio. Inmediatamente, el resto del grupo se puso nervioso–. Miss Teriyaki...

Miss Teriyaki levantó la mirada con expresión despavorida, esperando una terrible reprimenda. Miss Hunroe calmó sus miedos:

–Admiro el modo en que interceptó usted la bolsa de Black y se marchó con ella.

–Muchas gracias, Miss Hunroe –repuso Miss Teriyaki, como si acabara de recibir un premio–. Me alegro de que lo haya apreciado –sonrió con aire satisfecho a las demás.

–Y, Miss Speal –continuó Miss Hunroe–, la tarta que ha hecho usted hoy era espléndida.

Miss Speal soltó un largo suspiro de alivio y comenzó a reírse incontrolablemente.

–Pero controle ya su histerismo –atajó Miss Hunroe con severidad. La otra obedeció y Miss Hunroe prosiguió–: Miss Oakkton y Miss Teriyaki... –las dos mujeres se pusieron tensas mientras esperaban el resto de la frase–. ¡Han sido unas cazadoras maravillosas! Miss Teriyaki, me alegro de que su pierna esté mejor y me ha impresionado su uso de la cerbatana, y, Miss Oakkton, ¡usted lanza cuchillos con la puntería de un artista de circo! Sin ustedes dos, no habríamos tenido carne fresca para comer. ¡Gracias!

Las dos asintieron y miraron con orgullo a la otra mujer que formaba el círculo.

–¡Miss Speal!

Miss Speal se puso rígida, como un niño que acaba de ser sorprendido rompiendo una ventana.

–¡Sí!

–Bien hecho, Miss Speal, por lo que me ha enseñado referente a los cambios del clima. Su experiencia personal, al haber tenido en su poder esa piedra azul durante tanto tiempo, ha sido muy importante. Pero...

–¿Sí, Miss Hunroe? –preguntó Miss Speal con un susurro tímido y espeluznante.

–Pero me temo, Miss Speal, que hay un problema.

Todos los ojos se volvieron hacia Miss Speal, que estaba en su banco de madera con la cara de quien está rodeada por una manada de leones. Miss Hunroe levantó los ojos hacia el cielo nublado en un gesto de desesperación, y luego los bajó hacia la mujer. Continuó con voz calmada:

–Todo estaba muy bien, Miss Speal. Así que dígame: ¿por qué, por qué, por qué lo ha tenido que estropear? ¿Qué creía que estaba haciendo con ese pájaro cuando lo cocinó? ¿Darle un paseo por el infierno? –Miss Speal era incapaz de contestar. La otra prosiguió–: Lo echó a perder. Lo quemó hasta convertirlo casi en cenizas, estaba demasiado seco. Era desagradable.

–Pero, Miss Hunroe –gimió Miss Speal en un intento de defenderse–. Seguí la receta al pie de la letra...

–¡Tonterías! –la interrumpió Miss Hunroe–. Ha sido la peor comida que jamás he probado. ¡Cuando pienso en lo que a Miss Oakkton y a Miss Teriyaki les costó atraparlo!

Miss Speal se hundió en su asiento mientras seis ojos se clavaban en ella. Inclinó la cabeza y la sacudió de un lado a otro.

–Perdóneme. Tendré más cuidado la próxima vez, Miss Hunroe, lo prometo. Lo prometo. Lo prometo.

Capítulo 20

Molly, Micky, Pétula, Lily y Malcolm se sentaron en el Mercedes de Black y este condujo hacia la base aérea de Northolt. Había muy poco tráfico.

–Estos charcos son peligrosos –dijo Black cuando el coche cruzó uno de ellos, levantando cortinas de agua a los lados y mojando los bajos del vehículo–. Son como piscinas pequeñas.

–Creo que vamos demasiado ligeros de equipaje –protestó Micky–. Malcolm, ¿está usted seguro de que podremos encontrar lugares en los que dormir? No sé, vamos a los Andes y a la selva. Creo que deberíamos tener algo más aparte de nuestra ropa y un anorak.

–Piensa en ello como una aventura, Micky –contestó Malcolm–. Estoy de acuerdo en que nos vendría bien tener unas maletas con unas cuantas mudas de ropa interior y calcetines, pero no había tiempo. Además, podemos conseguirlo todo allí. Podemos utilizar todoterrenos, guías y alojamientos ecológicos.

–¿Alojamientos ecológicos?

–Son como hoteles en pequeño, con cabañas que no dañan el ecosistema. Usan energía solar y recogen el agua de la lluvia. Tienen sus propios sistemas de saneamiento y crean abono con su basura.

–¿Con aseos de serrín? –sugirió Micky.

–Ese tipo de cosas –asintió Malcolm–. Están acondicionados, con antídotos para el veneno de las serpientes, medicinas, comida y agua. Realmente no necesitamos nada. Los impermeables que lleváis puestos ahora son buenos para esta expedición. Las camisetas, sudaderas y zapatillas también son adecuadas.

Molly se sintió tranquilizada por la experiencia de Malcolm. Él había estado en montones de expediciones y sabía cómo construir refugios, recoger agua de rocío y obtener comida. Así que, incluso en el peor de los casos, sobrevivirían. Además, hablaba español, por lo que no tendrían problemas con el idioma en Quito, la ciudad en la que aterrizarían.

Desde Quito, el plan era coger un helicóptero hasta el pequeño poblado que había en las montañas, cerca del río Coca. Entonces podrían comenzar su búsqueda de las fuentes y de las Piedras Logan. Y también de Miss Hunroe y sus horribles amigas.

–¿Tiene cerillas en el coche? –le preguntó Micky a Black–. Supongo que sí, ya que le gusta fumar de vez en cuando.

Black asintió y abrió la guantera. Encontró un paquete de cerillas y se lo tendió a Micky por encima del hombro para que este se lo guardase en el bolsillo del anorak.

–Gracias.

–Entonces, ¿no confías en mí? –dijo Malcolm con una sonrisa. Le apasionaban los desafíos y le encantaba trabajar en equipo. Descubrir que Molly no era una extraterrestre había sido al principio una decepción, pero se había tomado aquella nueva misión con fervor. Era una buena persona, y entendía lo que le esperaba al mundo si no conseguían detener a Miss Hunroe y a sus malvadas secuaces. Rebosaba entusiasmo y determinación, y estaba completamente concentrado en su nueva tarea.

Molly y Micky, por el contrario, estaban muy nerviosos. La lluvia golpeaba el techo del coche. Los limpiaparabrisas luchaban contra la enorme cantidad de agua que resbalaba por el cristal. Y cada nuevo trueno socavaba su confianza en el plan. Pero ninguno de los dos lo expresaba en voz alta, puesto que el viaje era necesario e inevitable. Pétula mantenía su cabeza bajo el brazo de Molly e intentaba convencerse de que el ruido de la tormenta no era real. Sin embargo, no se creía a salvo, porque podía sentir y oler los nervios de los demás, y la inquietud era contagiosa.

Lily iba sentada entre Molly y Micky, extrañamente callada, subiendo y bajando la cremallera de su anorak y dándose palmadas en las piernas. Había tenido una discusión muy fuerte con su padre antes de dejar el hotel, porque ella quería unirse a la expedición.

–No seas tonta, Lily –le había dicho su padre–. Es demasiado peligroso para ti. ¡Y no te gusta volar, ni siquiera cuando hace buen tiempo!

Después de una hora conduciendo, Black detuvo el coche en el aparcamiento de la base aérea de Northolt. Unos instantes más tarde, Malcolm estaba en el interior del edificio, acompañado por Molly. Había llamado a su superior, CA1, quien, fascinado ante la idea de conocer por fin a un alienígena, estaba allí esperándolos. Molly hizo el resto. CA1 fue rápidamente hipnotizado y les consiguió un avión del ejército. Obtuvo el permiso de despegue y también el que Malcolm necesitaba para pilotarlo.

Media hora después, Molly, Micky, Pétula y Malcolm estaban a bordo. Molly y Micky estaban en la puerta del avión y se despedían con la mano de Black, que estaba de pie en la pista, protegiéndose de la lluvia con su paraguas. Lily no estaba con él. Furiosa por no poder ir con ellos, se había despedido con un bufido y se había quedado en el coche.

—¡Buena suerte! —gritó Black, y les hizo un gesto con el pulgar hacia arriba.

En respuesta a sus oraciones, el cielo se había tranquilizado y la lluvia había cesado casi por completo. Malcolm se sentó en la cabina, delante de un puñado de pantallitas electrónicas llenas de símbolos brillantes. Molly pensó que era estupendo poder verlo en primer plano desde su asiento de primera clase. Micky se sentó junto a ella, con Pétula en el regazo. Los dos observaron con fascinación cómo Malcolm realizaba las tediosas comprobaciones de seguridad, pulsando interruptores y botones.

Detrás de ellos, el resto del avión era diáfano y muy espacioso. Se trataba de una nave ideada para transportar a treinta soldados sentados frente a frente. Su equipación, mochilas y paracaídas, habrían estado firmemente sujetos en los estantes que colgaban del techo. Pero ahora solo había

253

unos pocos paracaídas colgando en la parte trasera, como fruta madura a punto de abrirse.

En el centro del avión había una cocina que Malcolm se había encargado de abastecer con algunas comidas y mucha bebida.

–Se debe beber mucha agua en un viaje largo de avión –había dicho.

Molly ya estaba tomando un vaso de zumo concentrado de naranja. Micky había abierto una lata de gaseosa Qube. El avión había sido también equipado con edredones y colchones, así que, aunque el trayecto duraría unas diez horas, Molly, Micky y Pétula podrían pasarse la mayor parte durmiendo.

Solo Malcolm tenía que mantenerse despierto. Molly sintió lástima por él. Podía entender por qué se había preparado un termo entero de café. Y admiraba el modo en que se había transformado en piloto oficial. Llevaba puestos unos auriculares, y hablaba con la torre de control sobre el tiempo que les esperaba y sobre la ruta que iban a seguir.

–¡De acuerdo, tripulantes! –les llegó su voz a través de la megafonía–. Os alegrará saber que la tormenta se ha calmado lo suficiente para que podamos despegar. La pista está limpia, así que abrochaos los cinturones. Nos ponemos en marcha.

La nave comenzó a moverse hacia la pista de despegue. Una vez en ella, Malcolm apretó el acelerador y, de golpe, el avión cogió velocidad. En cinco segundos, había conseguido la suficiente para elevarse. Malcolm tiró de los controles hacia él y despegaron. Molly miró por la ventanilla y vio el suelo y las luces amarillas, naranjas y blancas de Northolt desdibujándose a su espalda. El aparato se estremeció mientras los motores lo propulsaban hacia arriba. El interior se sacudió y alcanzaron la primera capa de nubes cargadas de lluvia. La atravesaron dando saltos por las turbulencias, como en una lancha avanzando entre el oleaje. *Bum, bum, bum*. Pero Molly no estaba demasiado preocupada. Sabía que aquellos saltos eran como los que da un todoterreno que va campo a través. Sabía que el avión estaba construido para volar en esas condiciones.

–Una vez leí algo sobre los pilotos que tenían que volar con sus aviones de combate en pésimas condiciones atmosféricas –gritó Micky intentando que su voz pudiera oírse por encima del ruido de los motores–. Y tenían que aterrizar en pequeños portaaviones en mar abierto.

El avión se inclinó a la derecha al girar.

–Sí –contestó Molly, también a gritos–. ¿Sabes?, hay más posibilidades de que yo gane un premio de veinte millones de libras en la lotería que de que este avión se estrelle. Si me pongo nerviosa cuando estoy en un avión, me imagino a mí misma rellenando un boleto de lotería. Siempre tengo esa sensación de que no voy a ganar; y del mismo modo que sé que no voy a ganar la lotería, sé que no voy a estrellarme tampoco.

Pétula se pasó al regazo de Molly y ella la abrazó.

–No te preocupes, Pétula, todo irá de maravilla.

Aquella parte estaba bien, pensó. Pero esperaba que el tiempo no se estropease durante el trayecto, porque el avión tenía que llegar a su destino. Si no lo hacía, el clima mundial enloquecería. Probablemente morirían millones de personas. Mientras el avión avanzaba a trompicones, Molly se entretuvo en aquel pensamiento, y la idea de que Micky, Pétula, Malcolm y ella misma tenían la misión de salvar millones de vidas le dio fuerza y coraje.

Finalmente, el avión se estabilizó y Malcolm volvió a hablar por la megafonía. Su voz sonaba entrecortada y era difícil de entender:

—Chicos, ahora volamos a velocidad de crucero, a quince mil metros de altura. La tormenta está por debajo de nosotros y, por tanto, no nos causará problemas. Relajaos. Dormid un poco. Os despertaré una hora antes de llegar a Quito.

Molly miró su reloj. Eran las dos de la madrugada. Estaba agotada. Si se dormía ahora, Malcolm los despertaría en unas nueve horas, una antes de aterrizar. Eso sería a las once de la mañana en Londres, pero, por supuesto, dado que Quito tenía cinco horas de retraso con respecto a Londres, serían solo las seis de la mañana allí.

Molly y Micky se desabrocharon los cinturones y, haciendo equilibrios, fueron a la parte trasera para preparar las camas. Pétula se sacudió para espabilarse y olfateó el aire.

Curiosamente, al aproximarse al fondo del avión, empezó a oler a palomitas de maíz. Antes de que pudiera ladrar para advertirles, Molly soltó una exclamación porque allí, agazapada detrás de los edredones y las almohadas, pálida como un vaso de leche, estaba Lily Black.

—¡Lily! ¿Qué haces aquí?

Lily se levantó y miró nerviosa hacia la cabina. Pero Malcolm todavía no la había visto.

–¡Quiero ir con vosotros! –declaró, decidida–. Sé que puedo ayudar. Y quiero demostrarle a mi padre que no soy una niña inútil. Tengo siete años y tres meses, ¿sabéis? Y soy valiente.

–¡Dios mío! –exclamó Micky.

–Por favor –siguió Lily–. Por favor, dejadme acompañaros.

–¿Cómo subiste a bordo? –preguntó Molly, sorprendida.

–Me colé cuando comprobabais el equipo, justo antes de que retirasen las escaleras.

Molly inclinó su cabeza.

–Muy bien, Lily.

Lily se mordió el labio y asintió.

–Entonces, ¿puedo quedarme? –preguntó.

–Tu padre estará buscándote enloquecido y muy preocupado –dijo Micky.

–¿Vais a decirle a Malcolm que me lleve de vuelta?

Molly negó con la cabeza.

–No podemos volver ahora, porque tal vez no podamos aterrizar o volver a despegar si lo hacemos –le dirigió a Micky una mirada de resignación–. Lily, parece que ahora formas parte del equipo.

–Bienvenida a bordo.

Malcolm se puso en contacto por radio con la torre de control para que informasen a Theobald Black de que su hija iba en el avión a Quito.

Molly, Micky y Lily prepararon sus camas sobre el suelo de la nave, que no dejaba de zumbar. Y con Pétula acurrucada cerca de ellos, se quedaron todos dormidos.

Miss Hunroe se acostó a dormir en su choza de madera. En un rincón ardía incienso para espantar a los mosquitos, por lo que el aire era denso y perfumado. La puerta estaba abierta, de forma que podía ver la noche sobre la selva. La nube de la tarde se había disipado, y el cielo era una bóveda mágica tintada de negro y tachonada de estrellas. Varios búhos ululaban, y otros animales nocturnos se llamaban los unos a los otros. Miles de insectos acuchillaban el aire puro de las montañas con su canción.

Miss Hunroe se recostó sobre un montón de almohadas y se palmeó las rodillas, cubiertas de seda. Le gustaba el sonido de la naturaleza. Qué maravilloso sería el mundo cuando desapareciese la gente, cuando en muchos más lugares resonase solamente la naturaleza. Muy pronto, ella poseería el control del clima y sería capaz de causar el caos allí donde fuera necesario. La gente estaba destrozando el planeta con sus ruidos y su suciedad. Las ciudades se extendían como el cáncer. Los gobiernos eran incapaces de hallar soluciones. Tenían suerte de que ella y su organización se fuesen a ocupar de ello. Un puñado de tifones y maremotos, unos cuantos huracanes y tsunamis, algunas sequías y otras tantas inundaciones, y asunto resuelto.

Miss Hunroe pensó con desprecio en la enorme cantidad de gente horrible que vivía en la Tierra. Seis mil quinientos millones de personas poblaban el planeta. Si, al utilizar las piedras del clima, unos cuantos millones desaparecían, ¡sería un gran éxito! ¡Miss Hunroe podría poseer trillones de hectáreas para ella sola! ¡Campos y prados magníficos! Por supuesto, tendría que asegurarse de que ciertos lugares no fueran devastados. No tendría sentido eliminar todos los aeropuertos, por ejemplo, porque quería seguir viajando a sus lugares favoritos, y sus jets privados necesitarían un sitio donde aterrizar. Y quería que algunas ciudades quedasen indemnes: ciudades culturales como Venecia, Roma, Florencia, Praga, San Petersburgo, Londres, Madrid y París.

Recordó que le había regalado París a una de sus compinches. Bueno, tenía derecho a cambiar de opinión. Le daría en su lugar alguna otra ciudad en el norte de Francia. París sería suya. Mantendría sus ciudades favoritas en excelentes condiciones, con hoteles maravillosos en los que alojarse, restaurantes fabulosos en los que comer, y cada una de sus ciudades elegidas tendría montones de tiendas caras para hacer sus compras. ¡Y le encantaba viajar a museos y galerías de arte!

En ese momento sonó su teléfono vía satélite, haciendo añicos su ensoñación. Descolgó, y al otro lado alguien habló atropelladamente. Era Miss Suzette.

–¿Por qué no llamó usted antes? –le preguntó Miss Hunroe, enfadada. Su tono era seco y cortante. Escuchó la respuesta: parecía que Miss Suzette también estaba enfadada con Miss Hunroe–. ¿Cómo se atreve a ser tan impertinente? Estaba en la montaña, sin cobertura. No, el teléfono solo funciona en el campamento base. Pero lo que quiero saber, Miss Suzette, es cómo entraron. Se suponía que usted estaba vigilando.

Miss Suzette balbuceó en defensa propia.

–Pero –dijo Miss Hunroe– el vigilante nocturno estaba hipnotizado para no permitirle el paso a nadie. Y la orden estaba sellada con una contraseña.

Miss Hunroe frunció el ceño al escuchar la respuesta de Miss Suzette.

–¿Y usted no puede hipnotizarle?

Hubo otra pausa mientras Miss Suzette hablaba.

–Lo más apropiado es deshacerse de él. Debería haberlo hecho usted ya. Un pequeño accidente en las escaleras será suficiente –una nueva pausa–. Bueno, si está llamando a la policía, será mejor que se marche usted inmediatamente.

Miss Hunroe cogió su moneda de la mesita de noche y empezó a pasársela entre los dedos.

–Sí, Suzette, sigo aquí. Estoy pensando. Me parece sorprendente que esos mocosos Moon descubrieran lo del cuadro. ¿Cree usted que saben dónde están las Piedras Logan?

Miss Suzette respondió y Miss Hunroe apretó los labios.

–Tendremos que asumir la peor de las opciones. Solo hay dos formas de venir aquí: por mar o por aire. Si se encuentran ya a medio camino, crearé una tormenta. Un ciclón es todo lo que necesitamos. ¡Qué irritante! El cielo está precioso y estaba disfrutando de la vista. Además, estaba a punto de dormirme. Ahora tendré que volver a subir a la montaña para llegar a las piedras, y es todo culpa de usted. Estoy más que decepcionada, Miss Suzette, por haber permitido que esto ocurra. Será castigada, me temo. Adiós.

Miss Hunroe colgó el teléfono y salió de la cama. Se dirigió a la terraza y contempló la densa selva que rodeaba el campamento. Cuando se giró, Miss Speal estaba a su lado, gris y espeluznante como un espectro.

–Huy –dijo Miss Hunroe, con un jadeo provocado por el susto.

–Miss Hunroe, Miss Hunroe –susurró Miss Speal–. Tengo un presentimiento. Me ha despertado. Puedo sentir a los chicos Moon. Se están acercando. Están lejos, pero se acercan.

Miss Hunroe asintió, y a continuación hizo un mohín.

–Un poco tarde, Miss Speal. Ya lo sabía –luego miró la luna con desgana–. Metomentodos Moon... Os voy a preparar unas cuantas sorpresas.

Capítulo 21

Molly estaba teniendo un sueño maravilloso en el que cabalgaba sobre un albatros blanco que se zambullía en jirones de nubes. En el sueño, Micky iba sentado a su lado.

Su hermano le dio un toquecito en el hombro.

–¡Molly, despierta!

Molly abrió los ojos y miró a Micky mientras volvía en sí. El avión dio una sacudida por culpa de un fuerte golpe de aire.

–¿Dónde estamos? ¿Qué hora es? –preguntó. Se giró y vio a Lily sentada en uno de los asientos del avión, con los ojos fuera de sus órbitas, aterrorizada, con el cinturón de seguridad abrochado. El avión volvió a estremecerse, y esta vez Molly se cayó hacia atrás y Pétula resbaló por el suelo. La voz de Malcolm sonó por los altavoces.

–Estamos atravesando turbulencias –dijo–. Poneos todos los cint... –la frase quedó cortada por una nueva sacudida–. Poneos el cinturón –repitió–. Y no os preocupéis: esto es algo rutinario. Solo tenemos que rodearlas o pasar por encima de ellas.

Molly le dirigió una sonrisa a Micky. Las turbulencias nunca le habían preocupado. El avión volaba tan alto que había mucho espacio libre para subir y bajar. Los vientos nunca derribarían la aeronave: era demasiado pesada para que eso sucediese.

En el exterior resplandeció una llamarada. Lily gritó.

–¿Qué ha sido eso?

–Un relámpago, nada más –la calmó Micky. Molly y él se sentaron y se abrocharon los cinturones. Molly sujetó a Pétula con firmeza. Un segundo después, se escuchó un gran estruendo. El avión entero se estremeció, como un insecto diminuto al que un gigante hubiera golpeado. Pétula empezó a aullar lastimeramente.

–¡Aaaaaah! ¡Vamos a morir! –gimoteó Lily.

–Tranquila, Lily –le dijo Molly–. Estos aviones están construidos para volar en plena tormenta –pero al mismo tiempo que lo decía, vio la cara de Micky y la sensación de miedo que se reflejaba en ella. Le dirigió una rápida mirada a Malcolm, que aferraba los controles con todas sus fuerzas.

–Eso ha sido un rayo golpeándonos, chicos –les informó el piloto–. Este avión tiene un pararrayos en la parte delantera y otro en la trasera. Así que eso ha sido un rayo cruzando el aparato de arriba abajo. Es algo habitual.

Mientras hablaba, el avión ascendió bruscamente. Los motores aumentaron su potencia y la aeronave salió propulsada hacia arriba, pero al hacerlo se oyó otro choque

263

terrorífico. Pétula le dio con la cabeza a Molly e intentó esconderse bajo su jersey.

Molly sonrió, nerviosa, mientras se producía otro estruendo. Ahora, el motor trasero comenzó a emitir un chirrido extraño. El avión continuó su ruidoso ascenso y, después de varios minutos, se volvió a estabilizar para alivio de todos. En la parte trasera seguía oyéndose el chirrido, pero, por lo demás, todo parecía en calma.

–¡Uff! –exclamó Molly.

Malcolm habló otra vez por la megafonía:

–Micky, te necesito aquí.

Inmediatamente, Micky se soltó el cinturón y fue a la cabina. Molly, ligeramente enfadada porque Malcolm hacía de aquello una situación de chicos, se soltó también el suyo y se unió a ellos. Llegó a tiempo de escuchar el final de la frase de Malcolm:

–... saltar en paracaídas.

–¿Qué está pasando? –preguntó Molly a gritos, para que se la oyera por encima del quejido del motor.

Malcolm miró la oscuridad de la noche. Los limpiaparabrisas se esforzaban contra la lluvia.

–¿Qué ocurre?

Más allá de la mano derecha de Malcolm, Molly vio que en uno de los controles parpadeaban unas palabras: *Motor Dañado*.

–¿Qué...? –preguntó Molly. El propio motor pareció querer responder, y desde la parte trasera del avión reverberó un sonoro CRAC.

–¿Puede seguir volando? –preguntó Micky con los ojos fijos en las advertencias que brillaban en el panel de control.

–No estoy seguro –contestó Malcolm, titubeante–. Nunca me he tropezado con un problema similar. Estamos perdiendo combustible. Parece que los tanques han sido dañados. El combustible está saliendo y el aire está entrando. Ese ruido que oís es aire en el motor.

–Pues no suena bien –dijo Micky con una mueca–. ¿Dónde nos encontramos? ¿A qué distancia está Quito?

Malcolm señaló una pantalla que mostraba coordenadas y un mapa debajo.

–Estamos cerca, sobrevolando los Andes. De hecho, el área a la que pretendíamos ir en helicóptero probablemente esté directamente bajo nosotros ahora mismo. Pero hay una tormenta en tierra y, de todas maneras, no hay ningún aeropuerto en el que aterrizar. Sin embargo...

–¿Qué? –preguntaron al unísono Molly y Micky. Malcolm sacudió la cabeza.

–No estoy seguro de que el motor aguante mucho más. Los tanques de combustible podrían... –Malcolm apenas se atrevía a decirles a sus pasajeros la verdad de la situación, pero tenía que hacerlo–. Los tanques podrían explotar –concluyó.

–¿Explotar... *explotar* de explosión? –inquirió Molly.

–Tendremos que arriesgarnos y volar a alguna otra parte –dijo Micky– donde el cielo esté más despejado y sea posible aterrizar.

Malcolm hizo una breve pausa y echó un rápido vistazo a la pantalla que mostraba la situación del tiempo.

–Está igual en todas partes –replicó–. Ese es el problema. Aunque esa zona de ahí, hacia el este, parece mejor –indicó el mapa electrónico, pero al mismo tiempo el ruido del motor aumentó de volumen, como un rugido, y entonces el avión se ladeó abruptamente.

Malcolm aferró los mandos. Apretó los dientes y llevó la aeronave de nuevo a una posición estable.

Un piloto rojo comenzó a brillar y sonó una alarma.

–¡Corrijo lo dicho antes! –exclamó Malcolm, cambiando a modo de emergencia–. Definitivamente, tendremos que saltar –se puso los auriculares y habló por el micrófono. Su voz sonó por todo el avión–. *Es imperativo que todo el mundo me escuche con atención. No tengo mucho tiempo para explicar esto.*

Molly miró los paracaídas que había en la parte trasera y que le habían parecido tan inocentes antes. Ahora eran sus salvavidas. Molly miró a Micky y, con un gesto de asentimiento, ambos corrieron hacia allí. Cogieron sus cascos y le dieron uno a Lily.

–Esta es tu oportunidad para demostrarte a ti misma tu valor –le dijo Molly–. Ponte esto.

Cuando Lily se desabrochó el cinturón, las palabras de Malcolm crepitaron desde los altavoces:

–Poneos los arneses de los paracaídas. Equipaos ahora y familiarizaos con las máscaras de oxígeno. A esta altura tendremos que utilizarlas –el avión sufrió una sacudida y Malcolm se interrumpió mientras volvía a corregir el rumbo. Luego continuó–: Cada paracaídas tiene un altímetro con una luz. Esto es muy importante: os dice a qué altura estáis. La cuerda de apertura del paracaídas, la cuerda que lo abre, está en el lado derecho. Localizadla. Y esto también es muy importante: no debéis tirar de esa cuerda hasta que estéis a seis mil metros sobre el suelo. De todos modos, el paracaídas debería abrirse automáticamente. Pero, repito, no lo abráis manualmente hasta que estéis a seis mil metros o menos. Cuando se abra, localizad vuestra brújula. Debería estar sujeta a la correa izquierda del paracaídas. Las coordenadas de las fuentes del río Coca son 0 grados 8 minutos 0 segundos sur, y 78 grados, 10 minutos 49 segundos oeste. Guiad el paracaídas por medio de los hilos que encontraréis colgando del aparejo de nailon.

Todos se quedaron inmóviles un momento, mientras asimilaban las terroríficas instrucciones que Malcolm acababa de darles. El avión volvió a dar otra sacudida.

–¿A qué estáis esperando? –gritó Malcolm–. ¡Fuera! ¡Fuera! ¡Fuera!

Ahora Molly, Micky y Lily se apresuraron. Se ayudaron los unos a los otros a ponerse los anoraks, los paracaídas y los cascos. De nuevo, el avión se ladeó peligrosamente.

Molly luchó con el arnés; sus dedos estaban descoordinados por el miedo. No podía creerse que aquello estuviera ocurriendo de verdad. Su estómago daba más sacudidas que el avión, y ahora, de repente, la aeronave bajó tan inesperadamente que Molly se cayó de bruces. Micky logró mantener el equilibrio. Él ya se había puesto el paracaídas y estudiaba ahora su casco y la máscara de oxígeno.

–Esto es el oxígeno –les dijo a Lily y a Molly señalando un bote plateado que iba sujeto a la máscara–. Y esto es el interruptor para activarlo. La máscara cubre los ojos y la nariz, como las de buceo. Podréis respirar con normalidad cuando la tengáis puesta.

El avión crujió y Lily chilló. Micky la ayudó a abrocharse el casco y le puso las manos sobre los hombros.

–Lily, tienes que ser valiente –dijo con severidad–. Si te domina el pánico, serás tu propia enemiga. Cálmate. Estos paracaídas funcionan. Pero no tires de la cuerda hasta llegar a los seis mil metros. Se abrirá solo, pero en caso de que no lo haga, tendrás que tirar de la cuerda.

–Y después, ¿qué? –gritó Lily–. ¡Vamos a morir!

–Lily, escúchame. Eres capaz de hacerlo. Saltaremos juntos. Respiraremos con ayuda de las máscaras. Te ayudaré a ponerte la máscara ahora y a activar el oxígeno. Me quedaré cerca de ti, ¿de acuerdo? Pero cuando llegue el momento de abrir los paracaídas nos separaremos, porque si no, nuestros paracaídas se liarán entre sí. Cuando el tuyo se abra, verás dos hilos por encima de tus orejas. Uno a cada lado. Con ellos puedes hacer que el paracaídas gire. Con el de la izquierda, vas a la izquierda. Con el de la derecha, a la derecha.

–¡Estás loco! ¡Estás loco! –le gritó Lily–. ¡NO PIENSO SALTAR DEL AVIÓN!

–Sí que vas a hacerlo, Lily. Si saltas, vivirás. Coge aire. Todo va a salir bien.

Mientras Micky ayudaba a Lily, Molly cogió el equipo para Malcolm y se lo llevó. Luego se enfrentó al problema que suponía Pétula. ¿Cómo debería llevarla? Encontró una bolsa fuerte de nailon y la ató a su cuerpo. Con las manos temblando, puso dentro a Pétula, que no paraba de temblar, y se colocó la máscara de oxígeno. Luego quitó la máscara de otro casco que nadie iba a utilizar. Puso el pequeño bote de oxígeno en la bolsa, junto a Pétula, y lo activó. La máscara era demasiado grande para Pétula, pero si apretaba su hocico contra ella podía inhalar el oxígeno. Así que se la puso lo mejor que pudo y la sujetó con los enganches.

–Respira, Pétula –dijo Molly, y Pétula, con los ojos brillando por la confusión y el miedo, respiró sonoramente. Molly sintió ganas de llorar. Pero no había tiempo para lágrimas. Enrolló una bufanda y un jersey alrededor de Pétula para mantenerla caliente, y después comprobó otra vez que la bolsa estuviese firmemente sujeta. Luego apretó el cordel que abría el paracaídas y lo colocó lo más cerca posible. Por último, se puso los guantes que venían con el equipo. Ahora estaba preparada. Podía sentir a través del nailon de la bolsa el corazón de Pétula latiendo, y Pétula podía sentir el de Molly.

Se inclinó hacia delante.

–Te quiero, Pétula –dijo–. Pase lo que pase, recuérdalo.

Respiró profundamente e intentó encontrar algo de calma en su interior. Procuró pensar con lógica. Había visto en televisión saltos en paracaídas, y pensó que en todo el mundo había montones de personas que saltaban de aviones por pura diversión. Fortalecida por esa idea, aplacó sus nervios.

–Puedo hacerlo. Puedo hacerlo. Puedo hacerlo –se repitió a sí misma. Observó a Malcolm mientras este se ponía su equipo a la vez que seguía pilotando–. Puedo hacerlo. Puedo hacerlo. Puedo hacerlo –insistió, para que las palabras calasen en su interior.

Micky se acercó a ella, apoyándose en las paredes para mantener el equilibrio. Lily iba pegada a él como una lapa. Estaban listos para saltar.

–¡No me lo puedo creer! –gritó Micky por encima del rugido de los motores. Parecía confiado, pero sus ojos le traicionaban y mostraban lo aterrorizado que estaba.

Entonces Malcolm volvió a hablar por la megafonía.

–Voy a abrir la puerta de evacuación en la cola del avión. Cuando diga «¡fuera!», saltáis. Yo iré detrás de vosotros.

Molly asintió. No podía creer que aquello estuviera pasando. El miedo regresó en oleadas. Micky, Lily y ella enlazaron sus brazos y se desplazaron a la parte de atrás. Y entonces, con un ruido sordo seguido por un chirrido, la puerta trasera comenzó a abrirse. Ahora el ruido de los motores y del viento era ensordecedor. Y, lo que era aún peor, sintieron cómo sus cuerpos eran atraídos hacia el hueco de la puerta.

A Molly le sudaban las manos profusamente a medida que la aprensión dominaba su cuerpo. Pétula se enroscó sobre sí misma hasta formar una bola dentro de la bolsa, y apretó la nariz contra su máscara. Podía sentir el terror de Molly y ella misma estaba invadida por un miedo espantoso. Apretó los ojos e intentó pensar en prados de hierba alta, riachuelos y flores. ¡Cómo deseaba estar en casa, a salvo en su cesta!

–¡Oh, no! –susurró Molly. Notaba el corazón a punto de salirse de su pecho–. Esto no me gusta.

–Anímate, Molly –le gritó Micky por encima del estruendo–. ¡Recuerda, la gente hace esto por diversión!

–¡No en mitad de una tormenta! –le respondió Molly, también a gritos. La fuerza del aire que tiraba de ella era tal que apenas podía evitar ser arrastrada afuera. Pero, en ese momento, sonrió. Porque le pareció muy bonito que Micky hubiera expresado exactamente el mismo pensamiento que ella había tenido unos instantes antes–. Tienes razón, Micky.

–¡Atención! –dijo Micky–. Hay una brújula en la cinta del paracaídas. Mirad: los números cambian según nos movemos. Solo tenéis que dirigir el paracaídas hacia 0 grados 8 minutos 0 segundos sur, y 78 grados 10 minutos 49 segundos oeste –volvió a enlazar sus brazos con los de Molly y Lily, y juntos resistieron la fuerza del viento.

Molly asintió y apretó los dientes mientras intentaba que el valor se sobrepusiese a su impulso natural, que era el de echarse a llorar. Miró a Lily, que se había quedado callada y rígida, y se preguntó si en ese estado sería capaz de leer los datos de su brújula. Aferró los brazos de ambos con firmeza. Los tres formaron un círculo.

–¿Listos? –rechinó la voz de Malcolm a través de los altavoces–. Cogeos de las manos. Todos juntos. Acordaos de soltaros antes de que los paracaídas se abran a los seis mil metros. Poned las piernas juntas cuando lleguéis al suelo. Ahora: ¡FUERA! ¡FUERA! ¡FUERA!

Molly le hizo una indicación con el pulgar en alto, y al momento siguiente la puerta se abrió por completo. El hueco era ancho y dejaba al descubierto una oscuridad gélida. Al mismo tiempo, el aire los succionó como una gigantesca y ruidosa aspiradora, provocando que todos resbalasen hacia el vacío.

–¡Uno! ¡Dos! ¡Tres! ¡SALTAD! –gritó Molly, y como en un sueño, como si se precipitasen a una piscina de tinta negra, los tres saltaron a la vez.

Capítulo 22

El cuerpo de Molly golpeó el aire. Al darle en la cara, le pareció que estaba helado. Durante un instante, no estuvo segura de si estaba viva o muerta. Se sintió minúscula, como si fuera del tamaño de una mota de polvo volteada por un viento huracanado. Estaba cayendo y dando vueltas. Giraba sobre sí misma como una moneda lanzada al aire por algún demonio.

–¡CARA, PIERDES; CRUZ, MUERES! –esas palabras penetraron en sus oídos como si las gritase el viento–. ¡CARA, MUERES; CRUZ, MUERES! –Molly tuvo la sensación de que Miss Hunroe era el diablo que la había lanzado.

Y entonces se acordó de respirar. Cogió aire de su máscara de oxígeno e intentó controlarse. Pero hacía tanto frío y se sentía tan mareada que apenas podía pensar. Se dio cuenta con horror de que ya no podía sentir el brazo de Lily enlazado al suyo, pero que Micky continuaba allí, sujeto con su brazo al arnés de Molly.

Por un instante, abrió los ojos para ver si Lily seguía agarrada al brazo de Micky. La cara de su hermano, contraída en una expresión de miedo, parpadeaba a la luz de la luna, pero Lily no estaba a su lado. Y era demasiado difícil distinguir nada más, así que no podía hacerse una idea de dónde estaba la hija de Black. Tampoco sabía si Pétula continuaba respirando o no.

Molly y Micky estaban solos, cayendo juntos por el aire gélido. Caían y giraban sin parar y sin poder controlarlo de ninguna manera, y eso era lo más horrible. Molly trató de dominar la confusión que nublaba su cerebro. Con un esfuerzo enorme, consiguió mover su brazo izquierdo hacia Micky, venciendo el torrente de aire. Su casco chocó contra el de él. Aterrorizados, se aferraron el uno al otro, y continuaron cayendo.

La luna creciente los alumbraba. Los gemelos fundieron sus cuerpos tal y como lo habían hecho once años y medio atrás, antes de nacer. Descendieron como si fueran uno solo, como una bola que no paraba de girar, cayendo y cayendo por el cielo nocturno. La temperatura era bajo cero. La luz de la luna se reflejaba en ellos, bañándolos mientras caían en picado. El frío dolía y sus cuerpos estaban agarrotados. A Molly le quemaba la cara, le dolían los ojos y su estómago se había hinchado por la presión del aire. Y se sentía mareada por el remolino en el que parecía estar metida.

Entonces recordó haber visto un programa sobre paracaidistas y se acordó de lo que tenía que hacer.

–¡TENEMOS QUE ESTIRARNOS! –le gritó a Micky.

–¿QUÉÉÉÉ? –contestó él con los ojos cerrados.

–ESTÍRATE. EN FORMA DE ESTRELLA.

–¿FORMA DE ESTRELLA?

–SÍÍÍ.

Para mostrarle lo que quería decir, Molly se apartó de él y extendió las piernas, separando una de la otra. Eso los estabilizó un poco, aunque siguieron girando.

–¡HAZLO! –gritó Molly.

Micky estiró las piernas y también los brazos. Cada uno se agarró al arnés del otro. Sus piernas se elevaron por detrás, formando una especie de cola bífida como la de algún ave extraña que fuese capaz de volar muy alto.

–¡MEJOR! –aulló Micky. Y era cierto. Ahora que no daban vueltas, podían pensar mejor. Con un esfuerzo, abrieron los ojos. Molly buscó otra vez a Lily y también a Malcolm, pero no se los veía por ninguna parte. Deseó poder comprobar que Pétula estaba bien.

Micky miró su altímetro.

–¡Trece mil metros! –gritó.

Ambos sabían lo que eso significaba. Miraron hacia abajo. Como una bestia terrible que se preparara para la inminente llegada de los gemelos, las nubes que tenían por debajo tronaban y brillaban intermitentemente. Un relámpago les mostró lo que venía a continuación: una diabólica masa de oscuridad y tormenta eléctrica. Y al instante siguiente, estaban metidos de lleno en ella.

De pronto, el granizo los golpeó. Trozos de hielo duro y horriblemente frío, del tamaño de castañas, les impactaban en la cara y en el cuerpo. Pero ni Molly ni Micky se soltaron para cubrirse el rostro. Los segundos parecían minutos, pero siguieron sujetándose firmemente el uno al otro.

Después, el granizo se convirtió en lluvia. Ahora Molly y Micky se sintieron como moscas bajo una ducha enorme. Entonces, con un rasgón repentino y un tirón que dio la impresión de que un gigante los golpeaba, sus paracaídas se abrieron.

Molly y Micky volvieron a abrir los ojos.

–¡BUENA SUERTE! –gritó Molly.

–¡FÍJATE EN LAS COORDENADAS! –le indicó Micky. Y, haciendo caso de la advertencia de Malcolm, se empujaron para separarse.

El paracaídas de Molly se desplegó totalmente y la chica sintió que el peso de su cuerpo era sostenido por la cúpula de nailon que tenía encima. En cuanto pudo, metió su mano helada y casi insensibilizada en la bolsa para tocar a Pétula. Todavía tenía la máscara de oxígeno puesta. Eso era un alivio, pero no lo bastante para que Molly se sintiese mejor. Ahora estaba sola con Pétula en medio de la lluvia incesante. Se preguntó si el paracaídas se habría abierto demasiado pronto. Tal vez, porque habría sido mejor caer como una piedra tan rápido como fuera posible a través de la tormenta. En lugar de eso, iba a descender lentamente.

Sujetó con un brazo la bolsa de Pétula y observó el horrible tiempo que hacía por debajo de ella. Los truenos eran ensordecedores, y los relámpagos resquebrajaban el aire. De reojo vio a Micky colgando de su paracaídas con forma de medusa. Le pareció ver otro paracaídas más allá, pero no podía asegurarlo.

El viento, que le daba latigazos en la cara, agarró ahora su paracaídas como si quisiera ajustarle las cuentas. Su fuerza era tan violenta que podía rajar la tela. Molly volvió a mirar hacia abajo cuando retumbó otro trueno. Por debajo de sus piernas había un temible remolino de nubes negras, como un agujero infernal. Se dio cuenta de que era algún tipo de tornado y abrazó a Pétula.

–¡LO SIENTO, PÉTULA! –gritó. Deseó poder meterse en la bolsa y acurrucarse junto a Pétula. Pero no podía, así que hizo lo siguiente que se le ocurrió. En silencio, le preguntó–: *¿Qué estás pensando?*

Una burbuja salió de la bolsa, como una pantalla mágica. En su interior había imágenes, no de la tormenta, sino de campos y flores y cielos azules y de otros lugares que a Pétula le gustaban. Estaban los prados llenos de arbustos con forma de animales de Briersville Park, y también imágenes de Micky y Rocky. Todos parecían felices. Y entonces Molly vio imágenes de sí misma riendo y lanzando palos para que Pétula fuera a recogerlos.

Mientras la lluvia le golpeaba con saña las orejas, Molly comprendió que aquello era exactamente lo que ella debería estar pensando, porque tal vez aquellos momentos de caída a través de las nubes fuesen los últimos de su vida. Sus ojos se llenaron de lágrimas al ver a la gente a la que amaba. Pensó en Rocky y se preguntó si alguna vez volvería a verlo. Recordó que la última vez que había estado con él había estado obsesionada con el miedo que le tenía a las clases y sus deseos de vivir aventuras. En aquel instante habría dado lo que fuera por estar en casa haciendo deberes de matemáticas.

Luego, su mente se centró en la gente a la que hacía tiempo que no veía. No en Rocky y Ojas, ni Lucy, Primo o Forest, sino en gente de su pasado, en los otros niños del

276

orfanato que estaban ahora en Los Ángeles. Pensó en Mistress Trinklebury, la agradable señora que había encontrado a Molly, años atrás, metida en una caja, y la había salvado. Deseó que apareciese ahora una gigantesca caja de caramelos Moon y la rescatase a ella y a Pétula. Cerró los ojos y abrazó el cuerpo de Pétula dentro de la bolsa. Y deseó con todas sus fuerzas. Mientras su paracaídas era zarandeado y ella era sacudida como un péndulo humano, deseó y deseó con todo su corazón que todo fuese bien.

Y entonces la intensidad de la lluvia empezó a aflojar. La luz de la luna se coló por una rendija entre las nubes y Molly vio que ahora la tormenta estaba por encima de ella y que ya había pasado lo peor.

Miró hacia abajo. Había un punto muy brillante en el suelo, pero no tenía ni idea de a qué distancia quedaba aquel punto. Tampoco podía imaginar por qué un punto brillaba tanto cuando el resto del terreno estaba completamente a oscuras. Entonces lo entendió. El avión debía de haber caído en picado. Y el brillo era fuego, el fuego de la explosión. Deseó que Malcolm no se hubiera estrellado con el avión.

Miró el altímetro de su arnés. Tres mil metros. No sabía cuánto tiempo le llevaría descender tres mil metros, pero sospechaba que no mucho. Así pues, comprobó las coordenadas que marcaba la brújula sujeta a una de las correas del arnés e intentó averiguar en qué dirección debía encaminarse. La brújula indicaba que el suroeste y las fuentes del río Coca estaban justo delante de ella, por lo que iba casi en la dirección correcta. Cogió los hilos que colgaban a su lado, por encima de sus orejas, tal y como había dicho

Micky, y tiró del que tenía a su izquierda en un intento de moverse hacia el oeste.

Por encima de ella, el paracaídas se combó ligeramente y giró. Volvió a comprobar la brújula: la aguja tembló y cambió de posición. El altímetro indicaba ahora 2.000 metros. Molly deseó que la fuerza del viento fuese suficiente para llevarla adonde quería ir, pero no tanta como para pasarse de las fuentes del río.

De nuevo un relámpago iluminó el cielo, y ahora Molly pudo ver el terreno a sus pies: una selva inmensa e inhóspita. Cada vez que el cielo se encendía por efecto de un relámpago, intentaba localizar a los otros. Tenían que estar en alguna parte, pero no podía verlos. Trató de no pensar en lo solas que estaban Pétula y ella, y se concentró en dirigir su caída.

Cuanto más se acercaba al suelo, más rápido parecía que iba, y más cálido se volvía el aire. La selva tropical era enorme y los árboles se alzaban poderosos. No quería aterrizar en uno de ellos. Se alegró de que se produjese un nuevo relámpago y buscó un claro. Localizó uno y giró el paracaídas, de modo que la lluvia empezó a azotarle la cara. Luego aflojó las correas que sujetaban la bolsa de Pétula y le quitó la máscara de oxígeno. Se quito también la suya y respiró el aire limpio y cálido.

–Aguanta, Pétula, esto está a punto de acabarse –gritó.

Puso las piernas juntas, como la había instruido Malcolm, y las flexionó todo lo que pudo, pues no sabía qué tipo de terreno iba a encontrarse.

El suelo se acercaba más y más. Parecía venírsele encima. Y entonces se produjo el impacto. Y con el impacto, llegó una sensación de frío.

Necesitó unos cuantos segundos para comprender por qué todo estaba repentinamente tan frío. Había caído al agua, una corriente de agua que fluía veloz. Mojada y fría como estaba por el aire helado de miles de metros más arriba, apenas sentía ahora el agua. Le sobrevino una sensación de pánico. ¿En qué tipo de agua había ido a caer? Desesperada, intentó mantener la cabeza sobre la superficie del torrente. Y entonces empezó a preocuparse por Pétula, que debía de estar a punto de ahogarse en su bolsa. Mientras el río la empujaba y la llevaba, hizo lo que pudo para subir a Pétula, aún dentro de la bolsa, y asegurarse de que no se ahogaba.

El agua las golpeaba a las dos, sumergiéndolas, zarandeándolas, como si un duende estuviese jugando con ellas. Molly tragó un montón de agua, y parte de ella se le metió por la nariz. La corriente las empujaba río abajo como si fueran dos corchos que hubiesen caído en una alcantarilla llena de agua de lluvia.

A pocos kilómetros de allí, Miss Hunroe abrió una botella de champán. La tapa saltó con un POP y salió disparada contra un árbol, espantando a un loro que había en él.

–¡Buen tiro! –aplaudió Miss Oakkton. Miss Teriyaki, Miss Speal y ella, todas en pijama, levantaron sus copas.

–Bien hecho –felicitó Miss Speal a Miss Hunroe, con voz melosa y respetuosa–. Ya domina usted la capacidad de manipular el clima.

–Sí, Miss Hunroe. Esas tormentas que ha conjurado estaban perfectamente dirigidas –agregó Miss Teriyaki, envuelta en un kimono estampado de flores.

–Es mucho mejorr tenerr a esos chicos Moon a dos metrros bajo tierra –añadió Miss Oakkton, y luego dio un trago de su champán.

–Son pequeñas partículas en el aire, no bajo tierra –corrigió Miss Teriyaki–. Esa explosión los habrá despedazado en billones de trocitos.

–Erra una forrma de hablarr –replicó Miss Oakkton, irritada–. *Dos metrros bajo tierra* significa «muertos y enterrados».

–Bueno, fue una imagen preciosa ver ese avión cayendo del cielo y contemplar cómo explotaba, ¿verdad? –murmuró Miss Hunroe, como en un sueño–. ¡Ahora no hay nada que pueda detenernos! ¡Qué alivio!

Capítulo 23

Todo estaba en silencio. Pétula recuperó el sentido. Estaba empapada y medio ahogada, y la bolsa de nailon en la que estaba metida era ahora un pedazo de tela fría y pegajosa. Pero ya no se encontraba en el agua. Todavía temblaba por la terrible experiencia de caer junto a Molly a través de las nubes. Y luego, el río casi la había matado: las había arrastrado a las dos sin piedad por los rápidos. Pero después, como un crío descuidado que lanzara un juguete a un rincón, el río las había arrojado a una de sus orillas. Pétula sintió que Molly estaba debajo de la bolsa. Sacó la cabeza por la abertura y, no sin esfuerzo, salió afuera.

La luna brillaba y Pétula vio que el agua fría del río seguía golpeando las piernas de Molly. El resto de su cuerpo estaba sobre la orilla embarrada. Su cabeza estaba apoyada sobre una piedra plana, y Pétula pudo oler la sangre.

Molly tenía un corte en la parte de atrás de la cabeza. Pétula cogió con sus dientes un trozo de la chaqueta de Molly y, con todas sus fuerzas, comenzó a tirar de ella. La movió uno o dos centímetros, suficiente para darse ánimos.

Quince minutos más tarde, Molly estaba completamente fuera del agua. El aire era cálido, pero Pétula podía sentir con su nariz que Molly estaba muy fría. Estar fría y mojada toda la noche podría matar a Molly, pensó, si no aparecía algún animal salvaje y se la comía antes. El olor de su sangre alertaría a todo tipo de criaturas. En aquel preciso momento, había animales olfateando el aire y detectando que alguien se había hecho una herida. La única opción que tenía Pétula era conseguir la ayuda de otro humano, aunque no sabía si habría gente viviendo en aquella región selvática. Sin embargo, no le quedaba más alternativa que la esperanza, por lo que comenzó a aullar.

Los pájaros se despertaron en sus nidos, los armadillos, jaguares y osos se revolvieron en su sueño. Roedores, búhos y otras criaturas nocturnas alzaron sus orejas y olisquearon el aire.

Pétula aulló durante tanto tiempo que le dolió la garganta, y aun así continuó aullando. Aunque cada nuevo aullido le dolía como una cuchillada, siguió hasta que se quedó ronca y ya solo podía gemir.

Se oyó un crujido en los arbustos que tenía a su espalda. El haz débil de una linterna cortó la oscuridad y la luz cayó sobre Pétula. Entrecerró los ojos y vio una figura alta y delgada que emergía de la maleza. Era un hombre. Llevaba unos pantalones cortos cubiertos de tierra, un anorak impermeable y botas pesadas. Pétula percibió su olor a ajos, perejil, hojas, hoguera, papel, tinta y perro. El hombre chasqueó la lengua en dirección a Pétula, se inclinó sobre Molly y puso la palma de su mano en su frente. Escuchó su respiración, examinó su cuerpo y soltó las correas del arnés, de modo que ya no estuviera atada al paracaídas. Una vez hecho eso, alzó a Molly y se la colocó sobre los hombros, como si fuera una bufanda humana. Volvió a chasquearle la lengua a Pétula y se puso en marcha hacia el interior de la selva.

Pétula lo siguió. Nunca había estado tan contenta de ver a alguien. Aquel hombre era como un ángel. En cualquier momento, pensó, le brotarían alas de la espalda.

Ignoró el cansancio que dominaba su cuerpo y trotó detrás del hombre por los senderos que se abrían en la jungla. Las botas del desconocido resonaban sobre el terreno mientras avanzaba. A su alrededor, el aire denso y bochornoso bullía con el zumbido de los insectos y el sonido de animales pequeños. Y en la lejanía, los truenos retumbaban como si dijeran adiós.

Pétula jadeaba ostensiblemente. Su corazón latía con fuerza de martillo, y su cabeza comenzó a flotar. Miró hacia arriba. Le pareció que unas alas muy grandes habían crecido en la espalda del hombre.

–Adiós, adiós –rugía el trueno, y ahora Pétula se preguntó si realmente habría muerto.

El ángel iba a echar a volar con Molly. Desesperada, Pétula soltó un ladrido débil y ronco.

–¡Guauuu! ¡No me dejes!

Luego se fue hacia delante, cuando sus piernas no pudieron sostenerla más, y se desplomó. Entonces sintió que unos brazos fuertes la recogían, y perdió el conocimiento.

Capítulo 24

El hombre llegó a un pequeño grupo de cabañas de madera y paja construidas sobre pilares. De una de ellas salió a recibirle un perro grande y desgreñado de color marrón.

–Buen chico, Canis –le dijo el hombre.

Canis olisqueó a Pétula y a Molly, y siguió al hombre al interior de la cabaña más grande, que tenía un pequeño porche a la entrada. El hombre dejó a Molly y a Pétula en un sofá cama y la sangre de la cabeza de Molly enseguida manchó la almohada. Cogió una toalla y una manta, luego le quitó las zapatillas empapadas y sus ropas húmedas, la secó con la toalla y la cubrió con la manta. Secó también a Pétula y la colocó al lado de Molly. Durante todo el proceso, el perro marrón permaneció sentado a su lado, observando cada uno de sus movimientos.

La chimenea estaba encendida y el hombre añadió algo más de leña. Después se lavó las manos en un grifo que había bajo un depósito de agua de lluvia en el exterior de la cabaña y regresó para atender la herida de Molly. Se ayudó de una lámpara de aceite para inspeccionar y limpiar el corte. Le puso un ungüento, unas cuantas hojas verdes encima y, a continuación, una venda.

–Debe de tener algo que ver con esa explosión –murmuró el hombre–. Supongo que el ruido fue un avión al estrellarse –el perro Canis ladeó la cabeza y ladró–. Pero ahora tenemos que estar en silencio –le dijo el hombre–. Déjalas descansar y entrar en calor.

Molly dormía. Se hundió en lo más hondo de su subconsciente, como un pez que normalmente nada en la superficie del mar y de pronto se sumerge a profundidades que nunca había pensado que pudieran existir. Como corales de vivos colores, en los ojos cerrados de Molly aparecieron imágenes muy intensas, y algunas eran espantosas, como un monstruo que morase en el océano. Los sentimientos en el sueño eran igualmente intensos, caleidoscópicos y vívidos. Se encontraba en una zona rodeada de árboles, llena del canto de las aves y del ruido de los pájaros carpinteros golpeando con sus picos la madera. Luego, ese sonido se hacía más fuerte, atronador y brutal hasta que el bosque quedaba invadido del terrible clamor. Y entonces todos los pájaros morían y un riachuelo se convertía en un torrente que arrastraba a los animales del bosque. Detrás, el prado de flores se marchitaba bajo un sol abrasador, los campos se convertían en desiertos y enseguida el río se secaba y quedaba reducido a una zanja de polvo y piedras. Molly se descubrió a sí misma pidiendo ayuda a gritos mientras caminaba por el fantasmagórico lecho del río, pero nadie le respondía. Entonces, desde detrás de una nube emergía el rostro de Miss Hunroe, y se reía como un demonio enloquecido antes de convertirse en un gigantesco insecto negro que bajaba volando desde el cielo y le mordía a Molly en la parte de atrás de la cabeza.

La luz de la mañana moteó de sombras el suelo de la cabaña y, como si sus rayos fueran dedos suaves, acarició los párpados de Molly. Ella se removió. Le dolía la cabeza. Notó algo caliente en la pierna y estiró el brazo para acariciar a Pétula. En ese momento, de golpe, recordó lo ocurrido. ¡El avión! ¡El salto en paracaídas! ¡Los otros! ¿Dónde estaban?

Abrió los ojos. Sus músculos estaban agarrotados; se sentía como si hubiera dormido durante varios días.

Se dio cuenta de que estaba dentro de una cabaña y miró por el hueco de la puerta al exterior. Vio a un hombre en un claro, con pantalones cortos de color caqui y una camisa blancuzca. Estaba en cuclillas, y removía algo en una olla sobre una hoguera. A su lado estaba sentado un perro color canela con orejas aterciopeladas. El animal levantó la cabeza para mirar a Molly. Ella intentó sentarse, pero al hacerlo se mareó y, como estaba demasiado cansada, volvió a dormirse.

Se despertó un día más tarde. El hombre estaba a su lado. Molly lo miró fijamente, sin comprender del todo dónde se encontraba. Miró su pelo enmarañado que le llegaba hasta los hombros, y su pendiente de plumas en la oreja derecha. Sus ojos eran verdes y su tez muy morena, de modo que cuando sonrió sus dientes parecieron particularmente blancos. Su nariz era recta y sus mejillas sonrosadas. Tenía un collar de abalorios rojos y naranjas que reposaba sobre su clavícula, pantalones cortos y una camisa blanca con un estampado de hojas.

–¿Cómo te sientes? –le preguntó cortésmente, con un acento que sonaba francés.

Lentamente, Molly se incorporó hasta quedar sentada, y se apoyó contra la pared de la cabaña. Se llevó la mano a la herida de la cabeza. La tenía cubierta por un grueso vendaje. Se preguntó cómo sería la herida y cuánto tiempo habría estado inconsciente. Pétula le acarició la pierna con su hocico. Molly se palpó la cara: tenía los ojos hinchados y la frente y los pómulos magullados. Recordó el granizo que la había golpeado mientras caía. Tragó saliva. Estaba terriblemente sedienta.

–Bebe –dijo el hombre, y le ofreció una taza.

El agua sabía deliciosamente dulce y pura. Al principio dio tragos cortos, pero luego se bebió la taza entera, y lo mismo hizo con la segunda que el hombre le dio. Aturdida como estaba, se descubrió preguntándose si el agua sería de las fuentes del río Coca. Su cuerpo, como una planta deshidratada, absorbió el líquido. Beber le aclaró la mente. De repente, se sintió famélica.

–Humm, lo siento –le dijo al hombre–, sé que me ha salvado usted la vida y todo eso, y querrá saber qué ha pasado, pero estoy realmente hamb... –antes de que terminase la frase, el hombre le pasó un plato de comida.

–Tiene un aspecto algo raro –dijo–, pero sabe muy bien. Ya verás.

Molly comenzó a comer. Estaba delicioso. Algún tipo de verduras mezcladas con cebollas, hierbas y ajo. Pero su boca había olvidado cómo masticar y su estómago tenía el tamaño de una pelota de ping pong. Después de un par de bocados, se sintió llena.

Se limpió la boca.

–Gracias –dijo, ahora con el cerebro funcionando adecuadamente–. ¿Dónde estoy? ¿Están los demás también aquí?

–Tú eres la única persona que he encontrado –dijo el hombre.

Molly sacudió la cabeza con horror y estudió el rostro del hombre.

–Y... ¿quién es usted?

–Mi nombre es Bas –respondió el otro, con una sonrisa–. Mi verdadero nombre es Basile, pero la gente me llama Bas. Basile significa albahaca, ¿sabes? ¿Conoces las hojas de albahaca? Son verdes y saben realmente bien combinadas con tomate. Supongo que es un nombre algo cómico. Soy botánico, estudio las plantas. Da la impresión de que mis padres supieron que me iban a gustar las plantas. Y, como puedes ver, estamos justo en el centro de un lugar lleno de plantas y cosas verdes.

Molly volvió a acariciar a Pétula. Podía sentir que recuperaba sus fuerzas y su energía a toda velocidad. Le dirigió a Bas una mirada de agradecimiento.

–Gracias por encontrarme. Podría haber muerto.

–Desde luego que podrías. Tuviste suerte de que esa noche hubiese salido para seguirle el rastro a un jabalí. También eres afortunada porque sé un montón acerca de las propiedades medicinales de las plantas de la selva tropical. Pude hacer un ungüento para curarte la herida.

–¿Era muy grande? –preguntó Molly, y se llevó la mano al bulto de su cabeza.

–Tenía mala pinta. Te abriste la cabeza y has estado conmocionada durante varios días. Fuera de juego. ¿Te duele?

–No –de repente, Molly se sintió invadida por el miedo. Ella estaba viva porque había tenido suerte. ¿Qué habría pasado con los demás? –. ¿Cree usted que mis compañeros han muerto?

Bas inclinó hacia un lado la cabeza.

–Podemos buscarlos –dijo–. Lo mejor es mantener el optimismo, no debes preocuparte –hizo una pausa y luego cambió de tema–: Probablemente te hayas aclimatado al aire de la montaña mientras dormías. Estamos a gran altitud y hay menos oxígeno en el aire. Lleva un tiempo acostumbrarse. ¿Te sientes bien?

Molly asintió. Se preguntó cuánto tiempo había vivido aquel hombre en la selva ecuatoriana.

–¿Por qué está usted aquí? –le preguntó.

–Oh, estoy escribiendo un libro. Me está llevando varios años de investigación; tres años y cuatro meses hasta ahora, para ser precisos. Trata de las hierbas y plantas del bosque de nubes, y de cómo pueden curar a la gente. Pretendo evitar que talen el bosque. Porque si perdemos los árboles y las plantas y hongos que hay aquí, perdemos la sabiduría de este lugar. En esta selva existen curas sorprendentes para algunas enfermedades humanas –Pétula soltó un pequeño aullido–. De acuerdo, también para enfermedades caninas. ¿Y qué tal enfermedades gatunas? –añadió Bas mirando la cara de Pétula–. Imagino que no te preocuparán mucho los gatos.

Molly se rió.

–Así que aquí estoy –continuó Bas–. Me alimento de lo que crece en la región y me mantengo alejado del mundo. Apenas hablo con nadie. Mi emisora de radio, que utilizo para comunicarme con otras personas, está rota. De vez en cuando voy con mi moto a una ciudad a cuarenta y cinco kilómetros de aquí. Almaceno suministros de cosas que no puedo cultivar, como chocolate, café, cerillas y pasta. Cosas de ese estilo. Soy bastante autosuficiente. Tengo un molino que produce electricidad, y unos paneles solares que almacenan energía del sol. Recojo agua de la lluvia... Hay un montón de agua aquí arriba. Y cultivo cosas. Tengo una parcela llena de verduras. Solo tengo que procurar que los animales no se las coman. Cultivo de todo, desde ajo a soja. Soy vegetariano, así que necesito algo de proteínas.

Bas señaló a Pétula.

–A tu perro parece que también le gusta la soja. Maíz, lechuga, patatas, tomates, calabazas... Todo crece aquí. El suelo es muy fértil. Y tengo gallinas que me dan huevos. También tengo una letrina natural, llena de serrín. Rocío bacterias encima y todo se pudre de una manera sorprendente. Ni siquiera huele. Y tengo a Canis. ¿Dónde se ha metido? Da igual, el caso es que tengo al perro. Y el bosque me hace compañía, con sus aves y sus monos, y tengo una buena biblioteca llena de libros que todavía no he leído, y de tanto en tanto veo una película en mi ordenador. Tengo unas cincuenta películas.

Molly se dio cuenta de que Bas sufría un episodio de diarrea verbal. Saltaba a la vista que durante meses no había hablado con nadie. Cambió de conversación:

–Eh, Bas –le dijo–. Mis amigos... Ya sé que me ha dicho que no me preocupe, pero... ¿Cree que estarán bien?

Bas miró a Molly directamente a los ojos.

–¿Cuántos erais?

–Cuatro: Malcolm, el piloto, mi hermano Micky y una chica llamada Lily. Estamos intentando llegar a las Piedras Logan. Tenemos que solucionar un problema muy grave –intentó mover las piernas para salir de la cama, pero sintió que se le iba la cabeza.

–Hoy no puedes moverte –dijo Bas–. Cuéntame la historia. Y quizás mañana te sientas mejor para empezar a buscar a tus amigos. Puede que hayan tenido suerte –añadió–. Hay mucha comida en el bosque. Oí cómo se estrellaba el avión. Podemos buscarlos. Los perros ayudarán. Pero ahora intenta comer algo más. Y dime cuál es ese problema. Tal vez pueda ayudarte.

Y así, Molly comió un poco más y le contó todo a Bas.

Cuanto más hablaba, más ansiosa se sentía por sus amigos y Micky, y más se preocupaba por el plan de Miss Hunroe. Ella podía ser la única persona capaz de detener a Miss Hunroe que quedase en el mundo. El peso de esa responsabilidad iba calando en ella mientras le contaba su historia a Bas. El bosque exuberante y pacífico estaba lleno del canto de los pájaros, como si se negase a creer que estuviese ocurriendo algo malo. Pero la cara de Bas cambió a medida que escuchaba el relato.

–Seguramente pensará que estoy delirando –terminó Molly–. Lo del hipnotismo, la transfiguración y todo eso debe de sonar totalmente inverosímil. Como si me hubiera vuelto loca al golpearme en la cabeza.

–Bueno, no estoy seguro –dijo Bas–. Quiero decir, ¡podrías hipnotizarme para demostrarlo! ¡O incluso transfigurarte en mí! Pero tal vez recayeras y te quedaras otra vez inconsciente con el esfuerzo –Molly estaba demasiado cansada para leer la mente de Bas y comprobar si le había creído. Él siguió hablando–: No, me parece que lo mejor es que mañana vayamos a mi grúa de observación. Tengo una grúa que llega a las copas de los árboles; normalmente la utilizo para inspeccionar plantas y demás. Desde ella las vistas son muy amplias, por decirlo de alguna manera. Nunca se sabe lo que podríamos ver desde ahí arriba. Y por lo que respecta a las Piedras Logan, sé dónde están.

–¿Lo sabe? –Molly se atragantó al preguntarlo. No se lo había esperado. La revelación de Bas la había pillado por sorpresa.

–Claro. Están a bastante distancia de aquí. Pero puedo llevarte.

Capítulo 25

Molly recuperó energías. Comió y comió, un poco de esto y otro poco de aquello, y al final del día dejó completamente limpio un bol de sopa de patatas que le había preparado Bas. Por la tarde recorrió el campamento y admiró el huerto donde cultivaba sus alimentos. Era una fantástica parcela en mitad de la montaña, vallada con malla de alambre para disuadir a los conejos. Bas tenía un libro titulado *Los vegetales de la A a la Z*, y daba la impresión de que cultivaba todo lo que aparecía en el libro. Desde alcachofas hasta zanahorias.

Molly intentaba ser optimista, pero no podía evitar sentirse terriblemente preocupada. Se sentó en una roca y se quedó mirando absorta una planta de habichuela. Y, como si su cuerpo no aguantase más la presión de mantenerse fuerte, como si no pudiera contener por más tiempo el alivio de estar viva mezclado con la preocupación por los demás, se echó a llorar.

Pétula también estaba preocupada, pero por otro lado nunca se había sentido más feliz, porque mientras caía del cielo en medio de la tormenta se había dado cuenta de que quería vivir. La vida era maravillosa: estaba llena de... de vida. Ahora chupeteaba una piedra, sentada confortablemente sobre una roca calentita, y observaba a Molly paseando por el jardín. Inhaló aire para ver qué delicias ofrecía el bosque de nubes. Olió a un mono en las proximidades y luego detectó el aroma del perro desaliñado. Era un perro mestizo con aspecto de lobo y pelo sucio y revuelto. Aquella era la vez que más se le había acercado. Daba la impresión de que quería presentarse, pues la miraba directamente a los ojos y olisqueaba el aire. Finalmente se aproximó.

–Buenas tardes –dijo con cortesía, y se sentó a su lado–. He estado esperando una oportunidad para presentarme. Mi nombre es Canis. Creo que no había visto nunca a ninguno de tu raza.

Pétula estaba impresionada. La mayoría de los perros no podían evitar olisquear de cerca antes de presentarse. Aquel perro tenía modales.

–Soy carlina –explicó–. Vengo de muy lejos. Mi nombre es Pétula. Encantada de conocerte, hacía días que no hablaba con otro perro.

–¡Ya somos dos! –respondió Canis.

Pétula había visto pocos perros con una cara tan extraña como la de aquel, pero sus ojos eran sabios y amables.

–De hecho –continuó Canis–, el último perro con el que hablé era uno que estaba en la ciudad, y eso fue hace semanas. Unos meses atrás me encontré con un par de perros asilvestrados, pero normalmente están en otro lado de la montaña. A veces los oigo aullar por las noches.

Molly oyó el sonido mecánico de un generador propagándose por el aire de la tarde. Provenía de una cabaña cercana. Dejó a los dos perros con su conversación y llamó a la puerta.

–¡Adelante!

La puerta chirrió al abrirse. La habitación principal era pequeña y estaba llena de cosas. Las paredes estaban cubiertas de libros y en las mesas había microscopios de diversos tamaños, libretas y folios con dibujos. Bas dibujaba alumbrándose con una lámpara. El generador producía electricidad para la lámpara, y era obvio que Bas solo lo conectaba cuando de verdad lo necesitaba.

–Dibuja muy bien –observó Molly–. Yo nunca me atrevería a hacerlo en tinta directamente. Lo emborronaría todo o cometería algún error. Y, de todas formas, no dibujo ni de lejos tan bien como usted.

–Bueno, tú posees otros talentos –dijo Bas–. Esta planta, con sus pétalos colgantes, es de un árbol llamado «sangre de dragón». Esta variedad crece en el bosque de nubes. Bajo su corteza hay una resina que es roja como la sangre. Es buena para curar heridas. La usé en la tuya. Te sorprendería la cantidad de medicinas naturales que hay aquí arriba. Es como una farmacia natural. Es una buena razón por la que deberíamos dejar de talar los bosques: por si acaso contienen la cura para alguna enfermedad –Bas sacudió la cabeza–. También hay unas orquídeas alucinantes. Muy hermosas. Y me gustan los insectos, y a veces los dibujo por puro placer –señaló una de las paredes, en la que había colgados varios dibujos de insectos–. Mi favorito es ese que parece una hoja.

También había fotografías de monos, aves y arañas.

–¿Las tomó usted? –preguntó Molly.

–Sí –dijo Bas, y se concentró en el tallo de la planta–. Ese mono pequeño es un capuchino. Lo llamo Cappuccino. ¿Ves la forma en que su pelo negro parece un gorrito encima de su cabeza? ¿Y lo esponjoso que parece con esa parte blanca de ahí? Bueno, es como una taza de café espumoso, ¿verdad? El nombre de Cappuccino le va bien –Molly miró al pequeño mono marrón con el pecho y la cara blancos–. Está comiendo un tomate que le di. Mono, ¿a que sí? Viene mucho por aquí. Aunque no siempre es apacible. Sabe juzgar muy bien a la gente. De todos modos, escucha, he estado pensando. Considero que estás lo bastante fuerte para hacer el viaje a las Piedras Logan. Durante el camino, podemos buscar a tus amigos. Es posible que, ya que tenían las coordenadas, vayan también hacia allí. Ahora, ¿te apetece dibujar? Puede que te relaje, que te sirva para no pensar en tus problemas.

Molly se sentó. Bas le pasó un lápiz y una goma de borrar.

–¿Quieres dibujar una rama? Las ramas son buenas. Me encantan. No te des prisa. Tienes toda la tarde. Cuanto más practiques, mejor te saldrá, eso seguro –un ruido de arañazos en el exterior atrajo su atención–. O mira –dijo señalando un árbol–, ahí está Cappuccino. Podrías dibujarlo. Se moverá, pero puede ser divertido intentarlo.

Molly miró al mono y se le ocurrió una idea.

–Sé que no creyó la historia de la hipnosis y la trans-figuración, Bas –dijo–. ¿Quiere verme hipnotizar a Cappuccino y luego transfigurarme en él?

Bas arqueó las cejas como si acabase de ver una manzana hablando.

–Bueno... –sonrió, inseguro–. Si quieres...

–Claro que quiero –asintió Molly–. Se nota que no me cree, así que hagámoslo.

Salieron. El mono, sentado en un gran arbusto, se comía una flor. Bas se sentó en un banco de madera para observar mientras Molly caminaba lentamente hacia el animal.

–Hola –le dijo, e intentó que la mirase a los ojos. El mono miraba a su izquierda, a lo lejos, como si supiese que mirar a Molly no era buena idea. Por un instante le dirigió un rápido vistazo, pero enseguida volvió a desviar sus ojos hacia otro lado–. Vamos –le incitó Molly–. Todo lo que tienes que hacer es decir «hola».

Los monos son criaturas muy inquisitivas, y Cappuccino no era una excepción. Por eso no pudo mantener durante mucho rato su actitud de timidez. Levantó la cabeza y observó a Molly; ella ya había activado sus ojos verdes, así que cuando las pupilas negras del mono encontraron las de Molly, una corriente hipnótica, como un pegamento invisible, lo convirtió en su prisionero. Inmediatamente, Cappuccino quedó a su merced. Había perdido su propia voluntad. Y, de repente, a su modo de ver, aquella chica era tan maravillosa como el mono más maravilloso que jamás hubiera conocido. Estaba dispuesto a seguirla hasta el final del bosque. La chica chasqueó los dedos y él soltó la flor y bajó del arbusto para ponerse a su lado.

Molly cambió varias veces de postura, y Cappuccino la imitó. Molly dio una vuelta completa y meneó el trasero. Cappuccino repitió aquella extraña danza lo mejor que pudo.

–¡Extraordinario! –dijo Bas.

–Y ahora –dijo la reina de los monos–, observe con atención. Voy a transfigurarme en Cappuccino. Propóngame una tarea complicada y, cuando yo sea él, Cappuccino lo hará.

–De acuerdo –dijo el hombre–. Cuando seas él, ve adentro, coge la tetera, pon una bolsita de té y tráemela.

–Hecho –dijo Molly. Entonces, Cappuccino sintió que la chica volvía a mirarle fijamente. Y lo siguiente que sintió fue que la chica se metía dentro de su cabeza. Y ahora se descubrió a sí mismo moviéndose, corriendo al interior de la cabaña, donde nunca antes había estado, a una habitación con mesas y sartenes y platos. Tomó un objeto con forma de pera y una especie de palo pegado a uno de sus lados. Vio sus propias manos peludas abriendo una caja de madera y cogiendo una bolsita que parecía un nido con huevos de araña. Metió la bolsa dentro del bote con forma de pera. Luego abrió la puerta de una caja de la pared y sacó de ella otra caja más pequeña. En esta había cosas que olían a fruta. Puso tres de ellas en un plato llano, blanco y redondo, y regresó al exterior.

Cappuccino le dio la tetera y el plato de galletas a Bas.

–¡Alucinante! –Bas movió la cabeza a un lado y a otro, maravillado, y miró con los ojos entornados a los del mono, en un intento de ver a Molly allí dentro. Molly le sacó la lengua.

Molly sabía que ya le había demostrado que todo era verdad. Pero antes de abandonar la cabeza de Cappuccino, quería dejarle unas cuantas instrucciones. Se le había ocurrido que Cappuccino podría resultarle muy útil si se encontraba con Miss Hunroe.

Y así, Molly le dio a su nuevo amigo peludo unas instrucciones muy específicas, y luego lo liberó de la hipnosis. Recordó todo lo que Black le había enseñado sobre el proceso para regresar, salió del cuerpo de Cappuccino y volvió a ser ella misma. Se imaginó a sí misma con pantalones cortos de algodón y una camisa de lino amplia y muy chula. Y se imaginó también sin la herida de la cabeza.

–¡Uau! –exclamó Bas, a punto de caerse de su asiento cuando Molly se materializó ante él–. ¡Uau! Tu ropa es diferente. Tu cabeza está... –se levantó y corrió hacia ella. Apenas se atrevía a tocarla, pues el modo en que había aparecido de la nada había sido espeluznante. Examinó su cara–. ¡Y tu cabeza y tu cara están... mucho mejor!

–¿Me crees ahora?

–Sí, te creo. A menos que me esté volviendo loco.

Cappuccino sacudió todo su cuerpo y le hizo un gesto a la chica antes de saltar de vuelta a los árboles. Se sentaría allí arriba. Se sentaría y esperaría a la chica. Y cuando ella se fuese, pensó, él la seguiría.

Capítulo 26

Los pájaros del bosque llevaban horas despiertos. Y lo mismo ocurría con Miss Speal y Miss Teriyaki. Permanecían a poca distancia la una de la otra; Miss Speal, con un vestido largo y gris de algodón que olía a naftalina y un delantal blanco encima, y Miss Teriyaki, con un mono de laboratorio de manga corta. Estaban en una zona en el exterior de las cabañas que hacía las veces de cocina. Miss Speal removía algo al fuego y tenía al lado una tabla de madera llena de dientes de ajo y botes de chile y especias, mientras Miss Teriyaki batía una masa de harina, huevos y leche. La cara y los brazos de la japonesa estaban cubiertos de picaduras de mosquitos.

–He intentado transfigurarme en ave y luego regresar a mí misma, pero las picaduras siguen estando en mi piel. Me están volviendo loca –se quejó. Añadió cacao a la mezcla.

–¡Ya está usted loca! –observó Miss Speal, cortante–. Algunas de esas picaduras parecen haberse infectado. Le dan un aspecto muy poco atractivo.

–Su guiso sí que parece poco atractivo –siseó Miss Teriyaki–. Espero que no esté intentando envenenarnos otra vez. Esa pieza fue difícil de cazar, así que no la malgaste.

Miss Speal le dedicó una mirada de rabia.

–¡Oh, ya veo! ¡Miss Todo Lo Hago Bien! No tardará en volver a tener problemas –y luego añadió dulcemente–: Tengo una crema maravillosa para el picor en mi bolsa de aseo, junto a mi cama. No puedo dejar esto ahora –murmuró con un suspiro–, ¡no quiero que se queme! Pero si usted quiere ponerse un poco de crema, cójala. Calma el picor.

–¿De verdad? –Miss Teriyaki dejó lo que estaba haciendo–. Eso es exactamente lo que necesito. No sé por qué no se me ocurrió traer de Londres –se limpió las manos en un trapo y se alejó. Pasó junto al tanque de agua y los fregaderos y se dirigió hacia las cabañas.

–No se le ocurrió porque es usted una idiota pagada de sí misma –sentenció Miss Speal entre dientes, mientras Miss Teriyaki desaparecía de la vista. Entonces, comprobó que no había nadie alrededor observándola y, con una mueca maliciosa en la cara, sacó un bote de cristal del bolsillo de su delantal. En la etiqueta se leía *Especias Indias Superpicantes*. Se acercó a la mezcla que había estado preparando Miss Teriyaki y vertió una buena cantidad del polvillo marrón que había en el interior del bote. Luego removió la mezcla para que no se notase.

–Esto equilibrará las cosas un poco –susurró con una sonrisa.

Miss Hunroe estaba sentada en el exterior de su cabaña, frente a una mesa en la que había tomado el desayuno. Llevaba puesto un sombrero muy elegante y una capa verde que hacía juego con él, pantalones de safari y una camisa de almidón. Tenía su moneda de oro en el bolsillo. La acarició con cariño y le dirigió una sonrisa a Miss Speal, que estaba sentada delante de ella con aspecto nervioso. Sobre la mesa, junto a una cafetera y un plato con un cruasán a medio comer, había una radio.

–¿Café o té, Miss Speal? –preguntó Miss Hunroe.

Miss Speal negó con la cabeza. Miss Hunroe se sirvió una taza de café.

–Entonces, ¿dice usted que puede sentir a la chica Moon?

–Ssí, sí, creo que sí –tartamudeó Miss Speal–. La sensación era débil al principio, pero está aumentando.

–¿Y el chico?

Miss Speal cerró los ojos. Luego hizo un gesto de negación.

–No, a él no lo siento.

Miss Hunroe observó fríamente a Miss Speal.

–¿Y no está usted imaginándoselo solo para intentar sumar puntos? Creo recordar que a veces sus «sensaciones» pueden ir un poco desencaminadas.

–Oh, no, no, no, Miss Hunroe.

–Humm. Bueno, ya veremos.

Miss Speal asintió.

–¿Qué vamos a hacer hoy, Miss Hunroe? He cocinado un delicioso guiso de ave para la comida. Le prometo que no le decepcionará.

Miss Hunroe la ignoró y conectó la radio. El aparato emitió un zumbido y a continuación una voz americana se hizo audible: *Sí, es terrible. El ciclón ha provocado un completo caos. Muchos han tenido que abandonar sus casas y pasar la noche en refugios. Los trenes están parados, el tráfico ha sido interrumpido. La gente no puede acudir a su trabajo. Pero los servicios de emergencia están haciendo todo lo que pueden y el ejército está colaborando para mejorar la situación.*

Miss Hunroe bajó el volumen.

–Miami –dijo–. El pequeño ciclón que les enviamos ayer ha tenido efecto, obviamente. Espero que haya destrozado esos horribles parques temáticos que tienen allí. ¡Qué cosas más horrendas son esas montañas rusas!

Miss Speal asintió con una risita tonta.

–Ji, ji, ji.

–¿Miss Speal?

–¡Sí!

–Quiero hablar con usted sobre la piedra azul.

A Miss Speal se le borró la sonrisa.

–¿Qué pasa con ella? –preguntó, a la vez que empezaba a retorcerse las manos.

–Quiero que me la dé para ponerla a buen recaudo –dijo Miss Hunroe mirándola directamente a los ojos.

Miss Speal sacudió la cabeza.

–No me obligue a hacer eso, Miss Hunroe. No puedo. La necesito, ¿sabe?

–No sea ridícula.

–La necesito. Se ha convertido en parte de mí...

–Puede quedársela hoy. Pero esta noche quiero tenerla en la caja dorada que hay al lado de mi cama. ¿Lo comprende?

–Ssssssí, Miss Hunroe.

–Y otra cosa.

–¿Sí?

–No quiero que se vista con ropa que huele a naftalina. ¿Está claro?

A un kilómetro de allí, Miss Teriyaki y Miss Oakkton se agazaparon en los arbustos. Ambas llevaban camisas de camuflaje y pantalones de color caqui, aunque la talla que llevaba Miss Oakkton era varias veces más grande que la de Miss Teriyaki. En el suelo, a su lado, había una bolsa de arpillera. Una pata de conejo asomaba del interior. Miss Oakkton empuñaba un cuchillo afilado y Miss Teriyaki sostenía una caña de bambú a la altura de los labios. Había cuatro jabatos bien gordos a la sombra de un árbol, mordisqueando la hierba.

–Yo cogerré al narranja –decidió Miss Oakkton. Levantó su cuchillo y avanzó con sigilo.

–Entonces yo cogeré al marrón –dijo Miss Teriyaki. Arrugó su nariz y olisqueó el aire a su alrededor–. Miss Oakkton, ¿se ha tirado usted... bueno, ya sabe?

–Perrdón –se disculpó Miss Oakkton–. Ha sido esa sopa que nos dio Miss Speal anoche. Me ha revuelto el estómago –mientras hablaba, el olor a huevos podridos llegó adonde estaban los jabatos. Las cuatro criaturas alzaron sus cabezas peludas y olfatearon el aire. El que era de color naranja soltó un chillido de terror. Los otros se le unieron y salieron huyendo sin dejar de chillar.

–¡Pedazo de *sushi* podrido! –siseó Miss Teriyaki–. Controle su trasero la próxima vez, Miss Oakkton.

Miss Oakkton irguió el cuello con orgullo.

–Pensé que olía bastante bien.

Al amanecer, Molly se despertó al oír las pisadas de Pétula sobre el suelo de madera, pero volvió a quedarse dormida y no se despertó hasta unas horas más tarde. El sol todavía ascendía por el cielo. Bebió algo de agua y se sentó para ver a Cappuccino en el alféizar de su ventana.

–Buenos días, Cappuccino. ¿Cómo estás? –le preguntó.

El mono asintió, luego se giró para mirar hacia el bosque y empezó a parlotear por los codos.

–Perdona, no te entiendo –dijo Molly. Se levantó de la cama y salió de la cabaña.

Bas ya estaba vestido y removía una sartén sobre una hoguera. Al lado había un hervidor de agua.

–¿Quieres gachas de avena? –preguntó.

En ese momento, Cappuccino comenzó a gritar y a saltar arriba y abajo, señalando hacia los arbustos. Algo se movía en la maleza, detrás de Bas. Las hojas se balanceaban y crujían como si algo estuviera allí agazapado, preparado para atacar.

–¡Bas! –le advirtió Molly–. ¡Cuidado!

Bas cogió de la hoguera un palo con la punta encendida.

–¿Dónde?

Entonces, en respuesta a su pregunta, lo que estaba en los arbustos emitió un grito. Un grito humano.

–¡Molly, soy yo, Malcolm!

Un momento después, ante la atenta mirada de Cappuccino, Molly y Bas ayudaban a Malcolm a subir las escaleras de la cabaña. Sus heridas eran preocupantes. Tenía un corte profundo en la pantorrilla y un tobillo hinchado y rosáceo. La cara la tenía llena de arañazos, como si alguien la hubiera frotado con un trapo de espinas.

–Aterricé sobre una planta cubierta de púas, después de golpearme con un árbol y atravesarlo –murmuró Malcolm mientras lo tumbaban en el sofá cama.

–Bas te curará –dijo Molly–. Él sabe qué plantas pueden ayudarte –de pronto recordó lo que la preocupaba–: ¿Viste a los otros?

–No –respondió Malcolm con un gruñido–. No sé dónde están.

Molly sintió que el corazón se le encogía.

–Bas, ¿puede usted hacer algo con esto? –jadeó Malcolm, con una mirada de desesperación–. Creo que la herida de la pantorrilla se está gangrenando. No quiero que me amputen la pierna.

–¿Gangrenando? ¿Qué es eso? –preguntó Molly.

Bas arrugó la nariz mientras inspeccionaba la herida.

–Es lo que ocurre cuando una herida se infecta y no se cura –explicó–, porque la hinchazón, que en el tobillo de Malcolm es muy grande, ha detenido el flujo de sangre. Así que las células blancas, que habitualmente luchan contra la infección, no pueden llegar.

–¿Puede ayudarle? –preguntó Molly en un susurro.

–Por suerte para usted, Malcolm –dijo Bas, y se chupó los labios como si estuviera entusiasmado–, tengo unos amiguitos especiales que pueden ayudarle. Empecé a cultivarlos ayer como parte de un pequeño experimento.

Sin más, Bas salió corriendo.

Molly cogió la mano de Malcolm.

–¿Cómo me encontraste?

–El dispositivo de seguimiento... está en mi bolsillo. Me he estado arrastrando día y noche. Sabía que tenía que llegar hasta ti. Tenía el presentimiento de que habías tenido suerte –sonrió Malcolm.

–Me alegro mucho de verte, Malcolm. Por cierto, pilotaste muy bien ese avión.

–Fue un poco alarmante –luego frunció el ceño–. Me pregunto qué habrá pasado con los demás.

Molly sacudió la cabeza.

–No lo sé. No lo sé.

La puerta de la cabaña se abrió de nuevo. Bas entró a toda prisa, cargado con todo tipo de medicinas. Al pasar junto a la chimenea, cogió el hervidor de agua.

–Todo cronometrado –dijo–. Acaba de hervir.

Molly se sentó en una silla al lado de Bas y observó lo que este hacía. Antes de nada, se lavó las manos bajo el grifo de agua de lluvia, y luego las desinfectó con un alcohol medicinal que tenía un olor muy fuerte. Acto seguido, se puso manos a la obra en la pierna de Malcolm. Cogió varios trozos de algodón y, primero con agua y luego con alcohol, limpió el corte. Malcolm hizo una mueca de dolor y se mordió el labio. Después, cuando la herida estuvo limpia, Bas sacó un bote de plástico de su bolsa.

–¿Qué es eso? –preguntó Malcolm con tono preocupado.

Bas se encogió de hombros.

–Esto le va a sorprender.

Quitó la tapa y, para horror de Malcolm y Molly, en el interior se vio una masa de diminutos gusanos blancos.

–¡Gusanos! –exclamó Malcolm–. ¡Me comerán vivo!

Molly sacó la lengua con repulsión.

–No se alarme –los tranquilizó Bas–. Los gusanos son estupendos para tratar la gangrena. Les encanta comer carne podrida. No comen carne sana y fresca. Por eso, lo que haré será ponerlos en su herida y nuestros amiguitos derrotarán a la materia gangrenosa y a las bacterias malas, y entonces, cuando el trabajo esté hecho, los volveré a poner en el bote para... esto, bueno, para que hagan la digestión.

–Está bromeando –dijo Malcolm con los ojos abiertos de par en par–. Son nauseabundos.

–Hablo en serio al cien por cien. Los gusanos son amigos suyos.

Ante esas palabras, Molly se descubrió a sí misma riendo por lo bajo. Se le había ocurrido la idea de que Malcolm daba una fiesta e invitaba a los gusanos porque eran sus amigos.

–Perdón –dijo, sabiendo que no era agradable reírse ante aquella situación. Pero aun así no podía parar.

–No te preocupes –le dijo Malcolm–. Solo es que estás un poco histérica. Es porque todo esto es muy extraño. Estamos en mitad de la selva y mi pierna parece algo sacado de una película de ciencia ficción, y Bas parece un salvaje del bosque a punto de ponerme encima unos gusanos que no paran quietos. Es bastante divertido, supongo, y en cierto modo algo macabro –hizo un gesto con un dedo hacia los gusanos–. ¡Portaos bien, gusanos! –dijo. Respiraba entrecortadamente.

–¡Uau! –murmuró Molly al ver que Bas comenzaba a poner los gusanos en el interior de la herida. De inmediato, como si estuvieran muertos de hambre, los gusanos empezaron a morder la carne putrefacta–. ¿Duele?

–Para nada –respondió Malcolm–. Solo tengo que sobrellevar mis remilgos. La idea de tenerlos ahí es muy rara.

Se sentaron los tres maravillados ante los milagrosos gusanos, hasta que Malcolm graznó:

–Tengo un poco de hambre. ¿No tendrá usted algo de comida?

Mientras desayunaban, decidieron que Malcolm descansase y, entretanto, Molly y Bas irían al puesto de observación para ver si podían localizar a Micky y a Lily. Bas le entregó a Malcolm ropa limpia: calzoncillos, pantalones cortos y una camisa estampada de flores. Dejaron comida y agua al lado de la cama, y también mantas para mantenerse caliente si tenía escalofríos y un libro sobre la fauna salvaje del bosque de nubes.

–Probablemente me quedaré dormido –dijo Malcolm con un bostezo–. Por cierto, ¿tiene una radio?

–Una que está rota. Si quiere, puede intentar arreglarla.

–Por supuesto –pero antes de que Bas pudiera explicarle dónde estaba, Malcolm había cerrado los ojos y se había dormido.

Molly llamó a Pétula con un silbido.

–Se ha ido con Canis –dijo Bas–. Vamos, Molly, en marcha. Hemos encontrado a dos, faltan otros tantos. Tenemos que encontrar a tu hermano y a Lily.

En el bosque de nubes, a varios kilómetros de distancia, Micky y Lily se estaban despertando. Su lecho había sido el suelo duro de una cueva poco profunda. Se habían encogido bajo sus paracaídas para mantener el calor. Al contrario que Molly, habían esquivado el ojo de la tormenta. Lily se había soltado de Micky y Molly al principio de la caída, pero luego, al abrirse su paracaídas, había localizado a Micky justo delante de ella. Él la había visto a la luz de la luna y había girado hacia ella para darle a gritos las instrucciones que debía seguir.

A diferencia de Malcolm y Molly, ellos habían tenido un buen aterrizaje. Sus paracaídas se habían enganchado en los árboles, pero, milagrosamente, ellos habían caído en un claro. Micky había desenganchado entonces la tela, ya que sabía que les resultaría útil. Lily se había mostrado muy poco cooperativa. Estaba en estado de shock y se quedó sentada bajo un árbol, temblando como una azogada. Así que fue Micky quien trepó por las ramas y rescató la tela. Luego, mientras Lily permanecía sentada con las rodillas a la altura del pecho, buscó algún sitio donde refugiarse y encontró la cueva. Colocó los paracaídas como si fueran sacos de dormir. Después, ambos se sentaron muy juntos, contemplaron la noche oscura y escucharon a las criaturas de la selva. Había amanecido antes de que se quedasen dormidos, y el sol de la tarde ya estaba en lo alto del cielo cuando se despertaron.

Durante el resto del día, un sol cálido brilló sobre la ropa de los chicos, que Micky había puesto a secar en unas rocas. Lily se sentó con su chaleco y su ropa interior, encogida y asustada, mientras Micky intentaba concentrarse. Sabía que podían no tropezarse con nadie en varias semanas y que era esencial encontrar una forma de sobrevivir en el bosque. Había leído muchos libros de aventuras.

De hecho, había leído relatos de ficción y también otros verídicos sobre supervivencia en las montañas y en el mar, en el desierto y en la selva. Aunque daba miedo estar en un lugar extraño sin saber si las plantas que tenían a su alrededor eran venenosas o si había insectos peligrosos o serpientes, por otro lado la situación se le antojaba muy emocionante.

Sabía que Lily y él podrían verse obligados a comer larvas e insectos y la fruta que encontrasen, así que esa tarde empleó mucho rato en excavar y buscar por los alrededores.

–¿Por qué no vamos a alguna parte y conseguimos ayuda? –gritó Lily desde su cobijo debajo del árbol.

–¿Ir adónde? –replicó Micky–. No sabemos lo grande que es este bosque ni si podremos encontrar ayuda –extrajo un tubérculo naranja del suelo y, después de quitarle la tierra que lo cubría, lo colocó con otras raíces que había ido arrancando.

–No pienso comerme esa basura –Lily cruzó sus brazos con gesto desafiante.

–Puede que tengas que hacerlo –contestó Micky–. Y, Lily, deberías intentar beber todo lo que puedas. Está en las hojas, mira, hay un montón de agua. Puede que sientas mareo por la altura. Ya ves que estamos muy arriba en la montaña –le dio unos toquecitos al altímetro–. Estamos a unos tres mil metros, y eso puede hacer que la gente tenga una sensación rara.

–No me siento rara. Pero tú sí que pareces raro.

–Ja, ja. ¿Por qué no vienes y me ayudas a buscar patatas?

–Ni hablar, me ensuciaría –dijo ella, recogiendo su ropa de las rocas–. Son prendas para limpiar en seco.

Micky se rió.

–¿Limpiar en seco? ¿Soportan un lavado en un tornado? Vamos, Lily, ya está bien. Ven y échame una mano.

Pero Lily sacudió la cabeza y fue a sentarse bajo su árbol.

Esa noche, Micky encendió un fuego. Cocinó las raíces y, aunque se pusieron negras, Lily, que ahora estaba terriblemente hambrienta, le ayudó a comérselas. El humo de la hoguera mantuvo a los insectos alejados. Y con una módica dosis de confort en sus vidas, Micky y Lily se sintieron un poco mejor.

–Me alegro de que te acordaras de coger las cerillas –dijo Lily, e indicó con la barbilla la hoguera. Metió la mano en el bolsillo de su anorak y le pasó a Micky algo pequeño y plateado.

–¿Quieres chocolate?

–Estás bromeando.

–No, siempre llevo encima. Nunca sabes cuándo vas a necesitarlo.

Micky cogió la tableta de chocolate y le quitó el envoltorio.

–Humm. Aquí sabe un millón de veces mejor, ¿verdad?

–Sí –dijo Micky–. Gracias.

–No, soy yo la que debería darte las gracias –dijo Lily–. Lo siento mucho. Mañana intentaré no ser tan inútil.

–No te preocupes –la tranquilizó Micky–. Era por el salto en paracaídas. Una locura, ¿a que sí?

–Daba miedo de verdad –asintió Lily, con un escalofrío al recordarlo–. Creo que mañana tendríamos que empezar a buscar a los demás.

–Hecho –contestó Micky. Se frotó los ojos y bostezó.

–¿Crees que estarán vivos? –preguntó Lily.

Micky hizo un mohín. En su interior podía sentir que Molly y Pétula estaban bien, puesto que parecían tener la costumbre de caer de pie.

–Si usamos las brújulas y seguimos las coordenadas para llegar a las piedras, estoy seguro de que los encontraremos. Pero ahora vamos a dormir. ¿Te apetecen batatas para desayunar?

Lily refunfuñó.

–¿Otra vez? –cerró los ojos y dijo, como en un sueño–: ¡Cruasán de chocolate!

–Salchicas –replicó Micky.

–Tostadas --sugirió Lily.

–Bizcocho.

–Sándwich tostado con queso...

Miss Speal se sentó en un pequeño taburete de madera por encima del campamento. Le gustaba aquel sitio porque le daba privacidad y al mismo tiempo le permitía ver perfectamente todo cuanto ocurría en el claro que tenía debajo. Sacó su piedra azul y la apretó contra su pecho.

–Mi querida piedra, ¿qué voy a hacer sin ti? –comenzó a sollozar–. Te voy a echar de menos.

Entonces se calló. Había oídos ruidos y voces.

–Pondrré una trrampa aquí –estaba diciendo Miss Oakkton–. No está demasiado lejos parra comprrobarrla.

–Y un hoyo iría bien aquí –dijo Miss Teriyaki. De una palmada, apartó un insecto.

Miss Speal dio un respingo. Meditó un momento si estaba haciendo algo que pudiera meterla en problemas. No,

313

no estaba haciendo nada. Eso, por sí solo, bastaba para que Miss Hunroe se enfadase con ella. Rápidamente devolvió la piedra a su bolsillo y, a toda prisa, dejó atrás los arbustos para coger un atajo de regreso al campamento.

La piedra azul cayó al suelo al lado del taburete. No había llegado a entrar en el bolsillo de Miss Speal: la lengüeta del bolsillo había obstaculizado su entrada y, cuando la mujer echó a correr, sus movimientos provocaron la caída de la piedra.

Capítulo 27

Pétula trotaba detrás de Canis, que avanzaba velozmente por los senderos de la montaña. Habían estado paseando desde antes de que amaneciera.

–¿Falta mucho, Canis? –le preguntó.

Al oír su respiración jadeante, Canis se detuvo.

–Descansemos –propuso–. Mira, en esa roca de ahí hay un buen charco de agua, si tienes sed.

Pétula bebió de aquella agua dulce del bosque de nubes y luego se restregó el hocico con la pata.

–Salimos hace horas –dijo–. Tal vez debería haber despertado a Molly para explicárselo.

–Ella nunca habría entendido lo que le decías –repuso Canis–. Además, esta gente es peligrosa. Antes de involucrar a tu dueña, debes asegurarte de si tienen alguna relación con la mujer loca de la que me has hablado.

–¿A cuántas personas dices que viste? –preguntó Pétula. Se rascó con la pata el cuello, donde un insecto acaba de picarla.

–Vi a dos, pero olí más a lo lejos –respondió Canis–. Y, definitivamente, había un aroma a flores a su alrededor. Detecté una esencia de espinas de rosa y azahar. Y sangre. Así las encontré. Descubrí un conejo que habían atrapado –dijo, y a medida que hablaba se ponía cada vez más serio–. Colgaba de sus patas amarrado a la rama de un árbol.

Pétula sintió un escalofrío.

–Espero que no vayamos a pisar nosotros alguna de esas trampas –dijo.

Después de un breve descanso, reanudaron la marcha montaña arriba.

Pétula decidió que lo mejor sería confirmar si aquella pista de Canis era buena y luego informar a Molly antes de que anocheciese.

–¿Hueles la barbacoa? –preguntó Canis olfateando el aire con su hocico húmedo–. Parece que están comiendo.

Pétula podía detectar la vaharada de carne cocinada con curry. Se le hizo la boca agua. Intentó ignorar aquel olor y continuó olfateando para tratar de localizar el aroma a azahar y espinas y rosas. Lo consiguió.

–Son ellas –murmuró.

–Buen trabajo, ¿eh? –Canis soltó un pequeño ladrido.

Pétula asintió.

Los dos perros trotaron ahora con sigilo a través de la maleza, guiados por su olfato y leyendo el aire. El humo de una hoguera se hizo más y más fuerte, mezclado con el olor

316

a cocina y el hedor a animales muertos. Y entonces, igual que un coche deteniéndose en un inesperado corte de la carretera, Pétula y Canis llegaron a un farallón rocoso. Saltaba a la vista que era un lugar en el que a los humanos les gustaba estar, pues había un taburete de madera y, también, el aroma de naftalina de alguien que había estado allí muy recientemente. Les asustó un extraño olor a limón.

A sus pies había un claro con ocho cabañas. Los dos perros examinaron la escena. De cuatro de las cabañas salían olores a perfume. Otra de las cabañas tenía encima un tanque de agua, y Pétula supuso que debía de tratarse de los aseos. Y más cerca del saliente donde estaban ellos había otras dos cabañas de aspecto más desvencijado. En el exterior había hornillos para cocinar y mesas con tablones de madera utilizados para trocear comida, y varios cuencos encima. En el suelo se veían palanganas para fregar cacerolas y platos. Junto a todo ello había un contenedor de agua sobre una estructura de madera.

Más alejada, hacia la izquierda, separada de las demás por unos arbustos, divisaron una cabaña que era, obviamente, usada por cazadores. Fuera había aves de hermosos colores, loros de plumas verdes y rojas y cacatúas, todos ellos colgados cabeza abajo. La piel de un conejo estaba clavada sobre una tabla, secándose al sol.

Canis gruñó.

–Me pregunto dónde estarán –dijo Pétula, pensativa.

Justo entonces, Miss Speal salió de la cabaña-cocina con unos guantes de horno. Abrió la puerta del horno y sacó una bandeja de hojalata. Luego atizó el fuego de la barbacoa.

–Ella debe de ser la cocinera –dijo Canis–. ¿Dónde estarán los cazadores? ¿Puedes olerlos?

Pétula puso a funcionar su olfato. En el aire se notaba un olor muy denso, mezcla de sudor y whisky con algo de sangre. A continuación percibió el olor a naftalina muy cerca de ella, en el suelo. Bajó la nariz y olfateó el terreno. El aroma la llevó hasta una preciosa piedra azul. Incapaz de resistirse, Pétula la cogió con su boca y la chupeteó. Era suave y fría.

–Esto me da escalofríos –dijo Canis–. No huele a nada bueno –mientras decía eso, una nube comenzó a condensarse en el cielo sobre sus cabezas.

Pétula asintió.

–¿Es mi imaginación –dijo–, o su olor se está haciendo más fuerte? –su corazón empezó a latir aceleradamente, y el pelo se le erizó.

–Tienes razón –corroboró Canis, alarmado–. Están detrás de nosotros. Y se acercan. ¡Rápido! ¡Corre! –agachó la cabeza y se lanzó hacia los arbustos.

Pétula le siguió. Fue una mala decisión.

Un momento después, un cordel atrapó una de las patas traseras de Pétula. Eso activó una trampa. El cordel se enrolló a la pata con tanta fuerza que por poco se la arrancó, y luego tiró de ella hacia arriba, hasta dejarla colgando en el aire.

Del susto, Pétula estuvo a punto de tragarse la piedra. Su mundo dio un vuelco. Y sintió un terrible dolor en la pata izquierda. El suelo estaba tres metros por debajo de ella; su cuerpo colgaba indefenso de la cuerda del cazador. Canis le ladró. Unos minutos después, llegaron Miss Oakkton y Miss Teriyaki.

318

–¡No me lo puedo creer! –exclamó Miss Teriyaki–. ¡Un carlino salvaje! Los chinos llegaron a América hace mucho, y resulta obvio que introdujeron aquí la raza. ¡Qué extraordinario!

–Odio los perros carrlinos –dijo Miss Oakkton. Su enorme rostro se contrajo al mirar a Pétula–. Son animales feos. No se puede distinguirr su carra de su trraserro.

En ese instante, Canis atacó. Mordió el tobillo de Miss Oakkton como si fuera un hueso sobrante del asado de los domingos. La mujer soltó un grito de rabia y golpeó con su cuchillo de cazador. Le acertó a Canis en la espalda y el perro retrocedió gimoteando. Desesperado, le ladró a Pétula:

–Volveré con mi dueño y tu Molly –y, dicho eso, se zambulló en la maleza y desapareció.

Miss Oakkton se frotó la pierna y señaló el lugar por el que se había marchado Canis, bramando maldiciones. Miss Teriyaki levantó su catana para tocar a Pétula.

–Ahhh –dijo, admirada–. ¿Sabe, Miss Oakkton? En Oriente la gente come perros. Es una *delicatessen*. Me pregunto si los carlinos tendrán buen sabor.

–¡Ja! Bueno, dejarré que sea su *delicatessen*, Miss Teriyaki –dijo Miss Oakkton, y escupió al suelo–. ¡No quierro comerr nada que ladrre! Asquerrroso.

Pétula contempló la imagen invertida de aquellas horribles mujeres. El cuerpo de Miss Oakkton hedía a huevos podridos. Se le acercó más y más y, luego, levantando sin piedad su cuchillo hacia ella, cortó la cuerda. Pétula cayó al suelo con un golpe seco.

Durante un momento se quedó totalmente quieta, sin resuello y asustada ante la posibilidad de que nunca pudiera volver a hacerlo. Después comenzó a sentir un dolor agudo en las costillas.

Miss Oakkton la metió en una bolsa ya llena de conejos y aves muertas. Y, medio ahogada entre tanta piel y tantas plumas, Pétula fue llevada al campamento.

Como si fuera un objeto desechable, como madera para una hoguera, la descargaron dentro de una cabaña pequeña y oscura. Pétula se hizo un ovillo y, tras escupir su piedra azul, quedó inconsciente por segunda vez en una misma semana.

Capítulo 28

Molly tenía mucho, mucho calor. El sol ecuatoriano había calado a través de las nubes y había convertido el bosque en una sauna. Bas caminaba a paso rápido entre los árboles, por senderos sobre los que las ramas se entrelazaban formando una especie de techo, y resultaba agotador seguirle el ritmo. Cappuccino saltaba de rama en rama detrás de ellos, parando de vez en cuando para coger alguna fruta. Había menos oxígeno en el aire, y Molly comenzó a sentirse algo mareada.

–¿Te encuentras bien? –le preguntó Bas–. Es difícil caminar a esta altitud, porque tu cuerpo no está acostumbrado a hacerlo.

Molly asintió.

–Estoy bien.

No quería ser causa de retraso y siguió caminando sin protestar. Su cuerpo se humedeció por el sudor, y Molly se alegró de llevar puestas prendas frescas. Recordó sus días de colegio, cuando renegaba de las carreras campo a través. Esta caminata de ahora era diez veces peor y la estaba haciendo sin quejarse; la hacía porque necesitaba hacerla. Le dolían los gemelos y los muslos, pero apretó los dientes y continuó. El sol estaba empezando a quemarle la piel, y ni eso le importaba. Tenía que llegar al puesto de observación de Bas. Cada cierto tiempo, Bas hacía una pausa en el camino y bebían. Había traído consigo una bolsa con fruta seca para darles energía, y mientras descansaban permanecían sentados en silencio, mordisqueando la fruta. Cappuccino en esos momentos se sentaba algo alejado, con toda su atención centrada en Molly.

Después de tres horas de caminata, Bas se detuvo.

–Hemos llegado.

Delante de ellos, camuflada con pintura verde, Molly vio una estructura de metal.

–Espero que te gusten las alturas –bromeó Bas, y la guió a las escaleras.

Diez minutos más tarde, ambos estaban en lo alto de la grúa, dentro de una plataforma con forma de caja. Cappuccino se había adelantado y ya estaba masticando una flor que había encontrado.

–¡Uau! –exclamó Molly. Se cubrió los ojos con la mano y contempló el paisaje–. ¡La vista desde aquí es increíble! –podía ver kilómetros y kilómetros de un mar de árboles. Descubrió montañas a lo lejos que parecían tocar las nubes más altas.

–Aquella es un volcán –comentó Bas señalando una preciosa montaña blanca en el horizonte. Sacó sus prismáicos y escrutó el bosque. Su mirada fue hacia los árboles más distantes, moviéndose adelante y atrás mientras buscaba a conciencia cualquier indicio de vida–. Ahí está el avión –dijo.

Molly miró a través de los prismáticos. A lo lejos pudo ver un corte en la selva y lo que parecía una ballena gris oscuro varada allí mismo.

–Tuvimos suerte de salir –comentó. Examinó el bosque en busca de los paracaídas de los demás–. Me pregunto dónde cayeron –dijo con un suspiro, y bajó los prismáticos con un gesto de tristeza–. Pétula puede sentir dónde estoy yo. Ojalá yo pudiera sentirlos a ellos. Estoy muy preocupada, Bas.

–Alégrate. Escucha, nunca se sabe, puede que Pétula pueda sentir también a Micky. Después de todo, sois gemelos. Quizás por eso se fue esta mañana. Tal vez lo haya encontrado ya –abrió una bolsa de seda–. Colguemos esta bandera roja aquí, y si se suben a un árbol la verán. Mira esos monos –dijo, en un intento por cambiar de tema–. Y esos insectos –luego señaló hacia el noroeste–. Y allí, señorita Molly, aunque no puedes verlas, están las piedras que tanto te interesan.

–¿De verdad? –dijo Molly tragando saliva.

–Sí. ¿Ves aquellos peñascos con forma de cabezas de búho?

–Sí.

–Pues bien, las piedras están abajo. Nos va a llevar el resto del día llegar hasta allí. ¿Estás lista?

Molly volvió a tragar saliva.

–Lo estoy –dijo.

Así pues, se pusieron de nuevo en marcha. El sendero pasaba por montículos cubiertos de árboles y serpenteaba arriba y abajo por las laderas de la montaña. La cubierta de follaje y hojas era a menudo tan densa que solo podían verse algunos pedazos de cielo nublado, y el camino quedaba sumido en una luz moteada. Era como caminar por un extraño palacio. Los sonidos eran apagados, aunque de vez en cuando el canto de un pájaro agujereaba el silencio. A veces las nubes se alzaban y descubrían vistas maravillosas del bosque extendiéndose hacia el infinito. El ascenso era extenuante, pero cuando tocaba descender también resultaba complicado. Las rodillas de Molly parecían a punto de darse la vuelta por completo. No obstante, siguieron caminando, con Cappuccino a corta distancia, saltando de árbol en árbol.

Molly recordó lo que Forest, su amigo *hippy*, le había dicho una vez:

–Hay un viejo proverbio chino: los sabios que suben a una montaña ponen un pie detrás de otro; no miran a la cima para ver lo lejos que está. Disfrutan de cada paso que dan.

Molly decidió intentarlo y muy pronto le pareció que su cuerpo avanzaba como hipnotizado, dando un paso tras otro.

–Continuaré caminando. Continuaré caminando –se dijo a sí misma–. Un paso primero y otro después.

Los senderos se volvieron más estrechos y cada vez más cubiertos de maleza. Siguieron así durante horas. La luz comenzó a decaer. Y entonces Bas le dio un toque a Molly en el hombro.

–Nos detendremos en este lugar, Molly –susurró–. Ahí está la montaña del búho, ¿la ves? Ahora, siéntate y come esto –le pasó un tarro con una especie de cuajada de soja–. Cappuccino está aquí. Todo está bien.

Molly obedeció, mareada por el agotamiento. Comió y observó a Bas montando un refugio.

Sabía que al día siguiente iba a necesitar toda la energía que pudiera reunir, así que, tan pronto como estuvo preparado el refugio, Molly extendió su saco de dormir y se metió en él. Solo un momento después, antes de que los animales del bosque hubieran regresado a sus nidos, guaridas, cuevas o madrigueras, Molly ya estaba profundamente dormida.

A poco más de un kilómetro de allí, Miss Hunroe y sus cómplices estaban terminando de cenar.

–Comestible, al menos –le dijo Miss Hunroe a Miss Speal, jugueteando con su moneda entre los dedos.

Disimuladamente, Miss Oakkton pasó el dedo por la salsa sobrante en su plato y luego lo chupó, mirando a Miss Speal como un perro mira a un invitado indeseado.

Miss Teriyaki se inclinó para alcanzar su pastel, y Miss Speal se apresuró a recoger los platos, con la cabeza gacha. Miss Hunroe lanzó su moneda y comprobó de qué lado caía en la palma de su mano.

–Dios sabe que hemos trabajado duro para tener tanto apetito... –continuó Miss Hunroe dirigiéndole una fiera mirada a Miss Speal–. Realmente es usted una pequeña patosa, ¿no es cierto, Spealy?

Todas miraron fijamente a Miss Speal, que continuó recogiendo sin decir nada.

Miss Oakkton chasqueó la lengua para mostrar que estaba de acuerdo.

–Sí, sí.

Entonces, Miss Hunroe estalló:

–¡No puedo creer que fuera tan estúpida! Me pone usted enferma. ¿Puede sentir dónde está, Miss Speal? –se burló. Luego se quedó un momento inmóvil para calmarse–. Píenselo otra vez. ¿Dónde dejó caer la piedra, Miss Speal?

–Ehh –balbuceó Miss Speal–. No... no estoy segura. Como ya he dicho, creo... creo que fue por allí arriba –señaló la cornisa que se alzaba por encima del campamento.

–Ya sabemos que cree eso –siseó Miss Hunroe–. Miss Oakkton y Miss Teriyaki se han arrastrado por allí toda la tarde. Miss Speal, ¿está usted segura de que me ha dicho la verdad? –Miss Hunroe sacó una quena por tercera vez en lo que iba de tarde y se la llevó a los labios. Sopló suavemente y el aire se llenó de un sonido bellísimo que recordaba la brisa de la montaña soplando entre los árboles. El grupo contempló a Miss Hunroe con los ojos brillando de admiración. Miss Speal miró fijamente el instrumento–. Cuéntemelo otra vez, Miss Speal: ¿realmente la ha perdido, o la tiene escondida porque le gusta mucho? –por encima de sus cabezas resonó un trueno.

Miss Speal dejó escapar un suspiro.

–No la he escondido, la he perdido –comenzó a lloriquear–. Y puedo sentir que esa chica está cerca.

Miss Hunroe sopló con fuerza el instrumento y de él brotó una especie de chillido.

–La chica puede estar cerca, Miss Speal, pero está muerta. Nadie puede haber sobrevivido a ese accidente –miró desdeñosamente a la mujer de piel pálida–. Imbécil.

Miss Teriyaki permanecía en pie, sosteniendo su pastel de chocolate.

–Al menos algunas cosas son de confianza, Miss Hunroe –dijo con tono rastrero.

Miss Hunroe sonrió, contemplando cómo Miss Teriyaki le cortaba una porción.

–Nunca adivinará lo que hemos encontrado hoy –prosiguió Miss Teriyaki, en un intento de cambiar de tema–. Encontramos un...

–¿Este pastel tiene café? –preguntó de repente Miss Hunroe–. Ya sabe que no puedo tomar cafeína a esta hora o no podré dormir.

–Por supuesto que no –respondió Miss Teriyaki, y le pasó su plato. Miss Hunroe hundió su tenedor en el pastel y la japonesa continuó–: Es una variedad extraña, pero demuestra la influencia que los chinos tuvieron en Ecuador...

–¿De qué está usted hablando, Miss Teriyaki? Vamos, suéltelo –Miss Hunroe se llevó el tenedor a los labios.

–Bueno, hemos encontrado...

Miss Hunroe volvió a interrumpirla.

–¿Tiene alcohol, Miss Teriyaki? Ya sabe que no puedo soportar el alcohol en la comida.

–¡Oh, no! Solo chocolate.

Miss Hunroe se metió en la boca un buen trozo de pastel.

–Hemos encontrado...

–¡Ahhhh! –Miss Hunroe escupió y tosió, y el pastel de chocolate salpicó por toda la mesa. Se levantó furiosa–. ¿QUÉ ESTÁ USTED INTENTANDO HACER, MISS TERIYAKI? ¿ENVENENARME? –Miss Hunroe cogió su plato y lo lanzó por los aires hasta que chocó contra el tronco de un árbol–. Ya he tenido bastante –miró con rabia a los miembros de su grupo–. Si vuelve a repetirse una comida tan nefasta, la responsable se irá y nunca, nunca... –su voz bajó unos decibelios según aumentaba su enfado– nunca volverá. ¿Me he expresado con claridad?

–Sí, Miss Hunroe –murmuró en respuesta el grupo.

–Sí, Miss Hunroe –gimoteó Miss Teriyaki. Alzó los ojos, entristecida, y al hacerlo descubrió la mirada de Miss Speal. En los ojos de esta se apreciaba que estaba riéndose como si lo que acababa de suceder fuera lo más gracioso que jamás había visto.

A la mañana siguiente, Molly fue despertada al amanecer por un tucán gigante con el pico muy largo que graznaba desde un árbol cercano. Había empezado a llover. El cielo estaba gris y se escuchaba de nuevo el rumor de los truenos. Cappuccino parloteó desde la altura de una rama, como si le diera los buenos días. Bas ya estaba en pie. Cuando vio que Molly se movía en su saco, se acercó y le puso una manta por encima de los hombros.

–Hoy necesitarás toda tu energía –dijo yendo hasta su mochila. Cogió una hoja grande, con forma de plato sopero, y puso en ella algo que había sacado de su bolsa. Añadió algún tipo de zumo de una botella y regresó junto a Molly con la hoja llena de gachas de avena. Molly se comió el desayuno, algo apelmazado, y Bas la observó como un profesor podría observar a uno de sus alumnos. Molly sabía que él creía todo lo que le había contado sobre Miss Hunroe. Ahora le parecía que la trataba con el máximo respeto, como si fuera una campeona a punto de entrar en el ring, o una guerrera de cuya victoria dependía la vida de muchas personas.

–Estoy lista –declaró.

–Bien.

Bas llevó a Molly a un claro entre los árboles. Delante y encima de ellos, imponentes a la luz de la mañana, estaban los riscos con forma de búhos. Molly empezó a notar un temblor nervioso. Tragó saliva. Sabía que muy pronto se encontraría ante Miss Hunroe. No tenía ni idea de cuántas de las otras estarían con ella, ni de cómo sería el desafío que la aguardaba. Su mente trabajaba a toda velocidad. Deseó que Miss Hunroe no estuviera esperándola. Se sentía como una participante de algún retorcido y peligroso programa de televisión, salvo que esto era real y no había salida; no podía llamar al realizador del programa y decir: «¡Paren! Ya he tenido bastante».

–Espero que pueda solucionar esto –le dijo a Bas–. Hay... hay un gran porcentaje de posibilidades de que no sea capaz... –su voz se apagó a medida que la inmensidad de la tarea que tenía ante sí calaba en su cerebro.

–Es admirable que lo intentes –dijo Bas para animarla–. Creo que eres muy valiente –añadió, pasándole un brazo por encima del hombro.

Se dirigieron directos hacia los peñascos. Bas la condujo ladera abajo hacia un muro de arbustos. La ayudó a trepar a un árbol y los dos atisbaron desde la copa.

–Ahí están –murmuró Bas.

Como sacadas de un sueño, resplandecientes bajo la lluvia, brillando en rojos, grises, verdes y azules como objetos

329

extraterrestres, estaban las cuatro gigantescas rocas del clima, las Piedras Logan. Formaban un círculo enorme, majestuoso y sumamente bello.

–Y la roca que está detrás de las piedras –susurró Bas–, de la que brota el chorro de agua, es la fuente del río Coca. Y ese montículo gigante de barro que parece un castillo de arena en el centro de las piedras, es un... –se quedó callado.

Lo que Molly presenció a continuación fue una visión de pesadilla. Miss Hunroe y Miss Oakkton salieron de detrás del montículo de barro y se colocaron en el centro del círculo. Molly y Bas retrocedieron. Molly apenas podía creerlo. Tuvo que pellizcarse para asegurarse de que estaba despierta. Haber recorrido toda aquella distancia, estar en mitad de la naturaleza salvaje y encontrarse realmente mirando a Miss Hunroe vestida de caqui y a Miss Oakkton envuelta en una capa con aspecto de tienda de campaña era surreal. Ambas estaban caladas hasta los huesos: sus ropas y su cabello estaban completamente mojados. Ninguna tenía el libro de hipnotismo. Simplemente estaban allí, junto a las piedras, mirando fijamente sus manos.

–¡OOOU! –gritó de pronto Miss Oakkton, y, con la rapidez de dos genios desapareciendo en el interior de sus lámparas, las dos mujeres se desvanecieron en el aire, dejando tras ellas dos montones de ropa sobre el suelo embarrado.

Una absoluta quietud invadió el lugar. Molly registró con la mirada el espacio entre las piedras. Estaba segura de que Miss Oakkton y Miss Hunroe acababan de transfigurarse. ¿De qué otro modo podían haber desaparecido así?

Y, no obstante, ¿adónde habían ido? ¿En qué se habían transfigurado?

Molly se preparó.

–Voy a salir –dijo–. No se preocupe, Bas. Estaré bien. Espere aquí, ¿de acuerdo?

Bas asintió.

–Buena suerte, Molly.

Molly se acercó al círculo con cautela. Sus manos sudaban por el miedo.

Cappuccino trepó a un árbol y se sentó en una rama para observar la escena. Molly se sentía extraña y tenía la piel de gallina. Se dio cuenta de que eso no era a causa del temor, sino por la energía que emanaba de las cuatro piedras. Conforme se iba moviendo hacia el centro del círculo, más claramente sentía su poder. Las piedras azul y gris emitían una sensación fría, mientras que la que era roja y naranja soltaba calor. La verde le ponía los pelos de punta. Todas las piedras tiraban de ella como si fueran imanes y Molly estuviese hecha de metal.

Sus ojos registraron el área. Tal vez Miss Hunroe y su séquito supiesen que ella estaba allí. Tal vez se hubieran transfigurado en pájaros y estuvieran ahora observándola. Activó su estado de alerta al nivel máximo y vigiló todos los sonidos a su alrededor, incluidos los que producían las gotas de lluvia al impactar contra el suelo. Quizás hubieran aprendido ya a transfigurarse en humanos. Si lo habían hecho, podrían intentar transfigurarse en ella. Se puso en guardia: no les permitiría meterse en su mente. Entonces se le ocurrió una idea horrible. ¿Y si todas intentaban entrar en su mente a la vez? Sintió un escalofrío. Pasó con sigilo por encima de la ropa de Miss Hunroe y Miss Oakkton y rodeó el montículo de tierra con aspecto de castillo de arena.

Fue a la piedra azul y le dio un suave empujón. La piedra se balanceó ligeramente. Molly la rodeó hasta colocarse detrás. ¿Habría una entrada secreta? Volvió a empujarla y luego hizo lo mismo con las demás, pero parecían ser simplemente rocas enormes colocadas sobre plataformas de piedra.

¿Dónde se habían metido las mujeres? Miró al suelo para concentrarse. Encima de ella resonó un trueno. Una mariposa amarilla pasó volando a su lado, esquivando la lluvia, y le hizo dar un salto. ¿Era Miss Hunroe? Luego descubrió un escarabajo caminando a paso rápido por el barro que había a sus pies. ¿Era Miss Oakkton? ¿Y si se transfiguraban en serpientes venenosas, o escorpiones o arañas? ¡Quizás se estuvieran preparando para atacarla! Sintió un nuevo escalofrío mientras miraba a uno y otro lado para comprobar si había criaturas peligrosas en las proximidades.

Fue entonces cuando divisó un insecto enorme parecido a una hormiga corriendo por el suelo hacia el montículo de barro que tenía delante. Y había otro más.

Aquello era, sin duda, algún tipo de hormiguero. Entonces recordó la enorme maqueta en el museo de Londres y se dio cuenta de que era un túmulo hecho por las termitas. Mientras se fijaba en las termitas que entraban en el agujero, pensó que para ellas aquello debía de ser un reino gigantesco.

Si te colocas en el centro del campo de fuerza que crean las cuatro Piedras Logan, con las cuatro piedras pequeñas en tus manos, y si las frotas con tus dedos... Las palabras de Theobald Black resonaron en el fondo de su mente.

Molly vio al instante que los insectos habían construido su termitero exactamente en el centro del círculo de piedras, en el mismo corazón del campo de fuerza de las Piedras Logan.

Recordó cómo las mujeres se habían mirado las manos y cómo Miss Oakkton había gritado. ¿Habían estado mirando a las termitas para transfigurarse en ellas? ¿Acaso alguna le había mordido a Miss Oakkton? Molly vio una termita cargando con un trozo de madera seis veces más grande que ella. Había oído en algún sitio que las hormigas y las termitas pueden cargar entre diez y cincuenta veces su propio peso. ¡Si Miss Hunroe y Miss Oakkton se habían transfigurado en termitas, podían fácilmente cargar con los pedazos de las piedras que había en la cubierta del libro de hipnotismo y guardarlos dentro del hormiguero! Un nuevo trueno resquebrajó el cielo y este se abrió. La lluvia empezó a caer con fuerza. Molly tuvo que frotarse los ojos para poder ver. ¿Aquello lo había provocado Miss Hunroe? ¿Había visto a Molly y había activado la lluvia? No estaba segura de lo que estaba haciendo Miss Hunroe. Pero sí creía saber dónde estaba; ahora le parecía obvio.

Si Miss Hunroe y su pandilla eran ahora termitas en el interior del túmulo y lo estaban convirtiendo en una cámara desde la que poder cambiar el clima, y si Miss Hunroe tenía también las piedras pequeñas con ella, pues, bueno, allí era donde ella debía ir.

Durante un segundo, Molly se preguntó si debería destruir el termitero, pero luego se lo pensó mejor. Tal vez, si lo hiciera, el mal tiempo que Miss Hunroe ya había causado podría quedarse grabado eternamente en las piedras.

Molly no quería transfigurarse en una termita. La idea de ser uno de esos insectos con grandes pinzas y mordedura venenosa, y después enfrentarse cara a cara con otras termitas, le resultaba terrorífica. Una termita se detuvo cerca de la entrada del hormiguero. Cargaba con un palo largo y se esforzaba por llegar a la meta pese a la lluvia. Molly respiró profundamente. Limpió su mente de todas sus preocupaciones y todos sus pensamientos negativos y comenzó a concentrarse.

Capítulo 29

No voy a moverme de aquí –declaró Lily con cabezonería. Estaba sentada en una piedra cubierta de musgo junto a un riachuelo y se había quitado los zapatos–. Tengo ampollas y está todo mojado. De todos modos, no tiene sentido. Llevamos un montón de tiempo caminando y estamos tan perdidos como antes. Estamos atrapados en un estúpido bosque en una montaña en medio de ninguna parte. Y tengo cuatro picaduras de mosquito desde anoche.

Micky estaba trepando a un árbol cercano.

–Me recuerdas cómo era yo hace tiempo –dijo–. Solía quejarme un montón. Eh, hay una buena vista desde aquí arriba.

–¿De qué? ¿Árboles? Encantador –Lily lanzó una piedra con fuerza y, al impactar contra una roca, esta se partió en dos.

–En realidad, puedo ver una carretera.

–¿De verdad? –preguntó Lily, y se puso de pie.

–No, era broma. Pero podría haberla visto.

En ese momento, un perro salió del bosque. Lily lo vio y se puso a gritar. Asustada, se metió en el riachuelo hasta que el agua le llegó por la cintura.

–¡LOBO! –chilló–. ¡MICKY! ¡HAY UN LOBO!

Canis miró a la chica que gritaba. El olor a miedo que emanaba de ella era eléctrico.

–¡GUAAAU! –ladró, lo cual significaba: *No te preo-cupes.*

La chica miedosa retrocedió aún más, hasta que el agua la cubrió hasta el pecho. Entonces Canis olió al chico. Era muy extraño. El chico poseía un aroma idéntico al de la dueña de Pétula. Canis siguió su olfato y levantó la mirada hacia la copa del árbol. Ahora pudo ver al chico y le sor-prendió lo mucho que se parecía a la chica. Era de su misma camada; de hecho, debía de ser el hermano de la chica, del que Pétula le había hablado. Canis olió el nerviosismo de los dos niños y les hizo una indicación para que no se asus-tasen. Levantó una pata cuatro veces, y luego se tumbó en el suelo patas arriba para mostrarles la panza. Mientras lo hacía, agitó mucho la cola.

–No es un lobo –se rió Micky–. ¡Lily, mira, es un perro doméstico! –con cuidado, Micky bajó del árbol y se acercó lentamente al animal. Le acarició la panza y Canis le sonrió.

Lily vadeó lentamente el riachuelo y, una vez que los dos niños estuvieron cerca de él, Canis cogió con sus dien-tes una de las perneras de los pantalones de Micky.

–¿Qué? ¿Qué intentas...? –empezó a decir Micky. Canis comenzó a tirar de él–. Creo que quiere que le siga-mos –dijo, y acto seguido exclamó–: ¡Lily, si es un animal doméstico, debe de pertenecer a alguien! ¡Podrían ayudarnos a encontrar a los demás!

Lily asintió y, por primera vez desde que habían aterrizado en el bosque, sonrió.

–¿A qué esperamos? –dijo–. ¡Vamos!

En ese mismo instante, a cinco kilómetros de allí, Molly era un soplo. Había dejado su propio cuerpo y avanzaba por los aires hacia la termita que había escogido. Y un segundo después, se estaba transfigurando en ella.

La personalidad de Molly se vertió dentro del cuerpo acorazado de la confiada termita y, de golpe, Molly se sintió una auténtica termita de las patas a la cabeza. La personalidad del insecto era más robótica que la de las otras criaturas que había habitado anteriormente. Molly descubrió que aquel bicho solo pensaba en la luz, la oscuridad, el trabajo, el descanso y la comida, comida, comida, y en construir, construir, construir, en su colonia y en la reina. La importancia de la colonia estaba grabada a fuego en su cerebro. La existencia de otras termitas y de la reina era una parte muy importante de la concepción del mundo que tenía aquella termita. Y la supervivencia de la colonia era el principal deseo de cada una de las termitas que la componían.

Molly notó lo liviana que era la ramita que estaba cargando. En su forma humana, un trozo de madera tantas veces más grande que ella le habría pesado como un piano. La habría aplastado. Sin embargo, ahora parecía tan ligera como la mochila del colegio. Entonces la golpeó una gota; su fuerza la tumbó de lado. Molly se dio cuenta de que debía ponerse a cubierto.

El montículo de las termitas era gigante. Las Piedras Logan que lo rodeaban parecían montañas que tocaban el cielo. Molly vio otras termitas trotando a través del agua y el barro hacia una entrada en una de las laderas del montículo; las seis patas que tenían les permitían moverse increíblemente rápido. Las siguió, cargando en sus pinzas con aquel trozo de madera de olor dulce. Se unió a la fila y pronto sintió el roce de las demás. Sus cabezas de alienígena la asustaban, pero estaba decidida a no permitir que el miedo la dominase, porque si lo hacía, las otras termitas lo percibirían y se extendería por la colonia como el fuego.

El túnel que llevaba al interior del palacio de los insectos era oscuro, pero Molly sintió que sus ojos se adaptaban enseguida. Siguió a la termita que iba delante de ella, que también cargaba con un trozo de corteza de árbol, y se encontró en otro pasadizo. No quiso pensar en la profundidad a la que debía de estar ahora, y siguió adelante. Otros túneles se unían al suyo y otras termitas se cruzaban en su camino en dirección a otras zonas del laberinto, o hacia el exterior.

Era parecido a estar en los pasillos de una estación de metro. Las termitas eran tan poco amistosas como los desconocidos en una ciudad, y estaban tan preocupadas como quienes iban de camino al trabajo. A pesar de eso, Molly sintió un débil zumbido metálico que flotaba en el aire. Las termitas estaban hablando entre sí. Molly giró a la derecha, luego a la izquierda, después hacia arriba, y durante todo ese tiempo no tenía muy claro cuál era su plan ni hacia dónde debía dirigirse para encontrar a Miss Hunroe.

Su guía se apartó a la derecha y se metió en una especie de madriguera con techo alto donde había amontonados otros trozos de madera y plantas podridas. Molly dejó también su cargamento, pero en lugar de seguir otra vez a la misma termita, ahora escogió su propio camino. No estaba exactamente segura de lo que iba a hacer, pero, curiosamente, sentía que algo tiraba de ella. Del mismo modo que antes habían hecho las Piedras Logan, ahora de nuevo Molly sentía que estaba hecha de metal y que algún imán la atraía. Tiraba de ella hacia las profundidades del hormiguero. Esperaba que se tratase de las piedras del libro de hipnotismo.

Muy pronto, el túnel se terminó y desembocó en una amplia cámara de forma ovalada. Se veían otras cuatro bocas de túneles en las paredes y una pequeña luz se filtraba por un agujero desde lo alto del termitero. Molly podía oír el golpeteo de la lluvia en el exterior. Sonaba como una orquesta de tambores. Otras termitas entraban y salían de la cámara. Algunas estaban ocupadas trabajando en las paredes, regurgitando una sustancia pegajosa y extendiéndola sobre ellas. Más allá, en el otro extremo, había otras que depositaban comida delante de lo que parecía un gusano gigantesco y de movimientos torpes. Aquella monstruosa criatura era al menos doscientas veces más grande que las demás termitas. Yacía tan inmóvil como un hipopótamo en un sofá, rezumando un sudor que olía a madera y a musgo. Molly supo instintivamente que aquella cosa asquerosa era la reina de las termitas.

Sus ojos fueron a una zona enfrente de la reina en la que había dos grandes termitas. Una vez más, sintió aquella extraña atracción magnética. Y, curiosamente, una oleada de calor. Igual que la piedra roja y naranja irradiaba calor, algo allí dentro hacía exactamente lo mismo. Se acercó más. Entonces vio tres de las piedras de la cubierta del libro. Ahora le parecían enormes porque ella era muy pequeña. La piedra verde, la gris y la roja.

Molly estaba estupefacta. Ahora sabía con toda seguridad que las dos monstruosas termitas que había junto a las piedras de colores eran Miss Oakkton y Miss Hunroe. ¡Y aquella humilde cueva de termitas era el verdadero centro neurálgico del puesto de control del clima mundial!

Se dio cuenta de que estaba mirándolas demasiado fijamente. Desvió la mirada e intentó encontrar alguna tarea ordinaria y típica de termitas con la que pudiera pasar desapercibida. Ocurriese lo que ocurriese, no debía permitirles saber que estaba en la cámara. Así pues, se unió a las termitas que trabajaban en las paredes e intentó hacer lo que ellas hacían. Soltó un eructo y aquella sustancia viscosa subió a su boca. Con ayuda de su mandíbula inferior, la puso en la pared y la alisó del mismo modo que lo hacían las demás. Mientras trabajaba, aguzó el oído para escuchar lo que decían las termitas que la rodeaban.

–Golpea, golpea, alisa, arregla –decía la que estaba a su lado.

–Alteza, te adoramos –decía una a la reina.

–Alteza, somos tus siervas –decía otra moviendo las antenas en una especie de baile.

–Te alimentaaaaaamos, te alimentaaaaaamos –decía una cuarta.

Molly detectó el sonido de la termita que era Hunroe. Estaba hablando con un zumbido eléctrico y enojado.

–Me gustaría lanzar unos cuantos ciclones encima del Pacífico –decía–, pero no puedo hacerlo por culpa de esa estúpida de Miss Speal.

–¡Piénselo! Puede hacerlo, Miss Hunroe. Use la piedra gris –respondió la inconfundible termita Oakkton.

Molly observó a Miss Hunroe mientras esta ponía sus cuatro patas delanteras sobre las tres piedras planas que tenía ante sí. Las piedras comenzaron a zumbar, palpitar y brillar de manera que la cámara entera se llenó de una luz roja, gris y verde. Las caras de alienígena de las termitas y sus antenas y pinzas se iluminaron. La escena parecía sacada de una película de terror y ciencia ficción. Las termitas que Molly tenía a su lado se giraron para mirar.

–¡Molestias para la reina! –protestó una.

–Oh, reina, ¿eres feliz? –le preguntó otra al enorme y obeso gusano.

–Compleeeeetamente –fue la ronca respuesta de la reina–. Gusaaaanamente feliz.

Miss Hunroe y Miss Oakkton no parecían ni remotamente preocupadas por la reina y las demás termitas. Toda su atención estaba concentrada exclusivamente en las piedras que brillaban delante de ellas. Miss Hunroe chilló de placer y Miss Oakkton cacareó de alegría a medida que la cámara entera palpitaba y se encendía.

Molly no sabía qué hacer. Las termitas habían terminado de arreglar la pared y se marchaban. No se le ocurría una buena razón para permanecer allí. Con desgana, posó sus ojos en la reina sudorosa y cubierta de babas. Supuso que podría ser una de las termitas que la alimentaban. Despacio, se movió hacia aquella criatura horrenda y apestosa.

Capítulo 30

Micky y Lily siguieron al agradable y desaliñado perro bajo la lluvia. Llegaron a una cornisa de piedra cubierta de arbustos, sobre la que había un taburete de madera. Ambos se asomaron por encima de los helechos para ver lo que había abajo. Inmediatamente vieron el grupo de cabañas en el pequeño claro. En el exterior de una de ellas había varias pieles de conejo clavadas en un tablón.

–Me pregunto quién vivirá aquí –dijo Micky en un susurro. En respuesta, oyeron los ladridos de un perro–. ¡Suena igual que Pétula! –exclamó–. Los ladridos vienen de ese cobertizo –le dedicó una caricia al perro que los había llevado hasta allí–. Buen chico.

Lily empezó a abrirse camino entre los arbustos empapados.

–¿Cómo llegamos hasta ahí abajo?

Micky la cogió por el brazo.

–Creo que Pétula está encerrada, Lily. No sabemos quién vive ahí. Podría ser muy peligroso. Vamos a tener que actuar con mucho cuidado.

Lily lo miró fijamente.

–¿Quién la ha encerrado? ¿Crees que Molly está con ella? ¿O Malcolm?

–No lo sé –dijo Micky–. Observemos un rato y quizás lo veamos.

Así pues, esperaron. Obviamente, Pétula podía olerlos, ya que continuó ladrando. Su paciencia valió la pena. Cinco minutos después, Miss Teriyaki y Miss Speal, las dos llevando vasos que contenían un líquido marrón, salieron de una de las cabañas caminando de modo inestable.

–¡Están cayendo chuzos de punta! –dijo Miss Teriyaki.

Las dos mujeres ignoraron la cortina de agua que caía y fueron al cobertizo en el que estaba encerrada Pétula. Ambas se estaban riendo por lo bajo.

–¡Miss Hunroe se va a poner furiosa cuando descubra que encontró usted un perro carlino y no se lo dijo! –se burló Miss Speal–. ¿Cómo pudo usted pensar que la raza de los carlinos se cría libre en Ecuador?

–¡No lo sé! –replicó Miss Teriyaki, hipando, y luego se echó a reír–. ¡Qué idiota soy! ¡Qué tonta! ¡Me voy a buscar un problemón! –al decirlo, las dos estallaron en carcajadas.

–¡Eso no tiene gracia! –exclamó Miss Speal–. ¡Miss Hunroe le arrancará la piel! ¡Ya sabemos lo desagradable que se puede poner!

Micky las observó.

–¡Miss Speal y Miss Teriyaki, completamente borrachas! –susurró.

Miss Teriyaki cogió su catana.

–Siempre puedo eliminar al perro –dijo–. Lanzarle un dardo y acabar con él. Este veneno mata al instante, ya lo sabe.

–¡Yo podría cocinarlo y darle a Miss Hunroe pastel de perro para cenar! –ante semejante sugerencia, las dos volvieron a reírse a carcajadas.

–¡Oh, qué graciosa es usted, Miss Speal! No entiendo por qué antes no nos llevábamos tan bien como ahora.

–Puede que la bebida tropical que ha preparado Miss Oakkton tenga algo que ver –repuso Miss Speal, sin conseguir articular bien las palabras–. Vamos, tomemos un poco más.

Con eso, regresaron a la cabaña de la que habían salido.

Los dos niños intentaron decidir qué hacer a continuación.

–Podría transfigurarme en una de ellas –sugirió Micky.

–¿Y no podrías hipnotizarlas?

Micky puso una mueca.

–No sé hipnotizar.

Entonces Lily descubrió unas llaves en la mesa que había delante de la cabaña.

–¡Mira! Apuesto a que esas son las llaves de los cerrojos –susurró–. Tengo una idea.

Canis observó a los dos humanos y se preguntó de qué estarían hablando. Podía oler su miedo. Entonces vio que la chica empezaba a moverse.

Lily apartó los arbustos y fue buscando asideros con los que ayudarse a bajar la pendiente. Una vez al nivel del campamento, cruzó rápidamente el terreno húmedo y sucio que había detrás de la cabaña-cocina y, sigilosa como un zorro, avanzó hacia la cabaña en la que estaban las mujeres. La radio estaba encendida y se oía la voz de un locutor que daba las noticias.

–*Estamos recibiendo informes de extraños ciclones en el Pacífico norte. Preocupa la posibilidad de que olas gigantes lleguen a la costa oeste de América y provoquen la pérdida de millones de vidas.*

–¡Oh, no más noticias sobre el tiempo! –se quejó Miss Teriyaki–. ¡Cambie de emisora! –acto seguido, comenzó a escucharse música pop ecuatoriana–. ¡Ooooh, sí! –gritó la japonesa–. ¡A mover el esqueleto!

–¡Qué gran bailarina está usted hecha, Miss Teriyaki! –gritó Miss Speal.

–¡Lo sé! ¡Debería verme cuando me arreglo para ir a la discoteca!

Lily ignoró lo que decían. Caminó de puntillas, sorteando un cubo y avanzando sin hacer ruido bajo la lluvia. Las llaves brillaban bajo la luz moteada de verde. Tomó aire y corrió sigilosamente hacia ellas. Las cogió y se abalanzó detrás de la cabaña-cocina. En aquel momento, Pétula comenzó a ladrar otra vez. Lily arrugó el semblante. Si Pétula hacía demasiado ruido, las mujeres saldrían de nuevo. Tenía que actuar ya. Así que, todo lo rápido que pudo, corrió hasta el cobertizo.

–¡Shh, Pétula! Soy yo, Lily, pero tienes que callarte –consiguió encontrar la llave que encajaba en el cerrojo y lo abrió.

La claridad inundó el cobertizo. Pétula salió dando saltos y se lanzó a los brazos de Lily.

345

–¡Buena chica! –susurró la niña. Miró el manojo de llaves. Sabía que tenía que volver a dejarlas en su sitio, porque así las mujeres seguirían pensando que Pétula estaba encerrada. Se deslizó por detrás de la mesa de la cocina y empezó a avanzar hacia la cabaña, desde la que ahora salía un estruendo de música.

Pero, cuando se acercaba, la puerta de la cabaña se abrió y Miss Speal salió dando trompicones. Y al inclinarse hacia delante, vio a Lily.

–¡Ahhh! –chilló.

Lily se giró.

–¡Pétula! –gritó–. ¡Sígueme! –empezó a correr campo a través hacia la pendiente, pero era demasiado tarde.

–¡Es una chica, Miss Teriyaki! –gritó Miss Speal lanzándose tras Lily–. ¡Cójala! –mientras ella daba comienzo a la persecución, Miss Teriyaki salía de la cabaña. Llevaba con ella su cerbatana de dardos venenosos. Lily miró hacia atrás y vio que se la llevaba a los labios.

–¡Rápido, Pétula!

Corrió, pero Miss Speal también lo hizo, como un atleta delgado y musculoso. Tropezó con una raíz que sobresalía del suelo, pero eso no la retrasó demasiado. Ahora estaba preocupantemente cerca. Pétula adelantó a Lily, animándola con sus ladridos. Y entonces, Lily resbaló: pisó una hoja brillante y se escurrió cuesta abajo. La mano de Miss Speal, como una enredadera horrenda y asesina, aferró el pie de Lily.

Pero, al mismo tiempo que lo hacía, ocurrió algo más. Miss Teriyaki lanzó un dardo venenoso. Borracha como estaba, la cerbatana se le fue hacia un lado al soplar, y la flecha dirigida a Lily impactó en el huesudo trasero de Miss Speal. Esta se quedó inmóvil, con una expresión de suprema sorpresa, como si un mono acabase de presentarse ante ella vestido con un tutú rosa. Hizo una mueca y aulló:

–¡AAAAAAAYYYY! –y luego se puso verde.

Lily no se paró para verla caer. Dio una sacudida para liberar su pie y escaló la cuesta tan rápido como pudo.

Micky vio la caída de Miss Speal. Como un pájaro al que le hubiera acertado de pleno un cazador con buena puntería, la mujer cayó hacia atrás y quedó muerta en el suelo.

Miss Teriyaki vio lo que había hecho y soltó un grito. Y entonces, llena de rabia, pues le echaba todas las culpas a Lily, emprendió su persecución. Comenzó a subir la cuesta, con la cerbatana en la mano derecha y un puñado de dardos en la otra.

–¡Vamos! –gritó Lily, y Micky, Pétula, Canis y ella huyeron.

Corrieron a ciegas, tratando de permanecer juntos mientras lo hacían. Ramas y hojas golpeaban sus rostros, arbustos y enredaderas les hacían tropezar, pero no se detuvieron. Y a su espalda oían los gritos de guerra de Miss Teriyaki mientras también ella corría entre la maleza. Parecía algún predador terrorífico, decidido a matar. Micky y Lily no tenían ninguna duda de que ellos eran su presa. Esperaban sentir el pinchazo agudo de uno de sus dardos, seguido por los efectos del veneno en su sangre. Micky se giró para ver a qué distancia estaba.

Fue entonces cuando vio que Pétula se había parado. Como alguien que espera en mitad de una carretera a que un coche lo atropelle, Pétula aguardaba la llegada de Miss Teriyaki.

–¡Pétula, vamos! –gritó Micky. Pero Pétula no se movió. Se sentó, quieta y expectante, con sus orejas aterciopeladas alzadas.

La silueta siniestra de Miss Teriyaki apareció entre los árboles. Su rostro estaba contraído en una desagradable mueca y gruñía como un animal salvaje. Pero Pétula siguió sin moverse. Y entonces, de repente, la cara de Miss Teriyaki cambió.

Empezó a sonreír absurdamente, y a continuación paró de correr. Soltó la cerbatana y cayó de rodillas con la boca abierta de par en par.

Los ojos hipnóticos de Pétula estaban fijos en los suyos, brillando y girando. La mujer estaba completamente a su merced, atrapada en la jaula de la hipnosis.

–¡Para, Lily! –gritó Micky–. ¡Mira!

Micky fue hasta Pétula y la cogió en brazos.

–¡Eres genial! –dijo, rebosante de admiración. Acarició el pelo del animal con cariño–. Ya veo que sigues chupeteando piedras.

–¿Crees que está bien hipnotizada? –preguntó Lily, aún nerviosa. Se acercó a la versión marioneta de Miss Teriyaki y le dio un ligero empujón.

–Creo que sí –dijo Micky con una sonrisa.

–Alucinante –ladró Canis, y fue a sentarse junto a Pétula–. ¿Lo has hecho tú?

–Sí. Ya lo había hecho antes, pero era un riesgo. No sabía si funcionaría –respondió Pétula.

–Eres muy valiente –la felicitó Canis.

–¿Qué vamos a hacer con ella? –preguntó Lily mientras se agachaba al lado de Micky.

La calma había vuelto al bosque. Un loro graznó desde un árbol próximo y un par de monos regresaron a su búsqueda de orquídeas dulces. En unos arbustos, a la izquierda, se escuchó un ruido. Tres jabatos, uno de ellos naranja, otro blanco y negro y otro marrón, salieron de su escondite y se pusieron a pastar en la hierba.

–¡Mira, cerditos!

–Sí, suele haber por esta región –comentó Micky–. Creo que la gente que vive en la zona se los come.

–¿En serio? Tuve uno de mascota –dijo Lily. Luego miró a Miss Teriyaki, que se había sentado delante de ellos–. ¿No creerás…?

–¿Estás pensando lo mismo que yo? –le preguntó Micky.

–Creo que sí.

–Hazlo –dijo Micky.

Y Lily se puso a ello. Miró el rostro mezquino de Miss Teriyaki.

–De ahora en adelante, Miss Teriyaki, pensará que es usted un cochinillo y se sentirá feliz siéndolo… –la japonesa asintió. Se puso a cuatro patas y soltó un chillido agudo–. Y no estará sola –continuó Lily, tomándoselo muy en serio–, porque hay montones de cochinillos en el bosque y se hará amiga de ellos. Y guardo estas instrucciones en su mente con… con la palabra *Lily*.

Miss Teriyaki resolló, luego arrugó la nariz, descubrió a los otros jabatos y caminó velozmente hacia ellos. Los demás chillaron y se apartaron de la mujer.

–Ya se acostumbrarán a ella –dijo Lily.

–Alucinante –le dijo Canis a Pétula–. Y ahora, ¿crees que podrás encontrar a tu amiga Molly?

Pétula levantó la cabeza para intentar sentir dónde estaba Molly. Se concentró chupeteando todavía la piedra azul, que parecía fría y acuosa en su boca. En el cielo retumbó un trueno.

Capítulo 31

La lluvia martilleaba en el exterior del montículo de las termitas como si cientos de manos diminutas estuvieran golpeándolo con las palmas abiertas una y otra vez, sin cesar. Molly se acercó a la termita reina. Detrás de ella, Miss Hunroe y Miss Oakkton jugueteaban con las piedras del clima. Molly intentó decidir qué hacer, pero resultaba difícil concentrarse mientras tenía a su izquierda a una termita roja y grande con enormes mandíbulas que chasqueaba las pinzas y emitía sonidos de desaprobación:

–Tú no estás invitaaaada a alimentaaaar a la reina –le dijo de mala manera. Molly intentó ignorarla, pero de nuevo la termita protestó–: Tú no tienes comiiiida, no eres alimentadooooora.

–Traeréééé comiiiida después –dijo Molly, esperando que aquello la hiciera callar.

–¿Después, despuéééés? –dijo la otra con un chillido estridente que alertó a otra termita–. ¡Fuera! Fuera. ¡No

comiiiida después! ¡TÚ NO ERES ALIMENTADORA!
–insistió.

La reina no dijo nada, aunque de debajo de ella salieron varios ruidos como de burbujas. Molly se irguió sobre sus patas traseras, en un intento de intimidar a aquellas entrometidas. Pero ahora otras se giraron hacia ella.

–¡Tendrías que sabeer las normaaas! –la reprendió la primera–. ¡FUERA, FUEEERA YAAAAA!

Molly recibió un empujón y cayó hacia atrás, cerca de Miss Hunroe y las piedras. Miss Hunroe y Miss Oakkton miraron a la termita y sus antenas dieron un tirón. De inmediato, comenzaron a desconfiar.

Miss Oakkton se adelantó hacia la termita caída y atrapó una de las patas de Molly con sus pinzas. Miss Hunroe la miró fijamente.

–¿Quién eres tú? –preguntó examinándola con sus grandes ojos protuberantes. Molly no contestó. Era aterrador tener sus patas atrapadas en las pinzas de Miss Oakkton. Desesperada, intentó pensar. Podía transfigurarse en una de ellas, pero la desconfianza las había puesto alerta, por lo que corría el riesgo de quedar atrapada en su interior. O quizás habían adivinado cuál sería su jugada y le impedirían entrar, lo que sería aún peor, pues se quedaría flotando en el aire sin ningún cuerpo en el que entrar. Forcejeó para liberarse de la tenaza de Miss Oakkton.

–¡Suélteme! –gruñó, dolorida.

–Así que erres tú. ¿Qué harremos contigo ahora, pequeña terrmita Moon? –masculló Miss Oakkton con voz siniestra–. ¡Qué extrraño lugar parra morrir: una catedrral de terrmitas!

–Usted es mucho más grande que ella, Miss Oakkton –afirmó Miss Hunroe–. ¡Aplástela!

–¡Oh, ja! –se rió Miss Oakkton–. Y después esas otras termitas te comerán. ¡Puede que alimenten contigo a su reina!

¡La reina! Molly se giró. Había tantas termitas atendiendo a la reina que Molly apenas podía verla. Miss Oakkton acababa de darle una gran idea. Desesperadamente, buscó algún tipo de figura en el agrietado suelo de barro y se concentró. Enfocó su mente en la idea de ser un insecto perezoso y lleno de babas. Y, milagrosamente, unos segundos más tarde había dejado el cuerpo de la termita atrapada por las pinzas de Miss Oakkton y se había transfigurado en la termita reina.

Enseguida, Molly vio el control absoluto que poseía la reina y cómo el resto de termitas estaban completamente a su servicio. Miró a Miss Oakkton, que seguía creyendo que el insecto que tenía sujeto era Molly. Estaba a punto de matarla, aplastando su cuerpo y toda la vida que había en él, y Molly se sentía totalmente responsable por ello. Así que les dijo a todas las termitas que la alimentaban:

–¡Esa termita grande de ahí es una impostora!

Todas a la vez, las termitas se dieron la vuelta para mirar a Miss Oakkton. Dejaron lo que estaban haciendo. Y, como si sus cerebros estuviesen sincronizados, avanzaron hacia ella. Antes de que Miss Oakkton supiera qué estaba ocurriendo, las termitas la habían rodeado.

La termita pequeña que antes había sido Molly escapó de la melé y se escurrió atemorizada fuera de la cámara, mientras que la termita que era Miss Oakkton... fue destruida.

Molly la termita reina se estremeció y su cuerpo lleno de pliegues se movió como gelatina. Entonces se percató de que la termita que era Miss Hunroe había huido. Y se había llevado las piedras.

–¿Está bien, reina mía? –preguntó una termita leal y preocupada.

–Síííí –contestó Molly–. Gracias. Quieeero enviar un mensajeeee a toda la colonia. El mensajeeeee es este: la termiiiita que ha cogido las piedras de colooores debe ser atrapaaada.

Mientras ella hablaba, las termitas atendían.

–Síííí, Alteza –dijeron todas al unísono, y salieron de la cámara para comunicar la orden.

Sin tiempo que perder, Molly se transfiguró en una gran termita oscura. Y, de nuevo en el interior de un cuerpo acorazado, se lanzó por el túnel en persecución de Miss Hunroe.

Esperaba que una vez que los deseos de la reina fueran conocidos, todas y cada una de sus termitas rodeasen a la termita que era Miss Hunroe. Lo más probable era que se dirigiese a la salida, a no ser que hubiera escondido las piedras en alguna parte del hormiguero y se hubiera escondido ella también. Molly iba a tener que jugárselo a una carta. Mientras corría, una oleada de murmullos flotaba a su alrededor:

–Encontrad a la termita con las piedras. La reina quiere atrapar a esa termita.

Y entonces oyó ladridos en el exterior. Llegaban ahogados por la densidad de las paredes de barro, pero Molly reconocería aquellos ladridos en cualquier parte. ¡Pétula!

Ladraba incesantemente: una forma de ladrar que significaba que había problemas. Aceleró el ritmo de su carrera y siguió el sonido de los ladridos, abriéndose camino entre la multitud de termitas soldado que entraban en el hormiguero. Finalmente alcanzó el exterior.

Por encima de ella, una Pétula gigantesca le ladraba a Miss Hunroe, que era tan grande que Molly apenas podía ver su cara. Micky también estaba allí, y Lily, y Bas y Canis. Cappuccino estaba sentado en una roca, contemplando la escena. Llovía a cántaros y el suelo estaba tan embarrado y encharcado que se habían formado pequeños riachuelos cerca del montículo de las termitas y entre las Piedras Logan. Para Molly, aquellos hilillos de agua eran como ríos tempestuosos. Miró hacia arriba, a Miss Hunroe, y se preguntó, desesperada, si sería posible transfigurarse en ella.

Pétula y Canis ladraban y acechaban a Miss Hunroe, que blandía un palo e intentaba golpear con él a todo el que se le acercaba. El estruendo de los gritos y los ladridos, unidos a los truenos, era ensordecedor.

Entonces Molly vio que Pétula dejaba caer algo al suelo. Era la piedra azul. Miss Hunroe también la vio. Molly comprendió de repente que había sido su querida amiga Pétula la que había estado cambiando el tiempo en la zona. Ella había provocado la lluvia.

Miss Hunroe se lanzó al suelo y cogió la piedra azul, y después, actuando como una demente, comenzó a escalar el gran montículo de las termitas. Resbaló por la superficie, pero llegó a la cima.

En un abrir y cerrar de ojos, Molly regresó a su propio cuerpo y observó la escena.

Miss Hunroe estaba sentada en lo alto del colosal hormiguero y sostenía las piedras en alto.

–¡Coged las piedras! –gritó Molly.

–¡Molly! –gritó Micky a través de la lluvia.

Un momento después, Miss Hunroe había desaparecido. Lo único que quedaba de ella era una pila de prendas de ropa de safari y, sobre ella, las cuatro piedras de colores.

Sin perder ni un segundo, Molly corrió hacia el montículo y empezó a escalarlo. Pero en el tiempo que se tarda en pasar una página, Miss Hunroe estaba de vuelta. Ahora llevaba puesto un largo vestido rojo con llamas de fuego bordadas en el costado. En el otro lado tenía estampado un dibujo de hojas verdes y el dobladillo era de color azul marino. Un pañuelo de gasa enmarcaba su hermoso rostro.

–¡Es genial! –exclamó alzando su mano con las cuatro piedras de colores hacia arriba–. ¡Cielos, tengo el control absoluto! –vio el estupor de su audiencia–. Sí, estoy maravillosa, ¿verdad que sí? Esto se llama estilo. No pensaríais que llevaría puesto un ordinario uniforme de safari para convertirme en la reina del clima, ¿verdad? –dijo, burlona, y se echó a reír.

Molly levantó su cabeza y miró fijamente a Miss Hunroe.

–Míreme a los ojos, Miss Hunroe, si se atreve.

Miss Hunroe siguió riéndose como una colegiala enloquecida.

–Me temo que voy a declinar tu oferta, querida. En vez de eso, ¿por qué no miras el cargador de mi...?

En el instante en que la palabra *cargador* salió de sus labios, Molly supo lo que Miss Hunroe estaba a punto de sacar de su vestido de seda. Micky también se dio cuenta y, pensando como uno solo, los dos gemelos se transfiguraron en Miss Hunroe.

Cuando Molly entró en ella, vio lo retorcida y cruel que era Miss Hunroe. Pero no tenía tiempo de profundizar en sus recuerdos y ver la razón por la que había llegado a convertirse en semejante sociópata vengativa. Como una presencia amistosa, Micky también llegó y se unió a Molly. La batalla dio comienzo.

Molly y Micky trabajaron juntos. Usaron toda su energía mental para luchar contra Miss Hunroe. La fueron arrinconando en un lugar cada vez más y más pequeño, convirtiendo en fuerza la rabia que sentían hacia ella. Con dos mentes tan decididas en contra, Miss Hunroe no tuvo una sola oportunidad de vencer.

Aunque empujó y combatió, no pudo dominar a los gemelos. De hecho, estaba encogiéndose. Encogiéndose y marchitándose como una flor venenosa bajo un sol abrasador. Como un coche en una trituradora de metal, estaba siendo aplastada. Primero fue reducida a algo del tamaño de un botón; luego, al de una semilla de girasol, y después, al de una semilla de amapola.

–¡NOOOO! –gritó, pero su voz era ahora un chillido inaudible.

Y entonces, utilizando la minúscula cantidad de energía que aún le quedaba, Miss Hunroe hizo lo que podría haber sido algo inteligente. Saltó fuera de su propio cuerpo y se transfiguró en el mono capuchino de cara blanca que estaba sentado en una rama comiendo un pedazo de fruta.

Con una pequeña explosión, el cuerpo de Miss Hunroe desapareció.

Molly y Micky estaban preparados. Simultáneamente, regresaron a sí mismos y observaron tranquilamente a Cappuccino. El mono estaba haciendo exactamente lo que Molly le había dicho. Movió sus hombros arriba y abajo mientras impedía a Miss Hunroe que cogiera el control de su cuerpo y de su mente.

–¿Habías hipnotizado al mono? –adivinó Micky.

–Sí –contestó Molly, y miró a su hermano con una sonrisa–. Hola, Micky.

Bas y Lily salieron de sus escondites.

–Mirad –dijo Molly–. Miss Hunroe se ha transfigurado en Cappuccino. Pero él la tiene completamente dominada.

–¿Cuánto tiempo podrá tenerla controlada? –preguntó Bas. Miró a Cappuccino mientras este mordisqueaba el corazón de la pieza de fruta.

–Le dije que la mantuviera encerrada hasta que esté convencido de que se ha convertido en una buena persona.

–¿En serio? ¿Confías en que Cappuccino hará eso?

–Sí –respondió Molly–. Usted dijo que sabía juzgar muy bien a las personas, así que pensé que debería ser él quien decidiera.

–Uau –suspiró Bas rascándose la cabeza–. Esto es demasiado sorprendente.

La lluvia había cesado y ahora brillaba el sol. Un rayo de luz iluminó la moneda de oro de Miss Hunroe, abandonada en el barro. Molly se agachó, la recogió y se la metió en el bolsillo.

Lily rodeó a Molly con su brazo.

–Me alegro mucho de que estés bien –dijo–. Estaba preocupada por ti.

–Yo también lo estaba por ti –Molly le dio a Lily un abrazo y luego cogió a Pétula.

Micky recogió las cuatro piedras.

Una termita atrajo la atención de Molly. Cargaba con un trozo de madera podrida. Molly la observó. El insecto no tenía ni idea del drama que acababa de tener lugar.

–¡Eh! –le dijo a la termita–. ¡Daaaale las gracias a tus amigoooos!

Pero, por supuesto, la termita no entendió nada de lo que Molly le decía. Solo sintió una corriente de aire emanando de aquel gigante, y siguió su camino.

Capítulo 32

—...Ojalá estuvieses aquí –dijo Molly. Estaba hablando por teléfono con Rocky, con unos gruesos auriculares en las orejas y un micrófono delante de la boca, sentada en el interior de un helicóptero en movimiento, sobrevolando las copas de los árboles del bosque de nubes–. Y menos mal que la hipnosis que os hizo Hunroe se ha desvanecido... Por aquí las cosas han sido un poco peliagudas. En realidad, eso es decir poco. Pero ya se ha acabado, y todo el mundo está bien.

Hizo una pausa mientras Rocky hablaba.

–Sí, tenemos el libro de hipnotismo... No, no pudimos encontrar las gemas... Puede que las tenga Miss Suzette. Y te digo una cosa: si alguna vez las encuentro, no voy a volver a dejar que me las quiten Lucy y Primo. Pero tengo la moneda de Hunroe. Es muy chula.

Sacó la moneda de su bolsillo y jugueteó con ella entre los dedos antes de guardarla de nuevo.

–Un recuerdo.

Rocky le preguntó algo.

–Ah, sí, las piedras están de vuelta en la cubierta –dijo Molly, y le dio una palmada al libro que tenía sobre sus rodillas–. ¡Lo sé, es sorprendente!... Sí, gusanos... Malcolm dice que va a quedarse aquí, con Bas, durante una temporada. Dice que quiere olvidarse de los extraterrestres y meterse de lleno en la ecología. El bosque de nubes es precioso, ¿sabes?... Oye, ¿por qué no vienes?

Molly volvió a hacer una pausa. Bajo ella, la selva era inmensa y verde, y se extendía por todos lados, y delante de ella, en el oeste, el sol comenzaba a ponerse con un color rojizo encendido. Una luz rosa incidía sobre los cúmulos de nubes blancas, de modo que parecían señales de humo rosáceo.

Abrazó a Pétula. A veces la vida parecía demasiado buena para ser verdad.

Epílogo

En Briersville Park, Todson comía huevos revueltos en la mesa de la cocina.

–Terrible, terrible –murmuraba para sí mientras pasaba las páginas de un periódico lleno de malas noticias sobre las recientes inundaciones y los tornados que habían asolado el mundo. Sonó una campana oxidada y anticuada situada en la pared sobre el horno–. Ah, la puerta principal. Me pregunto quién podrá ser.

Se limpió las manos en una servilleta y subió las escaleras, quitándose el delantal por el camino. Antes de alcanzar la puerta, se ajustó la corbata. Luego miró por la ventana del vestíbulo.

–Dios santo –exclamó. Fuera había un gran coche negro con una banderita en el techo, encima del parabrisas delantero. Todson comprobó que tenía las manos limpias y abrió la puerta. Se encontró a sí mismo mirando a los ojos de alguien vestido casi de la misma forma que él.

–Buenos días –dijo Smuthers, el mayordomo de la Reina–. ¿Está Molly Moon en casa?

Los ojos de Todson se abrieron de par en par al ver a la mismísima Reina, enfundada en una parca, hablando con un hombre con rastas.

–Me te-temo que no –tartamudeó–. Pero su mejor amigo, Rocky, está arriba. Puedo llamarle, si le parece bien. Entren, por favor.

–Muchas gracias –dijo Smuthers. Luego, en un susurro, añadió–: Tiene un poco de huevo en el cuello de la camisa.

–Oh, gracias –Todson le hizo un guiño. Se limpió la mancha y se echó a un lado para permitirles el paso.

La Reina sonrió con gentileza al entrar.

–Muchas gracias.

–Eso –dijo su compañero jamaicano.

–Tuve suerte, Leonard –oyó Todson que la Reina le decía al jamaicano–. Yo tenía a Smuthers para hablar. ¡Pobre de ti! Debiste de pensar que estabas perdiendo el juicio. ¿Sabes? Nadie más me creía. Menos mal que estaba Smuthers –hizo una breve pausa mientras contemplaba la estancia–. Y menos mal que estaban los chicos Moon. Tengo muchas ganas de conocerlos.

Leonard sonrió.

–Sí. Siento como si los conociera desde hace años.

Querido lector:

En este libro has visto lo que podría ocurrir si el clima mundial se volviera loco.

He pensado que tal vez puedas ayudar a detener el calentamiento global y, así, colaborar para que el clima se mantenga estable. Quizás pienses que no puedes hacer nada.
Pero tienes un gran poder. Porque tus padres te escuchan.

Tal vez puedas persuadir a los adultos que tienes cerca para:

– Que se pasen a las energías renovables, de modo
  que obtengan electricidad a través de la energía del sol,
  el viento y agua, en lugar de utilizar para ello
  combustibles que huelen fatal.
– Que conduzcan menos o utilicen un coche eléctrico.
– Que reciclen más.
– Que utilicen menos papel.
– Que planten más árboles.
– Que cultiven más vegetales.

Y si no puedes convencerlos de que lo hagan, ¡hipnotízalos!

Algún día estarás a cargo de proteger nuestro fantástico planeta. Espero que tu generación pueda solucionar alguno de los problemas que las generaciones anteriores han creado. Lamento que hayamos sido tan descuidados como para causar este estropicio. No hemos pensado en el futuro.

Pero creo que algún día las cosas irán mejor. Tendremos selvas tropicales más grandes, aire más limpio y mares llenos de peces y ballenas. Espero que algún día se recupere el número de tigres, elefantes y osos panda que viven en libertad, y que la gente aprecie lo maravilloso que es el mundo que tenemos.

Con cariño,

Georgia Byng

Las aventuras hipnóticas de Molly Moon

y el increíble libro del hipnotismo

detiene el mundo

Viaja a través del tiempo

y los ladrones de cerebros

y el misterio mutante